佳作不厌百回读

唐宋诗文选析

黎烈南 著

中国书籍出版社
China Book Press

图书在版编目（CIP）数据

佳作不厌百回读.唐宋诗文选析/黎烈南著.——北京：中国书籍出版社，2024.5

ISBN 978-7-5068-9748-8

Ⅰ.①佳… Ⅱ.①黎… Ⅲ.①唐诗—诗歌欣赏②宋诗—诗歌欣赏③古典散文—文学欣赏—中国—唐代④古典散文—文学欣赏—中国—宋代 Ⅳ.①I206.2

中国国家版本馆CIP数据核字(2024)第013019号

佳作不厌百回读：唐宋诗文选析

黎烈南　著

责任编辑	王　淼
责任印制	孙马飞　马　芝
封面设计	东方美迪
出版发行	中国书籍出版社
地　　址	北京市丰台区三路居路97号（邮编：100073）
电　　话	（010）52257143（总编室）　　（010）52257140（发行部）
电子邮箱	eo@chinabp.com.cn
经　　销	全国新华书店
印　　刷	三河市富华印刷包装有限公司
开　　本	787毫米×1092毫米　1/16
字　　数	195千字
印　　张	15.5
版　　次	2024年5月第1版　2024年5月第1次印刷
书　　号	ISBN 978-7-5068-9748-8
定　　价	68.00元

版权所有　翻印必究

目 录

一曲民族精神与个人抱负的颂歌
　　——杜甫《望岳》诗赏析 ················· 1
字字知音　句句感悟
　　——杜甫《不见》诗歌赏析 ················ 5
人生晚年时光的思考
　　——李商隐《登乐游原》欣赏 ·············· 10
两幅画面　一种情思
　　——许浑《途经秦始皇墓》诗赏析 ··········· 16
咏鸟情长寓意深
　　——王安石《见鹦鹉戏作四句》欣赏 ·········· 20
关于笼中鸟的一次对话
　　——苏辙《山胡》诗与苏轼《涪州得山胡次子由韵》诗欣赏 ··· 25
一篇形象的"文论"
　　——苏轼《荆门惠泉》诗歌欣赏 ·············· 33
让雷电匍匐在自己脚下
　　——苏轼《唐道人言天目山上俯视雷雨》诗欣赏 ····· 39
科举成名是成功，还是失败？
　　——苏轼《送安惇秀才失解西归》诗歌欣赏 ······ 45

"超人"的宣言
　　——苏轼《东坡》诗欣赏 …………………… 54

都是一帮老子们教坏的
　　——张耒《古意》诗歌欣赏 ………………… 61

一首农事小诗写出了中华民族的精气神
　　——范成大《四时田园杂兴》（昼出耘田）诗欣赏 …… 66

深广的忧患意识与错落细密的构思笔法
　　——苏轼《江城子·密州出猎》欣赏 ………… 71

快意中的悲凉
　　——辛弃疾《菩萨蛮·金陵赏心亭为叶丞相赋》欣赏 …… 80

一颗纯粹的词心
　　——辛弃疾《清平乐·独宿博山王氏庵》欣赏 …… 84

此处春光独好
　　——辛弃疾《鹧鸪天·代人赋》欣赏 ………… 88

文武兼备的将帅风采
　　——辛弃疾《沁园春·灵山齐庵赋，时筑偃湖未成》词欣赏 …… 91

从一首写景小词看辛弃疾的兴亡意识
　　——辛弃疾《清平乐·题上卢桥》词欣赏 …… 95

一腔幽愤　不泯童心
　　——辛弃疾《清平乐》词欣赏 ………………… 101

侠骨与柔情
　　——辛弃疾《清平乐·博山道中即事》欣赏 …… 105

豪爽热情与悲凉沉郁思绪的双重奏
　　——辛弃疾《鹧鸪天·戏题村舍》欣赏 ……… 111

"花间"基因分外牢
　　——从刘克庄的一首《清平乐》词说开去 …………… 116

欧阳修爱情词之人生感悟举隅………………………… 124

谈谈苏轼风雨诗词中的人生智慧……………………… 140

苏东坡兄弟的名字有什么奥秘吗
　　——苏洵《名二子说》欣赏 …………………………… 155

对新型父子关系的思考与讴歌
　　——苏洵《木假山记》欣赏 …………………………… 161

恻隐之心引来的奇幻妙景
　　——苏轼《记先夫人不残鸟雀》一文欣赏 …………… 168

欧阳修与范仲淹的不俗交谊告诉了我们什么………… 173

垂范后世的文人友谊
　　——欧阳修与苏轼的交往散论 ………………………… 182

宋真宗为何允许"倒了假山"…………………………… 191

宋孝宗的一纸诏书告诉了我们什么…………………… 199

核心价值观的精湛艺术表达
　　——过客《补天》探微 ………………………………… 207

只因当年未请托
　　——献给敬爱的邓魁英先生 …………………………… 234

一曲民族精神与个人抱负的颂歌

——杜甫《望岳》诗赏析

岱宗夫如何？齐鲁青未了。
造化钟神秀，阴阳割昏晓。
荡胸生层云，决眦入归鸟。
会当凌绝顶，一览众山小。

  这首《望月》诗是唐代大诗人杜甫的名作。年轻的诗人科举不第后游历齐赵，见到了泰山，写下了这首大气磅礴而又含蕴无穷的诗歌。在此诗中，你见不到任何科举失败后的消极颓唐情绪，只感受到一种伟人般的气魄与情怀。

  那么，这首诗最耐人寻味的东西是什么呢？理解这首诗所蕴含的情感内容，我们应首先对泰山的政治文化背景有个基本的了解。清人仇兆鳌《杜诗详注》云："郑昂曰：王者升中告代必于此山，又是山为五岳之长，故曰代宗。"古代某些帝王曾在这里举行封禅大典，战国时齐鲁一些儒生以为泰山在五岳中最高，帝王应到泰山祭祀；所以在统治者的眼中，泰山是封建政权"与天无极""天禄永得"的一个象征，（见《汉书·武帝纪》）。统治者的这种观念，自然会对当时社会造成广泛而深刻的影响。当然，巍巍泰岳，不仅会引起统治者永葆政权的联想与祈祷，而且也引发着国人一种崇高之感受和敬仰神往之情。"泰山岩岩，鲁邦所瞻"（《诗经·鲁颂·閟宫》）。"峨峨东岳高，秀极冲青天"（谢道韫《登山》）。"岱宗秀维岳，崔崒刺云天"（谢灵运《泰山吟》）。"登高者以致九霄之上，爱景者欲在万人之先"（丁春泽《日观赋》）。从这些对泰山讴歌的诗赋中，我们不难体会到，泰山在国人心中唤起的该是一种何等至高至美的境界的联想。作者在这首诗歌中便将对民族崇高精神的礼赞和个人奋发的入世情感融为一体，歌颂了一种"泰山精神"。

如上所说，"岱宗"是五岳中古人认为最高的泰山的尊称，是"王者升中告代"之地；在民族意识中，已具有最高境界的象征意义。所以当诗人一开端就以"岱宗"二字呼唤，其情思之庄严凝重可想而知。一个虚字"夫"，就把如此庄严凝重的情思与至深至厚的自豪情感精妙传出；"如何"二字，更表明诗人此种至深之情只可意会而难以言传。

接下的"齐鲁青未了"句，历来为人们所叹赏。泰山位于齐之北，鲁之南，以齐鲁之广大，能见其青青之色，故而更觉泰山之高。这种写法，确实十分新颖。然而，它还能给读者更深远的联想：齐与鲁既曾为古国，则泰山屹立于此，由来久矣；悠悠古国与泰山苍翠之颜相依相存，竟无了时。这历史悠远的"齐鲁"之国，曾是登过泰山的文化巨人孔子传播文化之处，是中华文明的一个极为重要之基地，最能引起读者对其文化的亲切感受。杜甫笔下的泰山，不似谢灵运《泰山吟》的"崔崒刺云天"那样高不可攀，也不似李白的"举手弄清浅，误攀织女机（《游泰山六首》之六）"那样引起遗忘人世之感，而是扎根于大地，绵延于齐鲁，给人间带来无限青翠之生机。"齐鲁青未了"之警句，深藏着诗人对民族之历史文化的崇敬和他积极进取的人生态度。

第三句的"神秀"，实从"青未了"转神而来。泰山之超绝处，不仅在其高耸云霄、横亘万里，而且尤在其神秀之气。而此"神秀"，又是"造化"格外赐予。在几分神秘的气氛中，泰山透出永恒、超然的气质。其间饱含着特定时代人们对泰山的敬畏、崇尚之意，也蕴含着本属于泰山之子的诗人无比自豪的感情。

"阴阳割昏晓",是接写泰山之高。由于山势高峻,山之阴阳两面,竟判然分为一昏一晓之色。这一句紧承"造化"而来。正因为"造化"将其神灵之气赋予泰山,泰山亦以其奇绝之姿隔断昏晓,参与造化。《庄子》云:"造化之所使,阴阳之所变。"三、四句,将"造化"与"阴阳"对偶而写,在有意无意之间造成天地间阴阳之气于泰山周围运作之势。古籍中对泰山常有"东岳之灵,造化氤氲,是生二仪"(北魏孝文帝《祭岱岳文》)或"东方万物,始交代处"(《五经通义》)的一类观念。可见杜甫是受了这类观念很深的影响的。

以上四句,作者以浩然沉着之笔,勾勒出一个包罗万象、气韵超然的泰山;下四句更渐渗入了作者一己之亲切感受,使人欲将自己远大浩茫之思与高奇苍茫的泰山合为一体。

"荡胸生层云",是承转的妙笔。此时作者虽未直接写泰山,却提过山中层出不穷、漂浮不定的云雾,写出泰山的深邃;随山云层出而心胸激荡、思绪万千的诗人,其襟怀也正如泰山一样广大。一"荡"一"生",由静至动,给肃穆的泰山再添生气,诗人的兴致也达到了一个小小的高潮。

"决眦入归鸟",把诗人开阔博大的胸襟进一步展现开来。这是全诗意象较为细微的一句,却在飞鸟的高翔中展示了泰山的无限广阔。疾然而飞的鸟儿使诗歌的动感更加强烈,也鼓起了作者想象的翅膀。

无论是远望、近望还是细望,都不能尽望岳之情。泰山之独绝处,正在其居高临下、俯视群峰的气概。所以中国一位伟大的哲人登泰山后,感到天下变小了:"孔子登东山而小鲁,登泰山而小天下。"(《孟子·尽心篇》)而杜甫正是抱着登最高处的理想、创最辉煌业绩的心情来望岳的。

细品《望岳》诗,会深深感到在苍莽雄浑的自然景物中蕴含着无穷的生机活力。这种生机活力，是属于一个既古老又年轻的文明古国的。"岱宗"的尊严，"齐鲁"的高古，"造化""阴阳"的博大浩渺，孔子登泰山之顶时胸怀的坦荡浩然，都是文明古国之活力与智慧的生动体现。而一位诗人，只有当他把自己的抱负理想融入具有无穷活力的民族博大精神中时，他的诗歌才能如祖国的山川河流一样长久。这首《望岳》诗正是属于杜甫自己，又属于民族的不朽诗篇。

（原载《文史知识》1996年第九期）

字字知音　句句感悟

——杜甫《不见》诗歌赏析

不见李生久，佯狂真可哀。
世人皆欲杀，吾意独怜才。
敏捷诗千首，飘零酒一杯。
匡山读书处，头白好归来。

本诗作于唐肃宗上元二年（公元761年），为杜甫漂泊至成都时，得知李白于流放夜郎途中获释而作。这首诗直抒胸臆，明白晓畅，似乎没有多少深意可供解析；而由于作者对李白为人之深刻了解，对社会之深刻认识，对人性之深邃洞察，使得他对李白的友情，展现得格外深挚；对社会、人性的展示，显得独特而卓越，值得深入玩味。

"不见李生久，佯狂真可哀"——杜甫与李白在兖州分别时为天宝四载（公元745年），到如今已有十六年未见面了。这两句开端，真是如开闸之水，奔腾而出，特别是"不见""久"诸字，将作者对李白长时间藏在心中的怀念，和盘托出。"佯狂"二字，显示了作者对李白的独特理解，与对人生的深刻体验，暗含了对当下政治的有力批判。李白的诗歌创作与他的为人特点，如他自己所云："我本楚狂人，凤歌笑孔丘"（《庐山谣寄卢侍御虚舟》）——爽朗、狂傲，应该是其基本特征；而杜甫却以"佯狂"二字，作了与他人不一般的判断。在杜甫看来，李白之狂，竟是佯装出来的。这种略带夸张的写法，实在有些惊人。至于李白是如何"佯狂"，杜甫并未作任何解释，然而指出其"佯"，应该说是道出了几分真实的。在一个皇权至上、政治斗争激烈残酷的社会，每个社会成员不可能把自己之真心话完全吐露出来；时时做戏以求生存或发展，是难以避免的。因此，杜甫对李白之"佯狂"的叹息，与其说是在说李白，不如说是在批评当下社会的某些让人痛恨的真相。"真可哀"三字，下笔沉重，心情悲悯，其中的难言之隐，令人浮想联翩。总之，"佯狂"一句，虽然是李白个人之悲剧，但也是一种供人联想的社会悲剧了。杜诗的过人之处，可见一斑。

"世人皆欲杀，吾意独怜才"。此二句，承接可哀之意，振聋发聩。诗人将"世人"与"吾"截然对立起来，并非故作惊人之语，而是对历史真相大胆的揭示。历史上，多少志士仁人，或因冤案而死，或因发表不同意见而遭受杀戮，或因受到不公正之待遇遭贬谪而亡；而在关键时刻或生死关头，能发声支持者、伸手援助者实在寥寥无几，落井下石者却多如牛毛。韩愈就曾经感叹说过："今夫平居里巷相慕悦，酒食游戏相争逐，诩诩强笑语以相取下，握手出肺肝相示，指天日涕泣，誓生死不相背负，真若可信，一旦临小利害，仅如毛发比，反眼若不相识。落陷阱，不一引手救，反挤之，又下石焉者，皆是也。"（《柳子厚墓志铭》）平时看起来友好者，在紧要时刻背叛友谊，"反眼若不相识"、甚至落井下石的情况——在韩愈看来，不是个别事件，而是相当普遍之状况（"皆是也"）。他的这一结论，与杜甫所述相通，值得注意。

在平叛安史之乱中，李白加入永王李璘幕府，本来是出于一片爱国赤诚，却因最高统治者之间的政治斗争而获罪，系狱浔阳，不久被流放夜郎，实属无辜。封建专制社会下，由于统治者具有杀伐决断之权力，又垄断了发布新闻之渠道，人们或者不知真相，或者惧怕统治者之迫害，往往会自觉不自觉地参加到抨击、迫害被冤屈者的洪大人流中去。这种情况太多了，它显示了制度之局限，显示了人性之弱点，令人心有余悸，甚至惨不忍睹。如今杜甫就从李白身上目睹、领略了这一残酷的政治现象。世间几乎一边倒的"李白该杀之"呼喊，对于眼光犀利、头脑清醒的杜甫来说，这实在是他心寒而痛加反省之事。"吾意独怜才"五字，将作者之真实立场，直接表现出来；将作者对社会对才人的扼杀之不满，清晰地表达出来；将作者对李白之同情，公开宣扬出来。这种与当时舆论公开对立之态度，正见证着作者是李白的真朋友。当某人遭受不公正待遇、处于逆境时，竭力为其辩护并站出来保护者，才是患难见真情的朋友！杜甫正是在关键时刻，用其深情、勇敢之诗笔，展示了朋友的真谛。

　　杜甫理解李白，还因为，他深知，李白之所以在诗歌方面取得了巨大的成就，除了他的天才条件外，还和他飘零、坎坷之生活境遇有紧密的关系："敏捷诗千首，飘零酒一杯"。李白作诗，用杜甫的话来说，是"李白斗酒诗百篇"（《饮中八仙歌》）、"白也诗无敌"（《春日忆李白》）——才思泉涌，无人能敌。而这位无人能敌的诗人，其成就之一重大秘密，便来自他那"飘零"动荡之生活。多彩的生活经历，甚至艰难、漂泊不定之遭际，给了诗人作诗的巨大动力，使其更常持酒杯、更增潇洒之风度，是其灵感频生的丰富源泉。同是评价李白，杜甫还曾经写过这样的诗句："文章憎命达，魑魅喜人过。"（《天末怀李白》）是的，"文章憎命达"——才华横溢、文采飞扬的文人，往往是命运多舛，而一生顺利通达的人却很难写出杰出的作品。可以说，好朋友之间除了彼此欣赏之外，还是对彼此真正了解的人。一般人对李白的赞赏大都停留在其天才方面——"敏捷诗千首"；而对于其"飘零"、困苦生活所蕴育的精神财富方面，还远远未能达到杜甫理解之深度。在某种意义上说，杜甫在同情朋友之漂泊、艰难生活之同时，亦深深理解这种生活对李白诗歌巨大成就的激发感动之力量。"敏捷"二句，在为朋友叹息之同时，亦有激励好友并为其骄傲、自豪之意味充溢其间。

吟到此处，诗人突发奇想——"匡山读书处，头白好归来"。匡山，指绵州彰明（在今四川北部）的大匡山，李白少时在此读书；如今进入晚年，若是有意归隐至匡山，正好有机会和客居在成都的杜甫欢然相聚！二人若能一起读书，畅谈诗文，其生活将富有何等浓郁的诗情画意！杜甫和李白分别后，常怀"何时一樽酒，重与细论文"（《春日忆李白》）的美好向往，现在两人都已上了年纪，若能谈诗论文，真乃人生一大快事！结尾这两句，呼应着开端"不见"的思念之情，将全篇种种意绪，做了深情饱满的收束。

这种与老朋友共同读书之欢乐期待，其实伴随着五味杂陈之感慨的。古代读书人的一个重大的驱动力，就是在饱读诗书后，去实现治国平天下之抱负理想；这几乎成了读书人的共识，或者说，是一种集体无意识。而很早就立下了"致君尧舜上，再使风俗淳"（《奉赠韦左丞丈二十二韵》）的杜甫与常怀"长风破浪会有时，直挂云帆寄沧海"（《行路难》）的凌云之志的李白，现在俱已衰老，事业无成（李白已年过六十，在杜甫写作本诗的第二年就去世了），若共读诗论文，回首往事，情何以堪！正当壮年的杜甫吟出"何时一樽酒，重与细论文"之诗句时，他给诗歌定题为《春日忆李白》，那种"春日"之笔调情怀，不仅象征着李杜之青春朝气，也饱含着大展宏图、干一番事业之激情！而如今，"读书"与"头白"四字相映衬，真有无限感慨。这四字，概括了李白一生之重要经历，也浓缩了无数文人之读书奋斗生涯与不堪回首之心境历程；不过，无论遭际、境遇如何，一个文人，只要能读书，即使到了人生晚境，也是满足的。读书，就是求知，就是探索，就是向无限之宇宙与深邃之内心去追求世界与人生真谛，何况又能与文章知己共同切磋、学习呢？我们看到，杜甫于此的"头白""读书"之结尾处，既将读书之快乐，交友之温暖，对理想之坚持，对真善美之追求，囊括其间；亦将往昔壮志之难酬，人生之艰难坎坷，岁月之倏忽易逝，曲曲道出，形成了高雅苍凉的风格意境，令人对其坚韧意志、高贵灵魂产生由衷的敬意。总之，"头白"而"读书"，涵咏人生、艺术百味，可以令人沉郁，亦可以使人振奋；而其探索之心态与奋进不息之精神，对于关注人生大问题的无数后来人，真有动人心弦之感发和启示的力量！

杜甫本诗，字字展示着他是李白的真正知音，同时又透露着对社会人生的深刻洞察。本首诗歌，虽然处处谈及李白，却也时时展现着诗人自己的形象，更触及社会人生的一些重大问题，似火热情中饱含着冷静之观察与思考，是对高尚友谊之吟咏，是一首振聋发聩而发人深省的不朽诗歌。

人生晚年时光的思考

——李商隐《登乐游原》欣赏

登乐游原

向晚意不适,驱车登古原。夕阳无限好,只是近黄昏。

古人作诗,有时会出现某种通向哲理思考之现象。唐人李商隐之《登乐游原》诗,便是一例。前人对本诗之分析很多。本文拟从哲思之角度,来作一赏析。

李商隐写的这首《登乐游原》,正当唐朝这个庞大帝国走向没落、灭亡之时期。这个大背景,对此首七绝中所描写的夕阳西下之壮观景象,应有相当的影响,值得注意;而本诗之更高成就,乃是它能以阔大意境,微妙情感,能引发读者人生的多方联想与反省,甚至引起普遍共鸣,而并不仅仅是对当时社会心理之反映而已。

例如,本诗对人生晚境的兴发感动作用,就非常明显,值得深思玩味。

先看首句:"向晚意不适"。向晚,指时间,天色将晚;面对这种夕阳即将西下的傍晚时分,诗人产生了"意不适"的感觉。李商隐吟出本诗时,他年32岁,正当壮年,其"意不适",到底受到了何种具体事物之刺激,不得而知,然而其咏叹之"向晚"二字,已经不局限于白昼之即将结束时刻,而是会使人自然联想到人生的晚年时段,暗暗与"只是近黄昏"之结尾意绪遥相呼应;这种人生晚境的象征意义已悄悄透出——一种并非马上发生却又必然来临的生命消逝之结局，已萦绕在脑海，挥之不去了。诗人用"意不适"这样比较模糊的字眼，引发探究玩味之意趣，含蓄而微妙。

应该说，人到了晚年阶段，虽然在身体的衰老程度上各有不同，然而在生理、心理上产生较多的"不适"之感，却是共通的。当然，即使未到晚年之人，面对人生必然到来之老境，亦会时常产生某种联想。请看，作者只用"意不适"三字，便在有意无意间，将人们对人生之共感或联想作了一个传神概括，笔力是惊人的。

对生命趋于消逝之本能感受，会产生种种"不适"之感，于是诗人便自然生发出纾解不适感觉之简洁方式——"驱车"于莽原之上，放眼于开阔空间，以求化解忧闷之意绪。而驱车之"驱"，不仅仅是一种驾车之具体动作，而且更饱含了内心的不可抑遏之驱动力。这种来自生命本能的心理驱动，作者用"驱车"二字呈现之，臻于化境，浑然无迹；细细品味，乃是精准描写心理活动的妙笔。

"登古原"（即乐游原，乐游原在长安城南，时唐代长安城内地势最高地，乃京城人游玩之好去处）三字，给读者提供了广阔的想象空间。"登"，指向高处，"古"，时间上向遥远延伸，"原"，空间上向八方拓展。心处此种高远的时空，正是"向晚意不适"的诗人，所需要纾解的一种较为理想之环境。当人面向广大原野、浩渺天空时，压抑之情可稍有缓解；极目远眺，放松心情，眼界、心路易向宽广之方向发散，这正是一种心理上的有效疗法。总之，开端两句，写出了人在郁闷、压抑心态时，常常表现出来的舒闷、解脱之行为方式，使读者感到亲切，如亲临其境一般。"古原"之阔大悠远的时空，为发广阔深邃之感慨，作了适当的铺垫。

环顾四面八方，诗人所见者何？一轮红日西斜，即将消失于视线之中也。此刻，诗人所见夕阳，放出万道金光，将天空白云映得红彤彤，将山河大地染得金灿灿，世界幻化一片金碧辉煌——诗人面对西方遥远天空的一轮红日，他那"意不适"之状况暂时淡化，不禁脱口而出："夕阳无限好"！这"无限"二字，将夕阳之美推向了极致。从旭日之喷薄而出，到午日之耀眼辉煌，到傍晚之落日熔金，皆有各自魅力，李商隐何以独对夕阳给以"无限好"之赞美？在此间，不妨对他另一首《晚晴》诗加以观赏，来玩味其中含意：

晚晴

深居俯夹城，春去夏犹清。天意怜幽草，人间重晚晴。
并添高阁迥，微注小窗明。越鸟巢干后，归飞体更轻。

请看，夕阳代表着"天意"，照耀着那饱受雨潦之苦的幽草，使得它们能沐浴在余晖中而增生意；读者能从这易遭忽视的小小植物之被呵护中，想象到"天意"饱含着多么博大深广的慈爱！夕阳余晖流注在小窗上，带来了微弱而柔和的光明，令人宽慰而喜悦。这种光明，被作者人格化了，夕阳已经竭尽了它那"无限"之力，成为天意无所不在之博爱的代表——所以为"无限好"也。"人间"之所以"重晚晴"，正是因为能陶醉这转瞬即逝的温暖、柔和、遍及各个角落的夕晖之中。李商隐以一种愉悦、积极之诗笔对待"向晚"时光之精神，令人耳目一新，同时也有助于读者对其"夕阳无限好"之内涵，有具体深入之理解。

《晚晴》之诗，在一定意义上说，打下了民族性格的烙印，是中华民族"夕阳精神"的写照。中华民族，是为后代生存的民族。为了下一代的幸福，老一代人，愈老愈勤，愈老弥坚，他们要把自己的余光、余热，全部奉献给后来人。这种在中华民族到处都层出不穷的生活现象，正是"天意怜幽草，人间重晚晴"与"并添高阁迥，微注小窗明"之佳句诞生的情感基础。李商隐这种深情妙语的产生，与中华民族之生活、劳作特点，有着某种深邃的关联。

赞美"夕阳无限好"，是感情上的一种投入。如果理性地看待夕阳，就会得知，夕阳之"好"，是有限的。那照遍大地之阳光，虽然给人以无边无际美的享受；而一个"夕"字，正是时光不驻、好景难长之体现。明乎此点，便知"夕阳无限好"之赞美中深含着一种遗憾。在有限中追求无限，乃是人类深心处之一种渴望；当无限成为不可能之奢望时，那即将西下的温暖、柔和之夕阳在刹那间便成了人们追求无限而不可竟得的感叹之典型意象。观赏之喜悦，与深含之长恨，都凝聚在诗人对"夕阳无限好"的一声赞美与长叹之中了。

"夕阳无限好，只是近黄昏"，之所以足称名句，从哲思之角度观，它正是道出了无限与有限之间的深刻矛盾，表达了人类之共感。人类在生活中的各种欲望、需求，是无休无止的，尤其是在延长生命、提升生活质量方面，更是如此。在本诗中，对"夕阳无限好"之赞美与艳羡，表达的正是人类对无限之欲望追求；而夕阳正处于"只是近黄昏"之有限时分，"无限好"与"近黄昏"之意象，乃是无限与有限之矛盾的审美表达。当夕阳放出温暖之光辉时，在色泽上，是红彤彤的，与诗人"无限好"之激情正相吻合；而逼近黄昏之时，暮霭渐浓，颜色渐转为灰暗，其景象亦与诗人"近黄昏"之低沉情调正互为表里。诗人之笔墨可为自然幽微，情景交融。

周汝昌先生曾指出李商隐本诗中透露出了积极生活态度，其文云：

玉溪此诗却久被前人误解，他们把"只是"解成了"只不过""但是"之义，以为玉溪是感伤哀叹，好景无多，是一种"没落消极的心境的反映"，云云。殊不知，古代"只是"，原无此意，它本来写作"祗是"，亦即"止是""仅是"，因而乃有"就是""正是"之意了。别家之例，且置不举，单是玉溪自己，就有好例，他在《锦瑟》篇中写道："此情可待（义即何待）成追忆，只是当时已惘然！"

其意正谓：就是（正是）在那当时之下，已然是怅然难名了。……玉溪固曾有言曰："天意怜幽草，人间重晚晴。"大约此二语乃玉溪一生心境之写照，故屡于登高怀远之际，情见乎词。……若将这种情怀意绪，只简单地理解为是他一味嗟老伤穷、残光末路的作品，未知其果能获玉溪之诗心句意乎。①

  指出李商隐本诗在"只是"中透露出的积极生活态度，是周汝昌先生对其中深刻含义的重要阐发。在笔者看来，周汝昌先生对"只是"的解释，有其可信一面，即解释为"就是"；但也有不够圆融之一面。首先，"只是近黄昏"，既可以从积极方面作以解释——近黄昏这一段时间，就是夕阳最美好的黄金时段，人们要抓紧时间欣赏，好好享受；也可以从相反方面理解——这一夕阳最美好的黄金时段，正在逼近黄昏，时间是短促的，因而渗透了遗憾或感伤的色彩。李商隐本诗之精微深隐，正在赞美生活之美好与叹息人生短暂之间，所以为妙也。周汝昌先生的鉴赏、解说，很能启发读者对李商隐本诗的深入理解，不过须注意的是，中国古代语言常常是既相反又相成，"只是"二字，既可以理解为"就是"，也可以理解为"但是"，（正如"冤家"，既可称为仇人，亦是情人之昵称一样）这正是本诗最微妙、最凝练、最传神之处。

  综观全诗，从积极的方面去联想、理解它对于人生晚境的启发作用，还是很有意义的：人生的晚景是每个人都要经过的，晚景之种种"不适"感觉，亦是难以避免的（"向晚意不适"）；而在此人生阶段，怀有阔大眼界、豁达心胸，还是很有必要的（"驱车登古原"），尽管身处生命之接近终结阶段，不免带来一些黯淡意绪（"只

---

① 萧涤非等主编，《唐诗鉴赏辞典》，上海辞书出版社，1983年版，第1136页。

是近黄昏"），人们仍要抓住这一可贵的生命时段，在有限中竭力追求无限之美好（"夕阳无限好"）——人类所能达到最稳妥而积极之境界者，概尽于此。

　　渗透于李商隐诗歌的这种理思，对于宋人之作诗路数，有着潜移默化的影响。前人对于宋人初期学习李商隐（号称"西昆体"）之情形，多认为是学习其音调、辞藻、声律、对仗或用典等方面，忽略了李商隐诗歌在理性思考方面的影响，这是十分可惜的。

两幅画面　一种情思

——许浑《途经秦始皇墓》诗赏析

龙盘虎踞树层层，势入浮云亦是崩。
一种青山秋草里，路人唯拜汉文陵。

　　诗人的情感往往细腻于常人，他们亦极善于修辞造句。因此读其诗，一定要留心每字每句的用意，唐人许浑的这首诗，便有不少令人回味之处。首先，诗题中"途经"两字很值得玩味。你看，诗人仅仅是因为途经此地才看到了秦始皇墓，并非是特地来寻，无丝毫瞻仰流连之意。读者从他这漫不经心的"途经"中，便可以窥得真实的消息（"墓"字亦颇有味道，下面再谈）。

　　秦始皇墓在今陕西省西安市临潼区，南傍骊山，北临渭水，坟墓上"树草木以像山"，巨大而葱茏。诗人抬眼望去，但见其地势险要雄壮，如虎踞，似龙盘，陵墓被层层树木所环绕，好一派郁郁葱葱、峥嵘巍峨的景象！"龙盘虎踞"出自三国诸葛亮之口："刘备曾使诸葛亮至京，因睹秣陵山阜，叹曰：'钟山龙盘，石头虎踞，此帝王之宅。'"（《太平御览卷一五六州郡一引张勃吴录》）作者特意引"龙盘""虎踞"四字来形容秦皇陵，其讽刺意味是很强烈的。秦始皇其人已死，却还要以坟茔来显示那虎踞龙盘的帝王气象，这不是一种讽刺么？这种生前死后劳民伤财为其筑陵以保持不可一世的威严之行径，不是十分可鄙么？从诗人所写秦皇陵峥嵘气象的背后，可感受到他辛辣的嘲讽和强烈的鄙视之情。

"势入浮云"是接写秦皇陵高耸入云的气势，同时语意双关，暗示其生前无与伦比的权势。当诗人以仿佛讴歌的笔调把秦始皇陵步步抬向九霄云层之时，他却以轻灵之笔，将其从云层中顺势推下，预示了陵墓崩塌、朽坏的必然结局："势入浮云亦是崩！"旧时亦称皇帝之死为"崩"。由此可知这一诗句的另一层含义：秦始皇生前的权势尽管威临天下，他也不免撒手人间，怅怅而死，如浮云一般幻灭。"入"字特妙——它暗示秦始皇之权势等同浮云，刹那间幻灭。"浮云"，与杜甫《可叹》诗"浮云苍狗"之意相通："天上浮云似白衣，须斯改变如苍狗"——苍狗乃毛色青灰之狗，古代以为不祥之物；明晓此点，便能得知"浮云"深意。"亦"字用得亦妙，表明客观规律的不可改变，带有一股浓浓的讽刺味道，嘲笑了秦始皇力图使自己长生不死的愚妄。同时，"亦"字还起着这样一种作用：它使得文意的转折不那么突然、生硬，使得文辞如行云流水般畅快。"崩"字用在句尾，声音响亮，流露出作者鲜明的爱憎，从而为后两句所展示的意味深长的画面、埋下了伏线。

诗人写至"亦是崩"时，本来已达到了感情的一个高潮。按照一般的推想，他本应把感情的怒火继续烧向那穷奢极欲的暴君。然而，作者却转将笔锋一掉，把读者引入一幅更宽阔、悠远的画面，构思可称绝妙。

"一种青山秋草里，路人唯拜汉文陵。"在青山的环抱中，秋天的黄草里，行人们都纷纷奔向、停留在不远的另一个地方——汉文帝陵墓旁，虔诚地跪拜于前。汉文陵在今陕西省蓝田县附近，与秦皇陵同处一种青山秋草的环境之中。然而二者在后人的心目中，却有着极大的不同。汉文帝刘恒，即位后清静无为，俭朴自律，在历史上传为佳话。对于这样一个与民休息、不求显赫的帝王，人们产生景仰之情是很自然的。而对于秦皇陵呢，行人们都和作者一样，"途经"而已，不予理睬。无言是最高的轻蔑。这后两句，诗人丝毫未提秦始皇一个字，但他却把对这位暴君的憎恶表达至极。"一种"二字下得极为精妙。这两个字与"唯"字互相呼应，把秦皇陵前孤零零的场面和汉文帝陵前肃穆热烈的气氛加以对照，歌颂着真善美，严厉地鞭挞了腐败和专横。一种对恶的、丑的东西之鞭挞，如能在美的意境中暗示出来，其效果往往比直接批判本身更为严峻有力。此诗之青山秋草与路人身影的动人描写，便具此绝佳的效果。

诗人在旅程中看到了两幅画面。这两幅画面，极微妙而鲜明地反映了当时晚唐社会的重大社会矛盾和人心之所向，对于心系于国事、敏感于世情的诗人来讲，确有强烈的刺激和感发的力量。他发挥着艺术的想象力，把这相隔不远的两幅画面结合在一起，构成了广阔的艺术空间，发人深思，令人遐想。

两幅画面，一种情思。许浑此诗道出了多少人们的心声与理想。他呼唤着廉洁的政治，抨击腐败、专横的执政。其诗歌不仅在当时有着现实意义，对于今人也自有其警醒、启示的作用。

题目中的"始"与结尾"文"字，亦能给读者在对比中以深沉之启发。在统一六国后，秦嬴政以为德高三皇，功过五帝，于是将皇与帝并称为"皇帝"，称自己为始皇帝，以期后世称二世、三世，传之万世而无穷，其贪婪狂妄可见一斑。汉文帝之文，根据周公谥法，道德博文曰文，学勤好问曰文，不耻下问为文，慈惠爱民曰文，愍民惠礼曰文，可见"文"是与爱护人民与提升自身道德学问有密切关系。百姓所见秦始皇，不是征战杀戮，就是严刑峻法，虽然有一统中国、设置郡县等功绩，但其主观动机与实行手段，皆残暴严苛，给人民带来了严重灾难与巨大之心理阴影，开了"以天下奉一人"的恶劣先例；在普通百姓眼里，他就是一个暴君。"天下苦秦久矣"——秦始皇的残暴统治，给人们带来的暴君形象可谓根深蒂固，以至于不理会乃至忽略其历史功绩，这种心理是完全可以理解的。至于汉文帝，他生活简朴，节制贪欲，轻徭薄赋，宽仁慎刑，从谏如流，亲伺病母，近乎完美，不但是千古帝王之翘楚，而且其所作为，也足以成为普通百姓之榜样。于是，在本诗中，"文"字唤醒着读者对于历史的回忆，对以德治国之理想境界的向往。值得玩味的是，诗人在题目中曰秦始皇陵为"墓"，在全诗结尾称汉文帝坟为"陵"，顿时使高耸云霄的秦始皇陵显得极其渺小，而相对矮小的汉文帝之陵变得高大起来。我们知道，帝王之坟称为"陵"，而帝王以外普通人之坟称为"墓"；诗人却在题目中故意称秦始皇之坟为"墓"，对汉文帝之坟尊称为"陵"，这种视力的"错觉"，表达的是他对前者的极端蔑视，对后者的敬仰之情。"唯拜"二字，在全篇文字中显得格外耀眼，它不仅展现了"路人"们对文帝之治国功绩的肯定与感激，也透露出对体现在文帝身上的华夏民族之优良传统美德的崇仰与发扬之意。

　　秦朝覆亡后，无论是在历代官方的意识形态里，还是民间的街谈巷语中，他都从未被歌颂过，完全是一个负面形象。这种民族心理，在许浑本首诗中得到了高度的艺术概括。在许浑看来，汉文帝比秦始皇崇高得多——他看到了在汉文帝身上之一种极为可贵的品质；虽然秦始皇在统一中国方面有他的贡献，但是在作者的心中，有一种真正永恒的东西，在中华儿女的心中永不磨灭，那就是人之心底所深藏的向善的美好心灵。作为一位皇帝，汉文帝能在其日常生活中节制欲望、关心百姓、从谏如流，于是，他不但在皇帝之统治工作方面做出了相当贡献，而且在怎样做人方面，作出了应有的榜样。汉文帝尽管远非完人，而人们向他顶礼膜拜，正是在树立一座心灵的丰碑，向一个追求仁义、完善自我的积极向上之精神致敬——这是中华文化所追寻之至高至善之境界的体现，亦正是诗人途经帝王陵时有所感悟的深层原因。

（本文发表于《文史知识》1997 年第 7 期，后作了些调整修改）

咏鸟情长寓意深

——王安石《见鹦鹉戏作四句》欣赏

见鹦鹉戏作四句

云木何时两翅翻，玉笼金锁只烦冤。
直须强学人间语，举世无人解鸟言。

北宋诗人欧阳修的咏鸟诗《画眉鸟》，情文并茂，名垂诗史，显示了一位思想先行者的深邃思考与卓绝才情。而与他同时代的另一位著名诗人王安石的咏鸟诗《见鹦鹉戏作四句》，在思想的高度和吟咏的深邃方面，和欧阳修有惊人相似，息息相通，两首诗堪称宋代咏鸟诗的双璧。不过，王安石之诗，重视者寥寥，因此很值得作一欣赏与探究。

据记载，王安石是一位工作狂，不苟言笑，他的同僚们很少见他有笑容。然而，王安石还有他幽默诙谐的一面，只不过这种性格的表现形式，深埋在冷峻外表之中，与众不同——"含泪的笑"罢了。题目中"戏"字，就透露了这一消息。

某天，王安石瞥见锁在笼中的鹦鹉，侧耳聆听其啼声后，他难得地会心一笑，随即戏洒笔墨，写下了本首《见鹦鹉戏作四句》诗。此题目，颇能见出作者性格——"戏"，何等随意！"四句"，何等轻松！而随意与轻松中所包含的郑重与沉重，却不是用语言能轻易表达出来的。

请看王安石所见到的鹦鹉处于一种何等状态吧。

开端一句，以"云木何时两翅翻"之振聋发聩的呼喊，径直探到鹦鹉内心深处，道出其长久郁闷憋屈的心理，令人为之一惊。

细细品味，这句开端内涵丰富，情感郁勃，行文峻拔奇峭，的是安石笔法也。

王安石之诗文，往往高屋建瓴，陡峭健拔，直指人心。请看，身在笼中的鹦鹉鸟儿，日日学人语，貌似快乐适意，实则内心时时燃烧着冲出牢笼的怒火。它内心永远重复的一句话，就是："云木何时两翅翻"——"我何时才能冲出牢笼，展开双翅，飞向高空，盘旋于耸入云天的高大林木之间啊"！

"云木"——高耸云端的树木丛林，本来是鹦鹉栖息的所在，是它真正的故乡。本诗开端冲口而出的对"云木"的呼唤，真是情不能已，荡气回肠。它道出鹦鹉困于笼中的抑郁烦闷处境，一心向往其生命的原发地的心声。"两翅翻"，更以双翅舒展、逍遥恣意的形象，揭示、加强着奔向自由的难以抑遏的渴望。"翻"字，生动展现了鸟儿翩翩飞翔的逍遥之态，也于有意无意之间，透出翻转现实之苦痛处境、彻底解放身躯与灵魂的意绪。

"何时"二字不可忽视。它点出了此刻鹦鹉身在笼中的苦境；同时也表明，鹦鹉之在笼中，时日久矣，昼夜煎熬之悲，难以言说也；它还告诉读者，鹦鹉冲破牢笼之日期，殆遥遥无期，然而仍然保持着一丝希冀也。往日之被无情封闭，当下冲出牢笼之渴盼，对于未来不得解放之绝望中的一丝希望，皆交织在"何时"两字之中，情绪悲凄，大有揭响入云之势，令人动容。

接下的"玉笼金锁只烦冤"，将鹦鹉的现实处境展现在世人面前，将"云木何时两翅翻"之情绪，进一步推向高潮。细味此句，本应放在全诗的开端的，按照句意逻辑，应是："玉笼金锁只烦冤，云木何时两翅翻"——锁在金笼里很烦冤，何时能飞向那云木蓝天呢？不过，若按如此顺序来写，抒写鹦鹉"烦冤"之艺术效果会有所减弱。

作者对此两句做了倒置处理——先痛抒冲出禁锢的渴盼之情，再展示现实之憋屈烦闷之境，顿使鹦鹉之悲哀倍加浓烈。

"玉笼金锁"——一片金玉光泽，很是耀人眼目。看似随意写来，而实有深意寓焉。此四字既是现象，也是本质。"玉"与"金"之质地与光泽，都表明鹦鹉之居所与物质生活，是惬意舒适的；而"笼"与"锁"，则揭示了一片光彩滋润生活背后的阴暗与愁闷。诗人告诉读者，鹦鹉过的一种"锦衣玉食"之生活，是需要付出丢弃自由的精神代价的。此四字，惜墨如金，将鹦鹉之优渥生活环境与凄悲心理状态的描写，水乳交融般地呈现在读者面前，显示了作者洞察事物与驾驭语言的深厚功力。

正是因为这种"锦衣玉食"的光明表面与禁锢之心灵苦闷相互交织之情境，引起了"只烦冤"的巨大痛苦。"烦"者，烦闷也。这种烦闷，不堪忍受也；而更有不能使人忍受者，是"冤"也。"只"者，但存、仅有之意也。总之，此"烦冤"之意绪，几乎近于崩溃也。

这个"冤"字，真是别具慧眼，道出了鹦鹉的深层痛苦。如果说，烦闷之情，还可勉强忍受——将来飞出锦笼的希望依稀或存；而当锦笼之主人，竟以为鹦鹉满意于此种生活而精心豢养，那么，他们对于鹦鹉之心理，必定会产生莫大的误会，而鹦鹉飞翔于蓝天、栖息于"云木"之理想，将最终破灭。岂不冤哉！

笼中鸟之主人，以欣赏乃至关爱之情来对待被囚禁的小小生灵，完全不能理解鹦鹉的真实感受，而至于以恩人自居并宽慰；因而不难得知，鹦鹉"冤"之感觉，是本诗最沉痛的所在，也是诗意之承接转折的所在。

锁于笼中，不但使鹦鹉蒙冤，还带来了另一种极大误会："直须强学人间语，举世无人解鸟言。"在豢养鹦鹉之人看来，究鹦鹉之一生，只需做一件事，那就是"学人间语"——把人世间的话语学会了，就是鹦鹉的成功了；进一步说，也竟是豢养鹦鹉者之愉快与成功了。

其实，在王安石看来，这正是鹦鹉的最大悲哀。正如人类特别注重自己的语言一样，鹦鹉之愉快本能，也是直接唱出它们自己的心声。当人们赐予鹦鹉之饮食，甚至教会它们人类的语言时，他们完全不知，鹦鹉之真实个性和愉快本能完全被压抑了。它们在云木之间，在大自然里飞翔鸣叫的自我快感，完全消失了。人们指导着鹦鹉生活，欣赏着鹦鹉学说着种种人语，年深日久，就与他们欣赏鸟语的初衷，完全相悖了，甚至到了"举世无人解鸟言"的地步（"鸟言"，可理解为鸟儿的本色啼声，更可理解为其真实心理）。这是鸟儿的悲哀，难道不也是人类自身的悲哀吗？"举世无人"四字，饱含"众人皆醉我独醒"的沉重感喟，深味自知。

把自己的愉快想象为他人的愉快，以自己的计划方案、人生设计加在他人头上为正确，这是人类最易犯下的错误。在本诗之结尾中，王安石用了"直须"（必须）和"强学"（强制或勉强学习）四字，来点出人类的认识误区，不但一针见血，也加强了诗歌情感的感染力量。

笔者在本文开端曾言，王安石此诗与欧阳修之《画眉鸟》可称为宋朝咏鸟诗的双璧。现将欧诗抄录如下，以供对比："百啭千声随意移，山花红紫树高低。始知锁向金笼听，不及林间自在啼。"对比之下，可以感觉两位诗人欣赏和追求的，是一种自由之精神。欧阳修用更多的笔墨描写了在林中之画眉鸟的千种花样、万种风情（"百啭千声"）的快乐鸣叫声，见出自由自在之环境的可意可贵；王安石之作，则强调了被锁在笼中之鹦鹉的烦闷乃至冤屈，见出失去自由的可怕可恨。二诗一正一反，正可参照吟咏。读者还可以看到，作为带有思想家气质的欧王二人，都极其微妙地写出了一种不易被世人觉察到的真相——欧阳修是经过了很漫长的时间跨度，才感悟到（注意那"始知"二字）：画眉鸟在林中的花样翻新的鸣叫声比在笼中之声，要婉转动听得多；王安石则是一眼便洞见了（注意那个"只"字）：每日学人语的鹦鹉之舒适生活的背后，掩藏着天大冤屈的心灵。而在日常生活中，粗心的人们是很难辨清鸟儿在林中与在笼中啼声的微妙差别的。而能准确、深切辨明这种差别，能深入此差别的本质，这正是执着追求真理的思想家兼敏感细腻的诗人欧阳修、王安石之人格魅力的鲜活显现。

就艺术特色来看，欧阳修的《画眉鸟》的形象性更强，声情更委婉；相比之下，王安石的《见鹦鹉戏作》稍有逊色。而就其笔力的峭拔，感情的厚重，议论的精警来观，后者别有一番独特风格，同样值得欣赏与借鉴。

从思想内涵看，欧阳修之《画眉鸟》之核心，就在那个词"自在"上；王安石之《见鹦鹉戏作四句》之最吸人眼球处，正是那个"冤"字。若问王安石之能写出"冤"字之时代背景、社会根源及作者本人当时的心理状态，真是用语言难以道尽的。咏物之作，从来都带着诗人自己的影子。仅从作者的某些人生经历来观——他那"天变不足畏，祖宗不足法，人言不足恤"之颠覆性的名言招来的攻击，以及他那名诗《明妃曲》引来的"坏人心术，无父无君"之责难，就可以窥见一斑。限于篇幅，在此不遑多论了。

本文发表于《古典文学知识》2016 年第 3 期

关于笼中鸟的一次对话

——苏辙《山胡》诗与苏轼《涪州得山胡次子由韵》诗欣赏

在北宋诗坛上，有一种咏物诗——关于笼中鸟的诗作，吸引着读者的视线，如欧阳修的《画眉鸟》、王安石的《见鹦鹉戏作四句》，发出了对社会人生深刻的感慨，都是优秀的代表作品。宋仁宗嘉祐四年（公元 1059 年）十月，考进士获选的苏轼、苏辙兄弟在为亡母守孝期满后，随父再赴京城，在路过涪州（今重庆市涪陵区）时，也分别以吟咏笼中鸟之五律，作了一番曲折深邃的对话，值得玩味、思考。

一般而言，在苏轼、苏辙生活的时代，读书人中举初入仕途时，大都踌躇满志，饱含为实现人生理想而大干一番之热情。而年轻的苏轼兄弟，却在怀抱理想之同时，还有另一种浓重的忧患意识难以摆脱。苏轼在赴京之途中曾叹息道："富贵本先定，世人自荣枯。嚣嚣好名心，嗟我岂独无……"（《沔阳早发》）"富贵耀吾前，贫贱难独守……今予独何者，汲汲强奔走。"（《夜泊牛口》）看来，苏轼兄弟并未因科举扬名天下而沾沾自喜，反而是因此而增加着"富贵耀吾前""汲汲强奔走"之深沉的反省心理。这种心理，在他们的一次咏鸟唱和诗中就有着深细的反映。

途经涪州时，苏轼兄弟得到了一只笼养的山胡鸟，此鸟羽毛惊艳，叫声尤其悦耳动听，引发了苏轼、苏辙浓郁的兴趣，欣赏聆听之余，苏辙先赋《山胡》一首：

山胡拥苍毳，两耳白茸茸。

野树啼终日，黔山深几重。

啄溪探细石，噪虎上孤峰。

被执应多恨，筠笼仅不容。

    本诗以"被执"前后之时间顺序描写山胡。先从外表写起。"山胡拥苍毳，两耳白茸茸"——此鸟长着浓密的青色细毛，两只耳朵白茸茸，煞是好看。青色与白色互衬，带来洁净、淡雅之感，寄托了诗人恬静、淡泊之意绪，含蓄蕴藉。

    "野树啼终日，黔山深几重"——接写山胡鸟所处环境之自由惬意（"野树""黔山"）、欢乐时间之长（"终日"）与活动地域之深广（"几重"）。此鸟终日所为，啼叫而不倦，可见其快乐之程度；青峰重重，可见其回旋范围之广泛，飞翔之舒畅。以下"啄溪探细石，噪虎上孤峰"，则写生活细节之乐。鸟儿在饮水时，以其特殊方式——"啄"来享受清澈水溪；"探"字，则见其左顾右盼之自得，环顾四周之机警。鸟儿不但在山底细啄，而且掠过山中猛虎，啼叫着飞向孤峰。它可以观奇，可以探胜，大自然简直是一个美不胜收的乐园啊。不过，"探""虎""孤"诸字，多少透露出鸟儿生活的不安因素，与虎豹鹰隼共生于山野里，毕竟还有性命之忧啊。

    "被执应多恨，筠笼仅不容"——陡然间，生活发生了巨变，人类介入了它们的生活：这到处飞翔、探索不止、生机勃勃的鸟儿被人类捉去，锁到笼子中，其内心该有多少恨，多少痛。严密、精致的竹笼禁锢它那小巧的身体，它从此在人类的笼养下，过着一种禁闭之生活。"仅"者，几乎之谓也，它表明，笼内的空间几乎仅仅容身而已，鸟儿转动身子都已是非常困难了。此时它的"多恨"，难以用语言表达,过去恣意美好的飞翔生活日子一去不复返了!

"被执""不容"诸字,耐人寻味。在人类看来,将鸟儿放入笼中,给予食物,赏其鸣声,是对鸟儿的恩赐;而在鸟儿眼中,进入笼中,则是被捉拿、被控制的大灾难;苏辙用这样的字眼,曲折表达他即将进入仕途之感受,对从事政治生涯之忧患意识可谓深矣。"不容"不仅表达身体被限制之难堪,更暗示精神上被封闭之痛苦——飞翔、探索之乐趣不复存在,其视野、想象力亦趋于狭窄乃至枯萎,精神之享受从此完结。这种痛彻心扉之感受,只有被囚禁之鸟儿自身方能有切肤体验,捉住并牢笼它的人类只顾一味欣赏其声音与形貌,以为鸟儿此刻非常惬意,哪里能体会得到其苦闷已极的心灵呢?!

诗人咏鸟,当然不是仅仅咏鸟本身,而是通过想象、描写鸟儿之经历与处境来写人生。前面提到过,苏辙的前辈欧阳修、王安石等人,就曾经分别写过《画眉鸟》与《见鹦鹉戏作四句》,通过写这些笼中鸟,感慨着思想被禁锢之痛苦与自由之可贵。这种感慨,显然是他们经过了丰富之人生经历才获得的。如欧阳修在仕宦路途中经历了较长时间的历练后,在其《画眉鸟》中感慨道:"始知锁在金笼听,不如林间自在啼"——其省悟之时间是相当漫长的。而苏辙写被锁于笼中之山胡鸟时,还是个未经多少世事的青年,一个准备实现自己人生远大抱负的读书人;然而他的这首《山胡》诗,却分明表露了他的早熟,表明了一个即将走上仕途的年轻人对于未来官场生活的深刻忧患与洞见。苏辙与其兄苏轼皆为饱读诗书之人,从历史之经验教训中,从对鸟儿被禁锢在笼中的设身处地之感受中,已经深切领悟着人生种种不自由之痛苦。这首咏鸟诗,实际上透过鸟儿之自由飞翔到被囚禁之经历,写出某种社会生活模式对于人之精神的限制。

苏轼看到了苏辙这首《山胡》诗后,立刻产生了共鸣,他步苏辙诗韵唱和了一首:

涪州得山胡次子由韵

山胡，善鸣，出黔中。

终日锁筠笼，回头惜翠茸。

谁知声嘈嘈，亦自意重重。

夜宿烟生浦，朝鸣日上峰。

故巢何足恋，鹰隼岂能容。

苏轼在时空方面，交错叙写，从不同时间、不同角度，深入描写山胡之心理活动，取得了相当感人的艺术效果。

苏轼本诗首句"终日锁筠笼"，直接苏辙诗结尾"筠笼仅不容"之诗意，写出了鸟儿最深最重的痛苦；而在此更强调时间之冗长——"终日"，揭示最违背山胡鸟本性之笼中环境。由于苏轼深知其弟咏鸟而其实是在写人，因而"锁"字，便不仅是肉体之封锁，更是精神上之禁锢；而这种精神上之锁，才是最痛苦的。"终日"二字，亦呼应苏辙诗中"野树啼终日"之句，突出了山胡鸟两种不同命运的对比。苏辙诗之"终日"，是山胡鸟在林中自由自在之生活，因此其"啼"充满了率性的欢乐；苏轼诗之"终日"，竟是山胡最终被锁在牢笼内之结局，只剩下了"回头"对往昔美好自在飞翔的回忆。这种强烈对比，流露了作者的深深感慨，正是他对胞弟诗歌产生共鸣的原因所在。

这种精神上之"锁"来自何方，诗人并未明确说出；而下句接说"回头惜翠茸"，精警地点出精神上痛苦之要点："翠茸"。翠茸者，美丽之羽毛也，飞翔之翅膀也，所以自"惜"、自怜也。有了这精致绝美的飞翅，才有了"野树啼终日"之清脆响声，才有了"黔山深几重"（黔，黔州，今属重庆市）之广阔天地；有了这精致绝美的飞翅，方诞生了边"啄溪"边"探细石"之无限乐趣，边"噪虎"边"上孤峰"之直冲云霄之痛快淋漓的感受。这种丰富充沛之快意生活，因身被锁而全部消失，故而产生无边之痛惜也。这个"惜"字，将作者对胞弟苏辙之共鸣之意，表达得深刻、凝练。

接下来，作者以"谁知声嘈嘈，亦自意重重"两句，探究着山胡鸟之啼叫声内所含意味，极为警策，是本诗的传神之笔。首先，"声嘈嘈"（嘈嘈，鸟叫声）呼应着题目中的"善鸣"，给人以听觉上的享受。而就在此刻，作者在"声嘈嘈"前面加上了"谁知"二字，便使诗意变得深邃难测。苏轼告诉读者说：这看起来令人愉悦之啼声的内部，还有着看不见、摸不着的更深的忧思呢！

鸟之啼音，乍听起来，声声悦耳，苏轼怎会辨得其中有复杂的"意重重"呢？奥秘就在于，山胡在笼中与在山水中飞翔时之鸣声，在苏轼听来，自有明显差别，粗心人辨别不出来而已。不仅如此，苏轼在此刻，还察觉到身锁笼中的鸟儿之鸣声，竟还含着一种"意重重"之味道。

这不自由的"重重"意味，作者并未给出明确揭示，却笔锋一转，想象着此山胡鸟先前在野外之广大天地鸣叫时的景象："夜宿烟生浦，朝鸣日上峰。"请看，此鸟之"夜"与"朝"之活动，是顺着大自然之环境而顺势而为的——晚烟弥漫的水滨旁，山胡获得隐秘、安静的休息之所；当旭日升起，光照何其灿烂；山峰高耸，天地何其广阔！经过一夜充分休息的鸟儿们纵情啼叫，相互唱和，其情思，其声调，何其愉悦而响亮！这种"朝鸣日上峰"之"鸣"，与笼内"声嘈嘈"之"声"，形成了鲜明的对比，因而其不同环境下之鸣声的意味之区别，不言自明矣。

夜间烟雾迷蒙之时，朝日朗照山巅之际，自有其难以言说的风景魅力，同时，那景象，那鸣声，有时也给鹰隼偷袭、捕捉弱小禽鸟提供着某种时机。大自然景物既是令人愉快之自由世界，又有难以避免风雨雷电、鹰隼天敌之灾害，这是否就是笼中山胡啼声"意重重"之矛盾心理所在呢？

有鉴于此，苏轼提醒此笼中山胡鸟道："故巢何足恋，鹰隼岂能容"——你的自筑之巢，虽有充分自由，然而实不足留恋啊；天敌鹰隼们时刻准备将尔作为美餐，岂能容忍尔辈树巢上自在生存！而人类所做之竹笼，可使尔辈吃喝不愁，安全无险，不亦可乎！细味"鹰隼岂能容"之句，表面写的是鸟儿生活之忧患，其实是曲折反映着苏轼一家（及众多农家）耕种生活的不易与艰难（其中包含统治者的苛政）[①]。当苏轼以安慰山胡鸟的口吻结束了全诗时，他实际也在宽慰着胞弟苏辙和自己：走仕途之路，一定会有缺乏自由等诸多弊端，然而，毕竟能解除衣食之忧，不为贫穷所困，不受苛政折磨，我们只能用失去相当自由之代价，来换取"笼中鸟"式的这般生活了。结尾两句，作者发出令山胡鸟"醒悟"的一声棒喝，借以宽慰胞弟苏辙与自身，然而却使得深刻心理矛盾更显突出而难以化解了。

观察二人之诗，可以看到，苏辙之作，先写山胡自由飞翔之乐，再写被笼养之恨；苏轼之诗，则是从被笼养之现实状况，写山胡被禁锢之愁苦与对自由生活之回忆，再归到作者对山胡之劝告与开解，思维更加曲折，深邃。苏轼对两种生活方式作了比较，暗示两种方

[①]《东坡志林·记先夫人不残鸟雀》："少时所居书堂室前，有竹柏杂花，丛生满庭，众鸟巢其上。武阳君恶杀生，儿童婢仆，皆不得捕取鸟雀。数年间，皆巢于低枝，其鷇可俯而窥。又有桐花凤，四五日翔集其间。此鸟羽毛，至为珍异难见。而能驯扰，殊不畏人。间里间见之，以为异事。此无他，不忮之诚信于异类也。有野老言：'鸟雀去人太远，则其子有蛇、鼠、狐狸、鸱鸢之忧。人既不杀，则自近人者，欲免此患也。'由是观之，异时鸟雀巢不敢近人者，以人为甚于蛇鼠之类也。苛政猛于虎，信哉！"在此文中，苏轼将禽鸟世界中鸟雀的"鸱鸢（即鹰隼）之忧"与人间的"苛政猛于虎"之忧患相提并论，可以给本诗之"鹰隼岂能容"之含意提供理解之角度："鹰隼"隐指苛政。

式各有利弊。"夜宿烟生浦，朝鸣日上峰"之生活，是自由的，率性的，确实使鸟儿快活；但亦容易受到鹰隼之偷袭，死伤在瞬息之间；"终日锁筠笼"之生活，可以受到筠笼主人的喂养，能规避风险，从而保全生命，然而却是以失去自由为代价的。苏轼之诗作，流露着深刻的心理矛盾，极可玩味。

在结束本文以前，再来玩味苏轼诗之小序，还感受着苏轼的一种很深细的思致。小序云："山胡，善鸣，出黔中。"在此，苏轼强调山胡最突出的特点，是"善鸣"。我们知道，苏轼在其诗词中，往往会写出非常细腻、耐人寻味的小序，给读者某种提示或暗示。"善鸣"二字，咏物兼写人。就人而言，苏轼饱学多识，他当然熟悉"文起八代之衰"的唐代韩愈之《送孟东野序》中关于"善鸣"的大段文字："大凡物不得其平则鸣：草木之无声，风挠之鸣，水之无声，风荡之鸣……人之于言也亦然……凡载于《诗》《书》六艺，皆鸣之善者也。周之衰，孔子之徒鸣之……庄周以其荒唐之辞鸣……唐之有天下，陈子昂、苏源明、元结、李白、杜甫、李观，皆以其所能鸣……"由此看来，从人类社会之角度而观，苏轼诗"善鸣"之深意，正是指那些有高远抱负、文采斐然、在历史上影响深远的文人。当看到如此善鸣之山胡鸟被锁进于笼中，具有杰出文才与远大抱负的苏轼联想到自身及文人士大夫之命运，再自然不过。因此，这"善鸣"二字，真是言简意赅，将作者的一腔心事微妙透露出来，读者亦不难领会——那笼中鸟山胡在鸣叫时的"意重重"，在更深的层面上说，不正折射了"腹有诗书气自华"之作者内心的某种感受了吗？

在文人实现自身衣食、养家之需，或实现人生之理想，路径几乎只有科举做官一路的时代，仕宦之途的正面意义与负面作用对士大夫都起着不可忽视的影响。在某种意义上说，能深刻认识到其负面作用，才可能保持清醒之头脑，积极发挥其利国利民、利己之修养的作用。苏轼、苏辙一方面奔波于仕途，一方面对仕途之路的弊端作深刻思考，并通过对笼中鸟之描写作艺术之表达，是他们的高明之处。苏轼兄弟之间的诗歌唱和，虽然不及欧阳修之《画眉鸟》与王安石之《见鹦鹉戏作》在艺术上那样出色，然而从思想上的早熟与思考之角度方面，仍然具有自身特点。它们和欧阳修、王安石等人之咏鸟作品相互呼应，形成了北宋时期之一些文人士大夫对仕途之路与社会人生的深刻感受与理解，值得关注。

一篇形象的"文论"

——苏轼《荆门惠泉》诗歌欣赏

荆门惠泉

泉源从高来，走下随石脉。纷纷白沫乱，隐隐苍崖坼。
萦回成曲沼，清澈见肝膈。漻泻为长溪，奔驶荡蛙蝈。
初开不容碗，渐去已如帛。传闻此山中，神物懒遭谪。
不能致雷雨，滟滟吐寒碧。遂令山前人，千古灌稻麦。

苏轼将自己文学创作之特点表达得简洁生动的，当是其《论文》中所云：

"吾文如万斛泉源，不择地皆可出，在平地滔滔汩汩，虽一日千里无难。及其与山石曲折，随物赋形，而不可知也。所可知者，常行于所当行，常止于不可不止。"①

在晚年的《与谢民师推官书》中，作者在说明文章高境时还说过类似的话："大略如行云流水，初无定质，但常行于所当行，常止于不可不止，文理自然，姿态横生。"②

借泉水或流水意象表达一己之审美与创作理想境界，是苏轼《论文》之要点。它极凝练而生动地描述了泉水的种种状态（如"万斛"

---

① 余冠英等主编《唐宋八大家全集·苏轼集·论文》，国际文化出版公司，1997年版，第3695页。

② 同上，第3468页。

之量、"不择地"之本领、"在平地""与山石"之方位、"随物赋形"之动态），借以表达作者崇尚的潇洒自由之创作理想境界。

有意味的是，这种在长时间创作中总结出的精彩文论，早在作者22岁时，就大体酝酿成熟了。他的一首五言古诗《荆门惠泉》便是明证；其独特之处，是在于通过描写、叙说荆州的惠泉之水的形态与传说故事来体现的。

宋仁宗嘉祐四年（公元1059年）十月，已经考进士获选的苏轼、苏辙兄弟在为逝世的母亲守孝期满后，随父亲再度赴京。他们经嘉州、泸州、渝州、涪州、忠州、夔州，出三峡，十二月至荆州。为纪念此次舟行，把三人途中所作诗文一百首，编为《南行集》，苏轼所作《荆门惠泉》诗便编入此集中。

苏轼在出峡时与父亲苏洵、胞弟苏辙之唱和诗作，大都显得相当平淡；但其中一些看起来很平淡的作品，却在有意无意之间，传达乃至预示着诗人自己人生之路与文学创作之走向，值得欣赏研究。本首《荆门惠泉》就是一首带有预言味道的五言古诗。此诗以"内功"见长，蓄势于内，而有待于外，譬如闸门之水，一旦开启，便必然现出恣肆跳荡、千变万化之势。

《荆门惠泉》为至荆州见惠泉而作。"荆门军本汉旧县"，"荆、襄州之要津"①，葛立方《韵语阳秋》说："荆门军亦有惠泉。李德裕有诗题于泉上云：兹泉由太洁，终不蓄纤鳞。到底清何益，涵虚只自贫。"②可见清澈之极。惠泉，传说因山神将其甘泉恩惠于荆州百姓而得名。

本诗开端两句"泉源从高来，走下随石脉"，勾勒出惠泉之源高流长、迅疾灵活之特点。"泉"之"源""从高来"，可见其起

---

① 宋·乐史《太平寰宇记》卷一，《文渊阁四库全书》电子版，史部。
② 宋·葛立方《韵语阳秋》卷十三，《文渊阁四库全书》电子版，集部。

点之高，与地面落差之大，气势自然不凡。"走下"二字（古代汉语中"走"即"奔""跑"之意）便展示了泉水奔驰之气势与情状。"随石脉"三字则画出随山石之势而活泼流走的泉水。诗人既写出了其高屋建瓴的气势，又勾出其灵活多变的形态；此景之描写，生动体现了作者仔细观察、学习大自然之用心，正与他后来在《论文》中的"随物赋形"之论暗合，隐现了主宰诗人一生文学创作的敏感神经，也在无意间活脱脱概括了苏轼一生为文之立意高远、下笔畅快之特色，成为其为人处世与文学创作的基本线索。此时，泉水之自由潇洒与灵动迅疾之情状与作者之创作灵魂、个性已微妙融合为一体，妙不可言。

以下诸句的描写，皆将"随物赋形"之神髓贯穿始终，成为诗化的文学感悟。

"纷纷白沫乱，隐隐苍崖坼"两句，写出流泉的激扬与活力。既然惠泉由高而下，泉水自然溅起无数水花，白沫纷纷，令人赏心悦目；远远望去，青崖似被清泉隐隐冲刷出一道裂缝，这又见出泉高势壮、"水滴石穿"的力量。"纷纷"与"隐隐"的叠字描写，恰到好处，让人在青山绿水之美的欣赏中感受着溪泉的勃勃生机。

"萦回"四句继续描写泉之清澈与随物赋形的活泼态势。"萦回成曲沼"——泉水在流淌中，时而"萦回"，从容形成曲折回环的沼池；而"曲沼"之清澈可爱，仿佛能照透人之肝膈一般——"清澈见肝膈"。"肝膈"二字，已稍稍透出了消息。肝膈，即肺腑，正喻内心世界。三国魏曹操《让县自明本志令》云："孤此言皆肝膈之要也"，即是一例。如果读者想到作者此时正是书生意气，年轻奋发之时节，便不能不想到他欣赏这清澈之极、照彻一切的泉水时，恰恰展露了一己的光明磊落之心性品格与洞见事物真相之非凡才能，妙在令人不觉。从全诗角度来观，"肝膈"实是一篇之眼。

"潓泻为长溪，奔驶荡蛙蜩"——惠泉"潓（急流）泻"不断，成为奔驶疾畅的长长溪流；其奔驶之气势激荡着溪旁之青蛙蝈蝈们，而它们的兴奋叫声，正衬托着惠泉之不可阻挡的冲击力与永恒流淌的勃勃朝气。这种永不疲惫之奔流形象，很容易令人想起作者对自己文学创作之自评——"在平地滔滔汩汩，虽一日千里无难"。这不断涌流的惠泉长溪，真个是苏轼文论及创作的美妙象征啊。

"初开不容碗，渐去已如帛"。奔流而去的惠泉，预示着其远大前途——作者回首山顶，看着那刚刚从泉眼里流出的"不足碗"的泉流，在奔流转折中，已经像一条可观的宽大布帛，贯穿在山崖之中。这条由小至大、愈流愈宽之泉水，不正由于其源不断、其流不辍所造成的吗？"渐"字，见出泉水之不断努力、不断积累之精神。有此"渐"字，便突出了惠泉之韧性——此时它给人之感觉，大有水气蒸腾、兴雷致雨、泽润人间之势了。

不难看出，晚年的苏轼对自己文章如"万斛泉源"之比喻总结，早已从他青年时期这首《荆门惠泉》之描写中见出气象来了。惠泉即是"滔滔汩汩"、"与山石曲折，随物赋形"而"千里无难"之物。泉之独特魅力，就在于它的渊源深远，纯任自然，猝遇障碍而轻灵化解，而且还能在"与山石曲折，随物赋形"中，形成"不可知"之千变万化的景观来。

就在此刻，一则有关当地惠泉传闻的联想——"传闻此山中，神物懒遭谪"，给本诗带来了转折不测之势，仿佛变化无常之人生一般：传说主管此地山水之神由于"懒"之罪而遭到上天谪罚，因而牵连到了惠泉，使得它不能兴云"致雷雨"、为人间带来更多甘霖了；这对惠泉可是一个不小的打击呦！

那么，惠泉会怎么想，怎么做呢——就目前情况来看，它仅能"滟滟吐寒碧"，自吐清碧之淙淙水流，润泽、滋养着遍地庄稼——"遂令山前人，千古灌稻麦"，成为山下山前农人们的千古帮手了。

"千古""滟滟吐寒碧"，多么动人的景象！"寒碧"，展示的是惠泉之晶莹澄澈之形象与清凉合宜之温度，"滟滟"，又见出惠泉之闪闪耀眼的水光，"吐"，更显现惠泉滋润庄稼时的毫无保留奉献之意，而"千古"，则是惠泉此热情奉献之意永不停歇的见证。总之，本诗"吐寒碧"之描写，将惠泉人格化了。此人格化的惠泉，本为当地流传之美好传说；而善于联想的苏轼，亦恰好借此传说，将一己必将对社会有所奉献之人生抱负，与其"常行于所当行，止于所不可不止"之创作审美理想，融为一体，成为做人、作文之终生追求。

将自然之泉水，引入了人性之内涵，作者赋予惠泉遭遇挫折而从容处之的性格特点，顿使诗歌摇曳生姿，使其"与山石曲折，随物赋形"之文论闪烁着人格的光辉。令人想起"上善若水，水善利万物而不争"（老子《道德经》）等名言隽句来。一般认为，苏轼之用水来形容、比喻其文章之特色，是从艺术层面来说明的；而从本首《荆门惠泉》之对于惠泉遭遇不测而能随遇而安、竭力奉献之描写中，读者还能看到苏轼以水论文中人生修炼之思想内涵。在诗之结尾处，惠泉被赋予了"怀才不遇"而能泰然处之、尽其所能来济民济物之人格风采，耐人寻味。

苏轼这一关于惠泉之遭遇挫折的联想，竟也成了他一生的预言。

回顾苏轼本人的一生，既有春风得意、亦有坎坷多难的时刻，而心怀理想且潇洒豁达的他，不但敢于、善于面对各种顺境、逆境，而且还能竭其所能为国为民做出一己之贡献；这和22岁的苏轼所描写的惠泉之虽未能实现兴雷致雨大志却也能以不断甘泉滋润农田而心满意足，是完全相通的。苏轼本人或许并不自觉，他的这首五言诗，十分准确地将他一生的生活线索预示出来——文学创作的实践、理念之精要，政治活动的进退之原则，全部蕴含在《荆门惠泉》这首短短的五言诗中，堪称作者之一首精彩的人生自我预言诗。

前面提过，"肝膈"为全诗之眼；阅读到结尾，不难看到，作者对于惠泉肝膈之赞美，不仅在于那种"养眼"之清澈，更在于它那以甘泉滋润庄稼之纯美的灵魂。理解了这一点，再回味本诗题目"荆门惠泉"，就会感觉这四字顿时变得格外鲜活，我们不妨将此四字之位置稍作调整："泉惠荆门"——泉水之流淌，意在惠及荆门一方百姓；此意亦应是苏轼以"荆门惠泉"为题之深意所在。

　　应该承认，这首诗在苏轼的诗词作品中，并非属于艺术第一流之作，但是它是作者早期作品之一枝鲜活待放的蓓蕾，虽然没有大展其不凡光彩，然而其花朵绽放后所射出的光芒，却是可以预期的。例如，《水调歌头》（明月几时有）中，作者从"我欲乘风归去"之向往，到返回人间的"但愿人长久，千里共婵娟"之对人间美好祝愿，正可以看作是不得"致雷雨"之大志而专心滋润庄稼的惠泉之意志情趣的精彩延伸。

　　面对《荆门惠泉》这样的作品，当欣赏其含苞待放之芳姿，欣赏其文学艺术与政治怀抱之丰蕴内涵，放眼其对整个人生的奠基与兴发感动的趋向。此诗的宝贵处，盖在于此。

让雷电匍匐在自己脚下

——苏轼《唐道人言天目山上俯视雷雨》诗欣赏

唐道人言天目山上俯视雷雨,每大雷电,但闻云中如婴儿声,殊不闻雷震也。

已外浮名更外身,区区雷电若为神?
山头只作婴儿看,无限人间失箸人。

宋诗之宝贵处,往往在于对人生的思考、感悟,所谓"理趣"者是也。而大文豪苏轼之感悟,更是俯仰皆是,触处逢春,在似不经意中,道出妙理要道,其高瞻远瞩之势,信手拈来之句,令人称奇。此《唐道人言天目山上俯视雷雨》绝句,便是洋溢着人生大智慧的神来之笔。

苏轼为杭州通判任上,于闲暇间常常登山游水,时有感悟,见于吟咏。一次,他来到了天目山(地处浙江省西北部杭州市临安区内,今浙皖两省交界处,距杭州 84 千米),与一位唐姓道士欣赏周围景物,谈笑风生。唐道士对苏轼说了一个有意思的现象:"当雷雨天气时,我从天目山上高高俯视下边,闪电照亮天空,只觉得云彩脚下雷声如婴儿啼声,丝毫不觉得是雷震呢"("天目山上俯视雷雨,每大雷电,但闻云中如婴儿声,殊不闻雷震也")!

这是一个很有意思的发现和感受!一般人很少会在雷雨大作之时登上高山;而隐居于山中的唐道士却告诉了苏轼这样一种情境——人居于高峰之巅时,雷声发于脚下,其平时震天之怒吼,竟变成了婴儿的啼哭之音!

唐道人这一发现与感受,让苏轼想起了什么?是一种生活常识——人离开闪电的云层愈远,所听到的雷音便愈低?或是人世经验——事物在不同的空间与角度观察理解时,会呈现出不同的变化?

都不是。苏轼的联想与思考,别有一番意味。

苏轼微笑了。他想起了一个历史上的有名典故——三国时代的刘备"闻雷失箸"的故事。曹操与刘备青梅煮酒论英雄时,曾对刘备说:"今天下英雄,唯使君与操耳。先主方食,失匕箸。"(《三国志·蜀书·先主传》)斐松之注引《华阳国志》云:"于时正当雷震,备因谓操曰:圣人云'迅雷风烈必变',良有以也,一震之威,乃可至于此也!"[①]刘备当时被吓了一跳,以为做天下之主的心事被曹操觑破,手中的箸(筷子)顿时落到地下;此刻天上正好打了个雷,他向曹操解释说,自己之所以"失箸",是因为让突如其来的雷声给吓住了,因而掩饰了过去。刘备之惊怖,已经不是外在的雷声本身,而是来源于他的内心深处。正因为有感于此,苏轼才在诗之结尾中,吟出了这样一句——

无限人间失箸人。

刘备如此,人类何尝不是如此?即使是杰出的人物,也难免有此失态之时。"闻雷失箸",这个人们熟知的典故,在苏轼之诗中,成为对人类被名利得失所困扰的象征,"人间""无限"诸字,正是对人类心态普遍性的精炼概括。

若问笔者解此诗时,何以不按诗歌先后顺序,偏偏先从结尾一句解说?回答是:因为这最后一句,其实便是本诗的第一句。即是

[①] 《二十五史·蜀志·先主传》,上海古籍出版社,上海书店,1986年版,第106页。

说，苏轼在进入创作状态时，心中先已有了这最后一句——他听到了道士所言雷声现象后，脑海里瞬间便浮现了刘备闻雷失箸的境况，因而深入到了对人类患得患失之情状的反思之中；他在诗歌的开端，貌似冲口而出的"已外浮名更外身"之句，早已胸有成竹地联系着"无限人间失箸人"之思路，首尾贯通，使作品成为一个浑融的艺术整体。

在诗史上，很多名篇，都是因为诗人们胸中酝酿好了那精彩的结尾一句，其作品才脍炙人口、传播不衰的。

且看本诗的开端——既然人们常为名利欲望缠身，因而时时表现出如刘备闻雷失箸般的惊惶，那么，对于人类来说，若想消减这种惊惶，便要对自身的欲望本能有所节制，乃至看轻外物，保持强大的独立忘我之精神状态，这是一个根本的修身途径——"已外浮名更外身"。

当人能将浮云般的"名声""人气"等等置之度外，甚至对那生老病死之身体都淡然处之，那么，还有什么东西能使他惊慌失措呢？"已外"后加上"更外"两字，使诗句语气坚定，精神饱满，把积极主动的状态发扬到极致，给全篇带来了一种高屋建瓴的宏阔气势。

此刻，诗人大声问道：眼前的雷声闪电，你在达到忘我境界之人的面前，还能发什么神威呢——"区区雷电若为神"？神一般的雷电，不神了；苏轼诗歌中的抒情主人公却如高大之神，让雷电匍匐在自己脚下。"区区"者，渺小也，无足轻重也。"若为"者，"岂能如此"之谓也。而"区区""若为"这样寻常字眼，一经苏轼运用，便透出指点江山、挥洒自如之神韵，令人想见其"超人"风采。

何为神？苏格拉底说："一无所需最像神"。"人生的智慧就在于自觉限制对于外物的需要，过一种简朴的生活，以便不为物役，保持精神的自由。人已被神遗弃，全能和不朽均为梦想，唯在无待外物而获自由这一点上尚可与神比攀。"（周国平《智慧的诞生》）[1]这种"无待外物而获自由"的人生境界，正是苏轼等宋代精英的追求。在这方面，他与希腊哲人在精神上可谓息息相通。当苏轼人立足于高处，可以俯视、进而藐视雷声时，他产生了一种人生超越的高峰体验。看呐，神一般的巨人在潇洒地俯听弱小的雷声——雷声变为了婴儿，人变为了"神"，这是令人耳目一新的情境，这是人生的奇观！

超然于山之巅峰的作者已无所畏惧，他指点雷电道："山头只作婴看。"——雷电啊，平时你在人们头顶上震怒轰响，令人生畏，如今我觑你如襁褓中婴儿，咿呀于脚下！"只作"两字，气势沛然，语气轻松，从"已外""更外""若为"之语气贯连而下，为精警的结尾之句作了巧妙的转接。

俯视调侃雷电的同时，苏轼还看到了什么？他看到了——或不如说想象到了雷声骤雨大作时，天目山脚下，如刘备闻雷失箸者有之，慌忙躲避者有之，敬畏膜拜者有之……因而在结尾，发出感慨万千的一句："无限人间失箸人。"这个结尾，和"已外浮名更外身"高大的"超人"形象形成鲜明对照——一方面，是山下听到雷震的人们之惊怖慌乱，另一方面，是立于山巅之人笑傲雷声如婴儿之淡定轻松，真令人浮想联翩，深思不已。

这一出人意料的结尾，令人感悟多多："闻雷失箸"，其根源，实在来自人之本身，而非隆隆雷声，此感悟一也；"闻雷失箸"不是个别的现象，凡食"人间烟火"者都会有此状况，是人性之弱点的普遍反映，"无限"二字，就点醒了这一点，此感悟二也；"无限"二字，也能引发对时空无际、连绵延伸的一种慨叹——人类患得患失，"闻雷失箸"，岂止一代几代之事，世世无穷已，此联想三也；

---

[1] 周国平，《周国平哲理美文》，广东人民出版社，1999年版，第338页。

如果按照本诗前后呼应的艺术结构来看，作者一方面看清了"无限人间失箸人"，一方面赞美"已外浮名更外身"之神一般的境界，既点出了人类的自身局限，又抒发了超越自我的崇高愿望，形成了强烈的艺术张力，此又令人感悟者四也。

超越"浮名"与"身"，时时登高望远，尽力体验忘我之境界，亦不枉做了一回"超人"。本诗中将雷电踩在脚下的抒情主人公，正是人类挑战自身局限之勇气的象征；而人毕竟生活在世间，他可以偶然登上"天目山"，傲视雷电，享受接近神一般之高峰体验，然而他毕竟常住人间，被人生种种矛盾所困，难以成神。能够在一生中有机会成功挑战自身的局限，这是作为人足以自豪的地方。本诗的开端"已外浮名更外身"与结尾之"无限人间失箸人"，将做人的骄傲自豪之感与遗憾惆怅之情，天衣无缝地交织在一起，把在困境中超越自我的永恒追求，凝练精警地抒发出来，显示了独特不朽的思想艺术价值。

苏轼曾在他的《临江仙》词中云："长恨此身非我有，何时忘却营营！""何时忘却营营"——这是他一生不懈的追求，与苏格拉底所言"一无所需最像神"，正是如出一辙。不同处在于，苏格拉底用哲理性语言来叙述，苏轼则以天目山上俯视雷电之"已外浮名更外身"的不凡形象，作了诗意的表达。他们超越自我方面，都为人类做出了榜样。苏格拉底的无畏一生自不必说，苏轼那"也无风雨也无晴"的警句，是诞生于生死考验的乌台诗案之后，他那"九死南荒吾不恨，兹游奇绝冠平生"的豪言，亦恰是发出在被贬海南后北归之时。一生"奋厉有当世志"，为民族作贡献而不计身害的苏轼，能名垂中华民族史册而被后人敬仰，从根本上说，正在于他在"已外浮名更外身"之自我超越、自我完成方面，做了身体力行的努力。

苏轼这首小诗虽然篇幅短小，但概括了对做人之根本的思考，与他的名作"长恨此身非我有,何时忘却营营""也无风雨也无晴"警句互相辉映,是不可忽视的一首带有宋诗理趣的别开生面之作品,在诗史上的思想艺术方面之贡献是显而易见的。

科举成名是成功，还是失败？

——苏轼《送安惇秀才失解西归》诗歌欣赏

> 旧书不厌百回读，熟读深思子自知。
> 他年名宦恐不免，今日栖迟那可追。
> 我昔家居断还往，著书不复窥园葵。
> 偶来东游慕人爵，弃去旧学从儿嬉。
> 狂谋谬算百不遂，惟有霜鬓来如期。
> 故山松柏皆手种，行且拱矣归何时。
> 万事早知皆有命，十年浪走宁非痴。
> 与君未可较得失，临别惟有长嗟咨。

科举成名，是成功，还是失败？

这个问题，古人一般认为是前者。唐代诗人孟郊之"春风得意马蹄疾，一日看尽长安花"（《登科后》），就是这种心态的形象体现。

而苏轼在他生活之时代，中国科举制度进一步完善，并取得了空前阔大之规模与成就时，他对于这个问题思考后的结论，就不像孟郊那样简单了。

苏轼之结论是，科举成名，不一定就是好事，甚至有可能就是人生失败之开始。

对于科举制度，人们有很多正面的评价，如其在选拔人才方面、在公正性方面，在鼓励人们努力向善，提高智慧方面，有众多好处；然而，对于科举所带来的弊端，对文人心灵之负面影响，却缺乏深刻的反思。科举的负面影响，往往不是一眼就能看得很清楚，苏轼本诗就告诉了读者这一体会。

苏轼是一位在科举方面非常成功，并从科举中取得了巨大声誉的文人士大夫。他在科举方面成功的诸多经验，还经常被读书人借鉴。而在本诗中，善于自嘲的苏轼却以痛惜之情，表达了他对科举带来的负面影响之深刻反省。本诗采用了先扬后抑之法，因而使得诗歌在回环曲折中逐渐展示了深邃的主题。

本首诗歌，是苏轼写给因科举失败而返乡——"失解西归"之"安惇秀才"的。从另一个角度说，也是写给苏轼自己的。

安惇，字处厚，广安军（今四川省广安市）人。一般赠送科场失利者之诗，或怜其怀才不遇，或责备科举不公，或鼓励其来年再战，大都为此类套路；而苏诗之开端，似亦沿袭这些老套，其实是在为披露他的另一种心声作着铺垫。而作者艺术手腕的高超之处，是并未开门见山地表述这种深沉的心声，而是在批评科举做官的负面作用之前，于诗之开端，先以鼓励的口吻，就事论事地向朋友述说着众所周知之读书学习道理：

旧书不厌百回读，熟读深思子自知。

这开端两句，饱含着作者对朋友的热情关切，它至少可包含以下两层意思。一谓：此次举场的失利，可能是安惇你老兄还未到火候；常言道：读书百遍，其意自见，若是老兄真正"熟读"并"深思"后，自然知晓其中奥妙，到那时，便是瓜熟蒂落之时；因而，还是继续努力读书、思考为要。二谓：此次不中，并非完全是坏事——对于读书人来说，读书本身就是一件快事，对于旧书（"旧书"指经典或一切对人类有益的书籍）的百回诵读，真正的读书人本不厌烦；愈熟读，所得就愈多。何况孔夫子教导云"温故而知新，可以为师矣"

者乎？既然读书是吾人一大快乐，其乐趣便不小于科举本身成功，那么，一次科举失利对于我们就不算什么了。

这两诗句饱含着真情实感，因为它确是苏轼本人学习要诀的深刻总结。苏轼对于这种学习要诀，是有独到的体会与思考的，他自己便是"不厌百回读"之人。他曾说："卑意欲少年为学者，每一书，皆作数过尽之。书富如入海，百货皆有之，人之精力，不能兼收尽取，但得其所欲求者耳。故愿学者，每次作一意求之。如欲求古人兴亡治乱圣贤作用，但作此意求之，勿生余念。又别作一次求事迹故实典章文物之类，亦如之。他皆仿此。此虽迂钝，而他日学成，八面受敌，与涉猎者不可同日而语也。甚非速化之术，可笑！可笑！"（《答王庠书》）[①] 这就是苏轼的为人，他能在"熟读深思"方面身体力行，并风趣地称之为"八面受敌"，充满着自得自足之意。

聪颖过人的苏轼坚持用"笨办法"来读书学习，这就使他的文章造诣更上一层楼了。据《说郛》卷三十四记载：曾经为苏轼父子延誉于朝的士大夫文人张方平，听说苏轼正第二遍温习《汉书》时，嘲问道："读书难道要看两遍吗？"苏轼道："这位老先生不知道世间人中还有阅读多遍的呢！"[②] 由此可见，"旧书不厌百回读"，绝不是一句空话，乃是苏轼读书学习之一宝贵心得。

前面说过，作者还有一个更深沉的思考，欲与朋友交流，需要朋友与自己一起"深思"。不过，这一思考，诗人按下不表，仍以

[①] 刘乃昌，高洪奎编撰：《苏轼散文选集》，上海古籍出版社，1997年版，第355页。

[②] 明·陶宗仪《说郛》卷三十四上，文渊阁《四库全书》电子版。原文为："明允一日见安道，问云：'令嗣近日看甚文字？'明允答以轼近日方再看前汉，安道曰：'文字尚看两遍乎？'明允归以语子瞻。曰：'此老特不知世间人果有看三遍者。'"

幽默轻松的语气给朋友打气，表明对朋友将来科举必胜之信心：

他年名宦恐不免，今日栖迟那可追。

"他年名宦恐不免"用了《世说新语·排调》中这样一个典故："初，谢安在东山居布衣时，兄弟已有富贵者，翕集家门，倾动人物。刘夫人戏谓安曰：''大丈夫不当如此乎？'谢乃捉鼻曰：'但恐不免耳！'"①

"捉鼻"，掩鼻，不屑貌。苏轼对朋友微笑说道：当年晋朝布衣谢安对于贫困生活并不在意，他曾不屑地说过："功名富贵对于我谢安来说，恐怕不可避免呦！"老兄你这样富有才华，考取进士后，在仕途上取得成就，同样是不可避免的事；而当你成功后，对今天之如此这般"栖迟"（漂泊失意之意）之生活，恐怕连追忆的功夫也没有了。"恐不""那可"诸字，使得语气轻松幽默，诗人潇洒之风度，跃然纸上；而"名宦"二字，正埋下了深思、批判的伏笔。

接下，诗人以亲身经历，不厌其烦地向朋友继续诉说"旧书不厌百回读"这一心得，为下面之深刻表达主题，作着不动声色的铺垫：

我昔家居断还往，著书不复窥园葵。

《汉书·董仲舒传》："少治《春秋》，孝景帝时为博士。下帷讲诵，弟子传以久次相授业，或莫见其面。盖三年不窥园，其精如此。"颜师古注："虽有园圃，不窥视之，言专学也。"②后以"三

---

① 徐震堮，《世说新语校笺》，中华书局，1984年版，第429—430页。
② 《二十五史·汉书·董仲舒传》，上海古籍出版社，上海书店，1986年版，第234页。

年不窥园"为专心苦学之典。

董仲舒为汉代思想家，其思想体系影响中国两千年，苏轼在叙说自己"著书不复窥园葵"时，显然是对自己年轻时刻苦学习之往事持肯定的态度。他"奋厉有当世志"（苏辙《东坡先生墓志铭》）[1]，对于国家民族有着深切的关怀，所以这种志向，化为学习的专注与勤奋，是很自然的。诗人在苦读时期曾断绝了与外界交往，就连家中田园也不曾窥视过，可谓努力之极了。从此，苏轼在科举中一举成功，成为高层官员，成为全国的名人，真所谓"名宦恐不免"矣！

写到这里，读者一定以为接下所云，定是春风得意，无以复加；但这一切，对于本诗之主题来说，其实都是陪衬，都是烘云托月之法。以下思路陡然转折，诉说沉重心事，大大出乎作者之朋友与读者的意外：

揭来东游慕人爵，弃去旧学从儿嬉。

揭来，犹言尔时以来，表明时间；"东游"指苏轼本人从家乡到京师之科举为官之历程。作者坦露，他东游伊始，便怀有"慕人爵"之心态，而这一心态，正埋下了人生悲剧的种子。人爵，即爵禄，指人授予的爵位。有了官爵，当然就有了生存与供养家庭的保证，也有了实现报效国家之理想的可能；而同时它产生了另一种难以抗拒的心理状态，即对爵禄名利的向往之心。

一个"慕"字，直指人性之本质，是苏轼心中之重大忧患。年轻的作者在东游之路途中就曾叹息道："富贵本先定，世人自荣枯。嚣嚣好名心，嗟我岂独无……"（《沥阳早发》）；他清楚认识到，"慕人爵""好名心"之趋向，人人皆有，自己亦不例外。爵位愈高，

---

[1] 《唐宋八大家全集·苏辙集》，国际文化出版公司，1997年，第4535页。

权力愈大,"好名心"与"营营"(苏轼《临江仙》:"但恨此身非我有,何时忘却营营")之绪愈炽,丧失纯朴之性愈多,此人性所不能免也。官场,就是名利权欲的催化剂。多少年来,人们把中举为官看成是光荣正大的事情;而苏轼却从其闪亮发光部分之外,看到了科举为官制度的阴暗一面。

既然"慕人爵"之欲望难除,因而接下的"弃去旧学从儿嬉",就成为必然结果了。作者沉重地叹息:原来寒窗苦读、昼夜温习之经典著作,以及高远之人生理想抱负,似乎完全抛到脑后;对待生活,玩世不恭,颇似儿戏一般。整个人生,变成了一场玩笑,这是多大的讽刺!

看清了从"慕人爵"到"从儿嬉"的人生变化现象,诗人心情是沉重的。而作为一位士大夫,苏轼并未忘记所负重任,他努力工作,竭力为国家建言献策(即诗中所云"狂谋谬算"),但几乎都化为烟云,不被统治者所采("百不遂");而时光流逝,自己所得,徒添霜鬓而已——"惟有霜鬓来如期"。诗人以拟人手法写"霜鬓"守约而至,悲气袭人。"如期"二字,意味深长,苏轼是一位早熟之智者,他告诉朋友,这"百不遂"与"来如期"之悲剧性结局,他早有预料。

既然感悟出自己度过了如此无聊之生活,作者不禁扪心自问:

故山松柏皆手种,行且拱矣归何时。

这两句,感情复杂,意味深长。幼年时代,作者在故乡亲植大量松柏;而这些松柏,都打下了其童年生活的印记,是他无忧无虑、天真无染的心灵见证。当作者回忆幼年手植之松柏林时,他实际上是在眷恋那珍贵无比的精神家园。把故乡比作精神之乡,是苏轼的一贯用法。作者所云"归何时",实际是一种对精神自由与独立境界的向往。当诗人发出"行且拱矣"的浩叹时,不仅表达了他对于精神家园的无限依恋,而且还吐露了一种矛盾之情。诗人毕竟有一种心怀实现报国理想的情结:"未成报国惭书剑,岂不怀归畏友朋。"(《九月二十日微雪怀子由弟二首》其二)——如此归去还是心有不甘的。现在,他清楚地看到了自己科举成功后的另一种失败。他叹息道:

> 万事早知皆有命,十年浪走宁非痴。

这就是苏轼,一个善于反复剖析自己的苏轼。诗人告诉读者,"慕人爵"及其弊端,他很早就洞晓了。苏轼是一位罕见的洞悉人性之天才。作者所云"早知"二字,清楚透露了年轻而早熟的他在走科举仕宦道路之前,就明白了这种仕宦道路本身所蕴藏的对人性不利之负面作用。这就是"万事早知皆有命"之含义。诗人嘲笑自己道:既然早知万事皆有必然之命运(包括对科举仕宦之途命运的洞察),为何还要胡乱奔走了这十年呢,这难道不是愚笨之极吗("十年浪走宁非痴")?这个"痴",正呼应着"慕人爵"。对于名利之向往,乃人性中根深蒂固之存在,而官场正是使名利贪欲膨胀之温床。"早知""宁非"之语气,何等自责复自嘲!

由于作者对问题思考得极深极远,眼前自己之科举成功,与安惇秀才之科考失利之间,已经不是个别人之间相比较之事,而是关系到整个社会制度与人性等复杂问题;于是诗人于结尾处,终于无可奈何地长叹道:

> 与君未可较得失,临别惟有长嗟咨。

科举成功者与失败者之间的孰得孰失——这一问题,在一般人看来,本来是没有疑问的——中进士者,自然为成功者(何况在顷刻间就被国人所瞩目的苏轼呢）；名落孙山者，自然属失败之行列。但在苏轼这里，却没有"标准"答案。他对即将离去的朋友说：我俩的得失可置之不论，只是临别时我唯有长叹而已！

诗人长叹的是，自他身踏仕途之后，那"故山松柏"般自由自在的心灵却丧失了许多。他感觉，在得失之间，他失掉的东西更多——在这一意义上说，他失败了！

一个失败者，当他叹息自己的失败时，他对人生还抱有期待——他期待着成功，在他眼前或还有光明的前景，就如同苏轼送行的这位朋友安惇一样；而当一个成功者，当他发现自己的成功乃是建立在另一种失败基础上时，他就决不会将一件"成功"之事简单化了。苏轼留给读者的启发，至此已不是有关具体事情本身的成功与否，而是对整个人生的丰富联想了。这一"长嗟咨"，真是好长好长的一大喟叹，令人回味不已！

苏诗的启发意义似乎在于：成功与失败之间，并没有一条永远不变的界限。一般认为，科举顺利通过，就是一种成功；而在苏轼看来，科举的顺心遂意，又何尝不是埋伏了危机和失败的种子呢！何况，成功只是一时的，伴随人类的，将有更多的是苦恼或忧患；人生的实质就是要永远面对各种苦恼与忧患的挑战，面对并力图超越自我，这才是人最应努力为之的。苏轼在其一生实践中，对此意十分清醒，不沾沾自喜于一得之间，亦不陷于苦恼之中而不自拔，而是以常处人生忧患之心态中勇敢地接受生活的考验。他于二十五岁年龄便写出的这首《送安惇秀才失解西归》，已经表现出诗人对人生之敏锐、深刻的洞察力，与他更早期所云"人生识字忧患始"（《石苍舒醉墨堂》）的看法遥相呼应，是他思考人生、超越自我的一个重要起点。全诗对比贯穿，抑扬兼用，语言平易而思绪沉郁，风格淡雅而修辞妥帖，将严肃的人生思索与诙谐的反省自嘲融为一体，把"成功者"的失败心理描绘得入木三分。

在前面，笔者分析"他年名宦恐不免，今日栖迟那可追"两句时，曾谈这两诗句在对全篇主题的反衬作用，现在可知，既然诗人已深深体会到"名宦"对人的心灵腐蚀作用之一面，并将一己体会娓娓道出，因而提醒他的朋友在科举成功后可能产生更大的失落心态，形成了作者独特的"成功观"。生活本身是一本大书，苏轼在"百回"阅读这部书后，"熟读深思"了一番，告诉了朋友自己的体会；因此，在开端两句中，作者所言的旧书，当然主要是指儒家经典等书籍，同时有意无意之间也指向生活本身这一无形之书——这应该是苏轼这首诗最深沉、最令读者肃然思考之处。

清朝小说家吴敬梓在《儒林外史》第一回呼喊的"一代文人有厄"，曾经震撼了很多读者的心灵。而苏轼在我国科举制度发展到高潮的宋代，在此首七言古诗中，以深沉平淡的语言，已经揭示了成功背后的严肃问题；在这一点，我们不能不钦佩这位文学家对人生思考的深广性。好诗不厌百回读——让我们在反复吟诵中回味这首送别诗歌的那别一番滋味吧！

"超人"的宣言

——苏轼《东坡》诗欣赏

雨洗东坡月色清,市人行尽野人行。
莫嫌荦确坡头路,自爱铿然曳杖声。

苏轼是中国的文豪,而他高超的文学创作艺术,不仅表现在一些境界高远、大气磅礴如《水调歌头(明月几时有)》《念奴娇·赤壁怀古》《赤壁赋》诸作中,也表现在一些短小精致的作品里。如诗人于宋神宗元丰六年(1083年)所作《东坡》这首七绝,就在极短篇幅中,展示了人生大课题,饱含了丰富之内容,是其人生哲学的宣言,无愧大手笔也。

首先看题目。东坡命名的由来,有人认为是苏轼效仿白居易在忠州东坡垦地事迹,取名为东坡,体现了他对白居易的仰慕与追随,这本来不错;然而我们也不能忽略苏轼为此荒地起东坡名字的另一层深意。这层深意正从本首《东坡》中透露出来。先看"坡"字。坡者,倾斜不平之地也,在东坡这首诗中,正是道破了人生本身就是倾斜坎坷不平之路。他在《东坡》中欣然嗜于爬坡活动之诗句,便深含挑战人生艰难困苦之意。使人把爬坡这种人世间司空见惯之活动,与人生的超越意识紧密连接起来,这就是本诗题目中微微透露出的消息。

诗之开端,展示了黄州东坡之美好夜晚景象:"雨洗东坡月色清。"一阵风雨过后,空气澄鲜,月儿挂在天上,显得格外明亮;

诗人站在山坡之上，仰望明月，呼吸着新鲜空气，心情就像这美好的景致一般，愉快而清朗。这里，分不清是景还是情，寥寥七字，就写出了一种开朗、轻松的意境。

要懂得开端一句的更深意蕴，须先知其背景。苏轼在作此诗时，正是他经历了生死一关——乌台诗案（罪名为攻击新法）以后。这生死攸关之劫难，对于苏轼来说，犹如一场暴风骤雨的严峻考验。这种感觉，在他同期（宋神宗元丰五年，1082年）所作一首《定风波》词中作了描绘：

莫听穿林打叶声，何妨吟啸且徐行……回首向来萧瑟处，归去，也无风雨也无晴。

试想，风之"穿林"、雨之暴"打"，是一种何等让人震悚的景象——这种疾风暴雨，其实是人生中艰难困苦时刻之象征，正深藏着苏轼遭政治迫害后对人生艰难之真切感受；而作者能以"也无风雨也无晴"之潇洒风度，对待这场疾风暴雨，他那坚韧、豁达的胸怀也显露无余。

苏轼晚年再因政治迫害被贬海南后而回归大陆时，他也同样用风雨后天空放晴的景象，抒写过对起伏跌宕之政治生涯的感慨：

参横斗转欲三更，苦雨终风也解晴……（《六月二十日夜渡海》）

经历了"苦雨终风"般的生活苦难，尤其是顶住了政治迫害以后，苏轼往往很习惯地以雨后放晴之景象来抒情，来反思。注意到他的这种"写作惯性"，可知，《东坡》诗的开端——"雨洗东坡月色清"，不仅是当下清新可人之真实景象的描写，而且也是经历了政治风雨洗礼后的苏轼一种自信心境之写照。这个"洗"字,自然让人联想到那考验人之意志的"穿林打叶声"与"苦雨终风",饱含着作者深刻丰富的人生经历与磨练之内涵。总之,本诗之开端,其内涵是深沉博大的。诗人之感悟,于写景之间,若有若无,或乃深层潜意识之浮现,其高明绝妙处,正在于此。

有此一"洗",便知那个"清"字,不仅仅是清新可爱之月夜描写,而且也是作者心明眼亮、襟怀豁达之一种体现。它表明诗人对人生的一种清醒认识与深透感悟,实为诗眼也。这种经过人生磨练之"洗",到人生感悟之"清"的境界,便是这开端之句所深藏的内涵。要而言之,开端一句,既写出了苏轼对雨后放晴之月色的欣赏之况,也呈现了经历劫难后的开朗清醒之情态风度。

接下来,一种有趣的众生图像出现了:"市人行尽野人行。"在雨后新月晴空之下,忙碌了一天的"市人"——赶集或城中街道上的人们,各自归家,开始歇息;而一位幽灵似的"野人"——若有所思的苏轼自己,走出家门,行进在山坡之上。这个山坡,便是东坡。"市人行尽野人行"一句,暗含着平地与山坡的对比,透露了作者对人生的深沉感慨与清醒反思。市人所行,皆为城中平展的街道,走起路来,不感寂寞,也很舒服;而山坡之路,处处崎岖不平,独自向坡之高处行进,则更为吃力。然而苏轼的人生乐趣,恰恰在此。

"尽"字不可忽略,它是对市人生活内容的高度概括。试想,市人一天的活动内容是何等丰富,衣食住行所需,名利面子所欲,各种习俗场合应酬,数不胜数,日复一日,怎一个"尽"字了得!当诗人吟出这个"尽"字时,他写尽了人情世态,令人浮想联翩。

"尽"字,也是时间性的描述。作者将野人与市人对于生活之迥然不同的精神需求,用"尽"字,作了清晰的区分。"市人"之活动重点,在白昼;"野人"之活动意趣,在夜晚。白昼之活动,侧重于功利,夜晚之兴味,在于精神享受。那明亮的月儿,像镜子一般照出了热闹之市井与孤独思想者两种不同的精神需求，看似随手拈来，而深意存焉。

市人每天奔波于世俗各种活动时，常常会忘了人生的一种精神生活，这是作为人的灵魂之高级需要而存在的。

这种心灵之高级需要是什么？苏轼没有直接道出，而是以市人行尽、"野人"出场的情景，含蓄地表达出来。

何谓野人？孟子云："无君子莫治野人，无野人莫养君子"（《孟子·滕文公上》），野人原指农夫。苏轼在此一方面使用原意（他在东坡有田亩并亲自耕种），一方面，特以远离喧嚣之市井的闲人野夫自比，闲情逸趣，洒脱情怀，已在言外。这种超脱之自豪感，微妙地体现在野人之行动，恰在"市人行尽"之后。这一前一后的时间区分，煞是精彩。

此刻，行走于山坡的诗人以友爱体贴的口吻，向读者劝诫，也是对自己鼓励道："莫嫌荦确坡头路"——莫要以为在这嶙峋、崎岖的山坡上行走困难就畏而避之；行走起来，其实正有盎然兴致、无穷趣味呢！①"荦确"的坡头，会让人产生费力艰难之感，而"莫嫌"之轻松口吻，使得苏轼在困难面前的潇洒风度更加生动，不自言勇而勇气自现。在这里，我们还可以将他同期所作《定风波》词"莫听穿林打叶声"之句法作一比较——"穿林打叶"意味着暴风骤雨的严酷程度，而作者只以"莫听"二字，便轻松化解之，可见他面

---

① 关于"荦确"二字，苏轼有着非常深刻之体会。他在《王晋卿所藏著色山二首》（其二）中这样说道："荦确何人似退之，意行无路欲从谁。宿云解驳晨光漏，独见山红涧碧时。"唐代诗人韩愈（字退之）在其名作《山石》诗中曾经精彩地叙写了他游历洛阳北面的惠林寺之经过，概括了韩愈在"山石荦确行径微"与"天明独去无道路，出入高下穷烟霏"之艰难路径中探索行进时，突然发现"山红涧碧纷烂漫"的奇妙景观，苏轼将其意境提升到了哲理之高度。

对人生困苦艰难环境时的绝大勇气。要而言之,《定风波》词中的"莫听"与《东坡》诗中的"莫嫌",正消息相通,相映成趣也。

"坡头路",透露了苏轼以"东坡"作为本诗题目的双重之意。它既呼应题目中的"东坡"之地点,也点出人生之坎坷不平、崎岖多变的本质。而生命不息,爬坡不止,方能展示人生之超越境界。请看,在一条普通的夜行山坡之路中,苏轼给了我们多少的人生联想与启示。

如果说,对于人生之"荦确坡头路",苏轼是以"莫嫌"之轻松语气,在整体上给以藐视的话,那么,在具体操作上,他是这样脚踏实地付诸实践的:"自爱铿然曳杖声。"在夜寂无人、坎坷不平之山坡上,我们的诗人,手拄竹杖前行,脚踏实地,一步一脚印,一杖一铿锵。这"铿然"二字,是拄杖之声响,也展现了苏轼的坚毅与豪情。这种在空旷之山坡上发出的铿锵之声,与其说发自手中之杖;不如说从心中流出,因而诗人言"自爱"也。

"自爱",是对自我的肯定,是对自己所作所为的一种高度自信,不管他人评说,不看他人脸色。这种自信,来自于对人生自我超越的高度自觉,实乃深悟人生意义之真谛的结果。这种"野人"的"自爱",表明了诗人内心的强大与惬意,难怪他觉得手杖落地有声,铿然作响了。

在这里,需要做一解释,苏轼将野人与市人分别看来,并无藐视大众之意。美国著名心理学家马斯洛不是把人类的需求分成生理需求、安全需求、爱和归属感、尊重和自我实现五种层次吗?并且他认为,人在自我实现需求之后,还有自我超越需求。这自我超越需求,就属于人类需要的最高层次。苏轼诗中的而"野人"之所为,便属于那自我超越的境界了。看来,古今中外的文化巨人,虽然表达方式有所不同——有可能是说理的,也有可能是诗意的,而达到一种超越自我的最高人生境界,却有着完全一致的共同目标。

苏轼手中所持竹杖，在本诗中亦别有一番意趣。竹杖，是苏轼赖以完成超越的助行器或"助手"，同时，也是他要达到人生超越的象征性意象。读者都不会忘记苏轼在同期所作《定风波》词中所言"竹杖芒鞋轻胜马，谁怕，一蓑烟雨任平生"的名句。其中"竹杖芒鞋轻胜马"之句，有些令人费解，拄杖行走，只能比马费力且慢，在苏轼心中，却轻快于骑马，是何道理呢？原来，在苏轼心中，竹杖，是简朴生活或内心宁静的象征——坏了竹杖，随时可以换一根，没有任何牵挂；而在古代，马是富贵、权势的象征，马匹的损害，是拥有者所难以承受的——故而可知，苏轼喜爱拄杖行走而认定轻快于名贵车马，其实是追求一种无欲无求、不为名利所累的超越境界。由此可以看出，"竹杖"或"杖"，在苏轼诗词中，已是一种超越名利的精神符号，由此也不难探知到他那"自爱铿然曳杖声"的心灵世界了。

喜爱在坡头上行走，是做好了迎接人生各种艰难困苦之准备的，如同作者在《定风波》词中所言"一蓑烟雨任平生"一样——这种"自找苦吃"的人生态度，在同一时期的两首诗词（《东坡》诗与《定风波》词）中生动地展现出来，使人于千载之下，钦仰诗人对人生超越的积极心态，和潇洒顽强的挑战风姿。

从暴风骤雨洗礼（"雨洗东坡月色清"）后，坚持独立的人格与操守（"市人行尽野人行"），自觉于人生超越之反思与实践（"莫嫌荦确坡头路"），并沉浸于此实践的审美趣味和高峰体验中（"自爱铿然曳杖声"），其中包含了丰富的思考，而出以超然生动的形象，巧妙的构思，平易亲切的语言，这类诗歌，是苏轼在中国诗史上的特殊贡献。

人们一般常常将苏轼与唐朝李白相比，认为他们都有超脱潇洒的仙风道骨，其实二人还是很有差别的。李白式的"仰天大笑出门去，我辈岂是蓬蒿人"（《南陵别儿童入京》）之高傲，将自己与芸芸众生作了一个明显的划分，流露了他的一股傲气；苏轼则以"东坡"为题，以"野人"自居，以躬耕田亩为根基（如前所言，苏轼在东坡亲自把锄种田，劳作不辍）。他是在以一个普通人的身份，在做一种对人生极限的挑战，在平凡中追求不平凡之境界。他的那种一步一个脚印、铿然作响的前行之坚实步履，展示着人类挖掘自身潜力的、绝不向命运屈服之最具苏东坡特色的"超人"情怀，正可成为人类欣赏与效法的伟大榜样。

都是一帮老子们教坏的

——张耒《古意》诗歌欣赏

古意

儿童鞭笞学官府，翁怜儿痴旁笑侮。翁出坐曹鞭复呵，贤于群儿能几何。

儿曹鞭人以为戏，公怒鞭人血流地。等为戏剧谁能先，我笑谓翁儿更贤。

众所周知，儿童教育，对于个人，家庭，直至国家，事关重大，为历代所重。北宋诗人张耒《古意》（一说本诗为苏轼作）诗歌一首，便与教育儿童相关，值得欣赏与思考。

关于本首诗的作者为张耒还是为苏轼，不必太在意。笔者以为，最好把这首诗看作是凝聚了古代有识之士之智慧的作品。本诗以儿童游戏活动为引子，抒写对社会人生的联想与思考，角度独特巧妙。

儿童的游戏，说简单也不简单。不同的时代，不同的地方，会有形式不同、趣味各异的儿童游戏，而儿童的游戏也可能折射一些社会人生大问题。这次作者看到的儿童游戏，十分令他震悚——"儿童鞭笞学官府"！

这开端的七个字，质朴无华，却饱含了诸多深沉复杂的情感内容，实在是触及了重大问题。首先，打人——这一不人道的现象本身，就会引起观者的反感与厌恶。何况，儿童做鞭人游戏，更令老一辈人震惊。当儿童做此打人游戏时，他们是得意地将自己扮作官府人员,所被打者,乃是孩子们自己扮作的普通百姓。可见在儿童心目中,作为政府官员,怒鞭百姓或犯人,是正义荣耀之举,至少不是坏事。儿童们这一严重误解,竟又是从官府"学"来的,可见问题的严重性。读者从此令人触目惊心的现象不难看到:官府的一举一动,对于社会,对于后代,有着多么广泛而重要的影响。作者开端只用短短七个字,便写出了一个社会的大背景,甚至写出了一个历史的侧面,语言简练而让人惊心动魄。

而在张耒生活的时代,并不是每个人看见儿童做如此游戏都会震惊不已的。因为鞭笞犯人,施用酷刑,在古代,是司空见惯的社会现象;在某种程度上,被视为理所当然。但在有识之士眼中,却是应该加以反省与批判的。例如,唐代诗人高适就叹息过:"拜迎长官心欲碎,鞭挞黎庶令人悲。"(《封丘作》)苏轼亦曾经对胞弟子由沉痛地说过:"平生所惭今不耻,坐对疲民更鞭捶。"(《戏子由》)做过县尉的高适和做过地方郡守的苏轼对于"鞭挞黎庶"之社会现象产生的自责,其实是众多文人官员内心之一种无可奈何的痛苦,是对他们在鞭打百姓时之感受的高度概括。

以下一位成年人——"翁"出场了。他的出场及表现,将诗歌的主题引向深入。当他看见儿童做鞭笞游戏时,其反应是:"翁怜儿痴旁笑侮"。这个"翁"的身份为何,作者并不点明,甚妙。看到后面文字,读者才恍然明白,此翁之身份,便是常常鞭打黎庶之官吏也。

"翁"在一边观看儿童的鞭笞游戏,首先的感觉是"怜"。这怜字,既有可惜,又有怜爱之意。您看,作为成人,"翁"看到那不懂事的孩童举鞭戏打"犯人"时,本能地嗅到了一种不良的信息,所以"怜"也。小小孩童,正处于不懂事阶段,而竟以鞭打别人为乐,这种"痴",不是既可怜又令长辈忧虑吗?可惜的是,"翁"对孩子并未加以引导与纠正,却投出"笑"与"侮"的目光,这就令人感到遗憾了。

须知,"笑""侮"是嘲讽、鄙薄之意啊。

在此,"侮"是一个令人刺眼、心惊的字。儿童鞭笞他人,本来就是对他人的侮辱,而当长辈对孩子们发出了鄙薄性的嘲笑之语时,给读者的感受是,这种"笑侮"是非常正当的。然而就在"翁"以嘲讽与鄙薄之语气批评孩子时,他忘记了,在现实生活中,他不就是这种角色的扮演者么?真正应该被"笑侮"的,不正是他自己么?

"翁出坐曹鞭复呵,贤于群儿能几何"——此时作者话锋一转,对这位以鞭挞百姓为职业的"翁"批评道:您老人家为官坐在衙门里边,对那些犯人们鞭打复呵斥;您的做法,比起那些不懂事的孩子们,能好得了多少?在这里,作者点明了"翁"的身份。原来,这位"翁"便是官府的人员;正是这位官府大人,每天上班,都是将鞭人作为一己职业之一部分的。他们将这种鞭打黎庶的风气带到全国各个角落,正在成长的儿童之游戏活动亦不能幸免;如今反来责难笑侮儿童,不仅比儿童不贤,而且其所作所为误导、毒化着儿童心灵,罪责何其重哉!

行文至此,作者单刀直入,仿佛指着鼻子对"翁"说道:"儿曹鞭人以为戏,公怒鞭人血流地。"儿童打鞭人,并非真正触及皮肉,儿戏而已;而儿童的父辈们,作为官僚,在雷霆震怒时,则是直把犯人打得皮开肉绽,鲜血流地!而把人打得鲜血淋漓,是不把人当人,这是犯罪!"儿曹"两句,指出此"翁"就是儿童"学官府"的一个活生生的样板。这不禁令人联想到:将来儿童成人后也做了官府之人,也要像"翁"一般鞭打百姓,鞭人游戏必定会变为血淋淋的现实了!翁之罪,不只是鞭打今日百姓,致使鲜血淋漓;而且还要造就成明日一代又一代的残酷官吏,何日有个了结?

"等为戏剧谁能先,我笑谓翁儿更贤"。在结尾,张耒追溯到事情的起始,笑向那"翁"问道:"同为(鞭笞人的)戏剧到底是谁最早演习的?我笑对老翁说:'还是孩子比您更高明!'"是啊,没有你们这帮老子们鞭笞在先,这些小孩子,从哪里学来的?看来,最先应当接受教育,并好生反思一下的,就是你们这些老子们!

由孩子们的游戏,追问罪恶的根源,是本诗的一个鲜明特色。孩子的很多游戏,皆为自编自演,纯任自然;然而由于社会各种生活现象的影响,孩子的游戏会对社会生活本质会有曲折深刻的反映。本诗的迥异常人的犀利之处,就在于通过孩子们的日常游戏,挖出那些人们习以为常而不人道、不正当的行政、司法行为,从细节切入,发人深省。

在此,须对"贤"字作一解释。打人游戏,并不值得称赞;然而作者称其"贤",是因为此游戏中,孩子们不是真打,而是一种嬉闹。在孩子之游戏中,绝不会使用真正的笞刑器具,毒打他人,伤害乃至置人于死地的。这种天真无邪的嬉闹状态,隐含了恻隐之心,所以言"贤"也。

本诗朴素无华,其艺术手段,主要是使用对话来加强情感力度与思考深度。在全篇中,始终贯穿着"儿"与"翁"之间的对照或对比,将作者的主题思想表达得淋漓尽致。前两句的"儿"与"翁"之对照,描写了天真无邪的孩子们在玩鞭人游戏,而"翁"在一旁鄙薄嘲笑且怜悯的情状。这时"儿"的表现给人的感觉很负面,"翁"则站在正义一面,处于教育者的位置。三四句在承接中反转质问,道出"翁"的"坐曹鞭复呵"之丑恶行为,并和"儿"之作为做一对比,俏问孰"贤",语势渐强。五六句,将"儿"之鞭人游戏与"翁"之怒鞭出血相对比,是非一目了然,情感到达了一个高潮。结尾两句,则在对比中,得出"儿更贤"于"翁"的结论,和开端的被"笑侮"形成了截然相反的评判,起到了痛快淋漓的艺术效果。本诗语言简洁,议论挟情韵以行,在朴拙的风格中,含有深邃的人生思考。

这个在生活中的真实情景,能引起读者对人间荒谬现象的多方联想,颇具象征意义。它道出了生活中一些是非颠倒的现象——这些现象模糊着人们的是非感受，毒害着人们的心灵，而人们却熟视无睹，漠然置之。孩子们玩鞭人游戏，是遭到笑侮的，官吏鞭人出血，却视为正当的；这类情况，在人间确有不少，是应当引起警觉。错误或罪恶出于成人，儿童却是承当者；官府人员以教育者自居，一本正经地责怪儿童，却原来是生活中的"教唆犯"；责怪儿童本意为杜绝儿童之不臧游戏，却以自身的行为助长了一代代的鞭挞百姓的后来人……

一首农事小诗写出了中华民族的精气神

——范成大《四时田园杂兴》（昼出耘田）诗欣赏

四时田园杂兴（其三十一）

昼出耘田夜绩麻，村庄儿女各当家。

童孙未解供耕织，也傍桑阴学种瓜。

一首小小的七言绝句，能写出中华民族的精气神，您相信吗？

宋朝诗人范成大所写的《四时田园杂兴》（昼出耘田）七绝，在不经意间，讴歌了中华民族的伟大生命力，其高超的艺术概括力，令人感叹。

诗人所写，为乡村日常中之平凡景象，而以正面庄重叙述和幽默调侃的两种笔法，巧妙描写出两代劳动大军（"儿女"和"童孙"）之生生不息的默契与传承，在中国古代诗歌中可谓别具一格。

请看，首句"昼出耘田夜绩麻"——白昼耕耘在田地，夜间纺线在屋中。"耘"者，耕也，解决吃饭问题；"绩"者，织也，解决穿衣问题。此二字，告诉了读者：在中国乡村，主宰着一切的，乃是劳动。

如果说，这种劳动生活，乃农耕社会之一般场景，不足为奇；而范成大告诉我们，华夏民族的农耕劳作之独有特色，恰在于一般民族难以企及的勤奋。何以见得？此中三昧，正从诗作中"昼"与"夜"两字中透露出来。

"昼"与"夜"表明，华夏民族的农业劳动，有着惊人的持久力,乃至常常夜以继日,孜孜不断。随着旭日初升于天际,耕耘者的耒耜铿锵有声,随着明月的高悬苍穹,纺织者的穿梭往复不断——这种超人的勤奋,是中华农耕民族几千年来生生不已的奥秘所在;这种惊人的勤劳,已延续了数千年之久,诗人只用"昼""夜"二字便精妙道出,可谓"看似寻常最奇崛"了(王安石《题张司业诗》)。

中华民族是世界上最勤劳的民族之一。读范成大此诗,令人想起"天行健,君子以自强不息"(《易·乾》)的名言。如果说,日月之周天运行,是"天行健"之形象写照的话,那么,华夏民族在大地上的昼夜劳作不辍,正是"君子以自强不息"之精神的生动反映。"天行健,君子以自强不息"的警句,从某种角度上说,是华夏民族长期劳作实践中的精神升华。"昼出"与"夜绩",将日月出没运行不息与乡民于日月照耀下之勤劳不辍之形象,相互呼应,在天人一体的美感中,爆发出了勤奋顽强进取的生命哲学。

在接下的"村庄儿女各当家"之句中,诗人将"耘田"与"绩麻"之主人公向读者作了介绍——"村庄儿女",自豪的语气溢于言表。"儿女"二字,出自已退休在家、年过花甲的范成大之口(也可看作是作者模仿一位老农的口吻),别有一番深情。范成大出生、成长于贫苦农家,深知农业劳作之甘苦,对这些刚刚成人便支撑门户的青年男女,他既怜爱有加,又极感骄傲。试想,"儿女",正当青春年华,应有自身玩耍游乐之事,而村庄儿女(不同于其他阶层之儿女)已早早支撑门户,承当持家之重任了。"各"字,将男女各司其职之境况囊括殆尽,有条不紊、从容不迫之风度俨然可见。青年们早早就有如此人生担当,正是中国村庄的特色。

是的,生于斯,长于斯的村庄儿女们,他们早早成熟了。

其实,"当家",除了支撑门户、主持家业之意外,还有另一层含义:"行家里手"。范成大在其诗作《次韵徐提举游石湖三绝》之三中写道:"天上麒麟翰墨林,当家手笔擅文心"——此"当家",

即取"行家"之意。细味可知，在本诗中，"当家"实有双重味道：村庄儿女能承当家庭重担，更有驾轻就熟的能力——而此和他们年龄不相称的惊人能力，不正是"昼""夜"不息、积累练就而成的吗？"当家"二字，真是力重千钧，生机勃勃。

如果说，开端二句，作者用庄重之语气，正面描写了村庄儿女这一代劳动大军，那么，结尾两句，他让童孙辈们，在诙谐轻松的气氛中出场了——"童孙未解供耕织，也傍桑阴学种瓜"。

诗人幽默地调侃道：童孙们啊，你们并不懂得耕织之人生至理，却为何在桑阴下，一本正经、煞有介事地学种瓜呢？

儿童这种游戏劳动场面，极易被忽视；而在范成大此诗中，却极有分量，它挖掘出了中国乡村强大生命力的深层奥秘，场面描写亦情趣盎然。看吧，那些小小童孙们，何其稚嫩，却也在桑阴底下专心一意地学着种瓜，憨态可掬。

在此，"未解"二字，最耐人寻味。未解，为不懂之意。童孙们既然不懂人生耕织生存之理，他们为何能忘情投入其中，乐此不疲呢？

其实诗人对此早有铺垫——儿孙之父母"耕""绩"日夜不辍之身影，熟练之技巧，"当家"之自信，早在潜移默化中熏陶、感染童孙幼小心灵，"当家"欲望之种子遂悄然播下也；因此，言其"未解"，而事实上，"解"乃孕育于萌芽之中。儿童之长处，在于模仿；村庄之"教育方法"，恰在于身教。父母忙于农事，无暇夸夸其谈，其"种瓜得瓜，种豆得豆"之现象种种，对于处于懵懂阶段的"童孙"而言，实为新奇，因而他们投身于"学种瓜"之游戏，但觉愉悦，不觉劳累，模仿学习种瓜之余，已将农耕技巧，领略一二——身体力行，不教而教，此乃村庄教育之最为高明处也。

在此，对于"傍桑阴"三字，须略加体会，以见诗人之匠心。那桑叶的作用，在于用以养蚕；而蚕食桑叶后，吐丝成茧，成为"绩麻"

织布之材料，遂为遮体御寒之衣服也。"傍桑阴"，写出了当下景物，且写出了童孙们傍此"桑阴"，身穿母亲所织之衣，享受前辈劳动果实之现实——童孙于理有所未通，而桑蚕转化之衣则遮蔽在身，暖在心田也。"傍桑阴"不但具有享受前辈生活成果之意味，且有劳动启蒙的潜在含义（"学种瓜"写童孙，"傍桑阴"亦含暗童孙女观学纺织之意在内）。"傍桑阴""学种瓜"与"未解"巧妙配合，将村庄之教育后代以身作则的特殊方式与启发意义，揭示得入微入妙。看得出，"傍桑阴""学种瓜"之形象与动作亦紧密呼应首句"昼出耘田夜绩麻"，描绘出孙儿学种瓜，孙女观学纺织的景象，使小小绝句成为浑成的诗歌整体。"学"字，正把童孙动作之稚嫩、专注，与观摩、模仿诸种情态，轻巧绘出，此为明写；"傍"，除了写出种瓜之当下景象外，还令人联想孙女观学纺织之态，更点出童孙们依傍父母之养育的亲切意味，此为暗写。"学种瓜"处于"傍桑阴"之后，极见安排之精细。如果说，"傍桑阴"所侧重者，乃为后代享受前人成果之一面，那么，"学种瓜"所揭示者，便是童孙们掌握劳动技巧，并于不自觉间体会"种瓜得瓜"的人生真相之一面。

　　至此，读者可以看到首句的"昼出耘田夜绩麻"与结尾的"也傍桑阴学种瓜"之巧妙呼应的同时，也看到了"儿女"与"童孙"一代又一代之劳动大军的不断洪流，使得一个前赴后继、生生不已的勤劳、奋进的伟大民族，鲜活地展现在读者面前。它给人的启示是，"童孙"长成了"儿女"，"儿女"诞育了"童孙"，一代复一代的劳动者在不断地劳作，在学习；而这种劳作不辍、学习不已的火热乡村，不也正是质朴、勤劳的中华民族的缩影吗？

　　此诗字字句句无有虚设，值得反复玩味。即以"村庄"二字而言——作者所写男耕女织之农家，非一家一户，乃是村庄之家家户户也。诗人之耳边，回响的是户户的"绩麻"声，诗人之视野，是家家的"耕耘"身影；这样，荡漾在他心中的激情，就不仅仅局限于个别家庭或局部人家，而是村庄之整体。而村庄，正是华夏民族的基本单位。读者从诗人所描写的村庄，领悟了民族活力，感受到了民族的精气神。同样，在写人物时，作者将他的感受，触及了三类人：一类是当家人——青年；一类是接班人——童孙，还有一类，就是范成大般年纪的老一辈。其中，辛勤耕耘纺织的青年们，濡染、影响着童孙们；童孙们以其颇带稚气的种瓜游戏，为新一代的朝气蓬勃的青年劳动大军，做着踏实而充分的准备；老一代则颐养天年，欣然自得之余，总结民族之成功之道，其乐陶陶也。"村庄"，横向展开，老人、儿女、童孙，纵向延伸，在纵横交织的咏叹中，读者可以感受到诗人广阔的视野和博大的胸襟。

大诗人的诗笔，往往有一般作者所探求难到的地方。范成大的这首质朴无华的小小七言绝句，是如此平易，如话家常，又如此轻巧地揭示着华夏民族生存发展的深邃奥秘，可谓是深入浅出、耐人寻味的民族诗歌瑰宝了！

现代化潮流涌动的今天，古老的村庄式生活方式与思维习惯，不少已经过时了，但中华民族的勤奋这一"家底"，永远存在。怎样和世界上先进之诸种事物接轨，怎样使曾经铸造农业文明辉煌的国度重铸现代化文明的辉煌——亿万人们期待着，努力着，续写着范成大式的新篇章！

深广的忧患意识与错落细密的构思笔法

——苏轼《江城子·密州出猎》欣赏

江城子·密州出猎

老夫聊发少年狂，左牵黄，右擎苍，锦帽貂裘，千骑卷平冈。为报倾城随太守，亲射虎，看孙郎。

酒酣胸胆尚开张。鬓微霜，又何妨！持节云中，何日遣冯唐？会挽雕弓如满月，西北望，射天狼。

苏轼在北宋词坛上刮起一阵豪放之风，其重大标志，便是《江城子·密州出猎》的出世。这首词，以其狂放之气势，豪迈之词句，雄健之神韵，不但使当时词坛上尽人皆惊，即便是后人朗读起来，亦觉高亢入云，极尽豪放之能事。本词作于熙宁三年（1070），苏轼时当38岁，在密州做知州。

在认定本首畋猎即兴之作在词史上豪放词的确立之地位时，还应该更深入研究其广远深刻之思考与艺术上之追求。笔者以为，在豪迈奔放风格背后深藏着的忧患意识与细密的构思笔法，是本词容易被忽略然而却极为值得注意的地方。在某种意义上说，它是一片含而不露的"策论"。

苏轼在填写此篇时，曾给友人写信，说了这样的话："虽无柳七郎风味，亦自是一家。"① 可见，作者填此词时，有着创造面貌一新之大作品的意图。细观本词，读者可以慢慢品味其中相当复杂丰富的思路。

首先来看本词开篇"老夫聊发少年狂"一句。不要小看了这一"狂句"，它是苏轼将其生命观注入词坛之一重要体现，亦是本词之一大看点；从苏词之一生创作历程来看，淡化"人生苦短"之悲观意识，提高人之生命质量，使之能达到永葆青春活力之境界——"老夫聊发少年狂"之句，可以说是苏轼生命观之一个极重要的起始发端。谈到生命，历来词章都是对生死的伤感、嗟叹，"一江春水向东流"或"无可奈何花落去"之类句意，随处可见，是众词家之所同也，苏轼自己也未尝没有"人生如梦"的感叹；而苏轼却是同时力图摆脱这种词家"共识"，使人之精神得以返老还童的一位特殊作家。苏轼有一种极为难得的生命观——人应该而且可以在生命的历程中，培育一种抵抗乃至战胜衰老之精神境界，达到青春常在之精神状态；他所吟唱的"流年未肯付东流""挽回霜鬓莫教休"（《浣溪沙》）之词句，与其"老夫聊发少年狂"之词意相通，形成了"挽回霜鬓"之顽强信念；当作者身处黄州时唱出的"谁道人生无再少，门前流水尚能西"（《浣溪沙》）这种振聋发聩之词句——认为人可以焕发青春，努力在精神抖擞之状态中度过一生时，他将人类必须提高生命质量之理念，推向了高峰。"相携横岭上，未觉衰年侵。一眼吞江湖，万象涵古今"。（《参廖上人初得智果院》）请看，苏轼进入生命力高峰体验时，"未觉衰年侵"——时光竟如凝固了一般，对他未有丝毫影响、侵害，诗人则眼吞湖海，心涵古今。而从苏轼的词章问世之时间过程来看，本词之"老夫聊发少年狂"与"鬓微霜，

---

① 苏轼《与鲜于子骏书》，见郭预衡主编《中国古代文学史长编·宋辽金卷》，北京师范学院出版社，1993年版，第224页。

又何妨",显然是其词作崭新之生命观的最初体现。苏轼填写本首《江城子》这层深意,蕴含于豪放流畅之词句之中,极富深入浅出之趣,在词史上可谓洪钟巨响。而此种深入挖掘人类心中之强大青春活力之含义,亦体现在结尾之"会挽雕弓如满月,西北望,射天狼"之句中,妙在令人不觉。这一结尾,一方面展示了武士、军人之雄姿,具有明确的现实意义,另一方面,它亦富于微妙的象征性——"射天狼"(天狼星,隐喻西夏、辽国)之人面对浩瀚苍穹,目光如炬,弯弓搭箭,直逼遥空。它象征着无比强健之生命力,是一曲向衰老意绪挑战的青春之歌,是大写的超越生死的人之形象。总之,贯穿此首《江城子》中之一股永葆青春之强大的精神力量——"少年狂",是苏轼对词史的独特贡献。

这首《江城子》,凝聚着作者对于国家现实状况的严重关注。宋仁宗时期,虽然经济文化已臻极盛,而北宋边防告急,西南少数民族叛乱,北方辽国虎视眈眈。苏轼虽然不是军事家,但他却是一位有忧患边事、渴望在军事上能为国家民族做出一己贡献的士大夫。与《江城子》同作于任密州知州时期的《祭常山回小猎》,作者这样描写当时打猎的镜头:"青盖前头点皂旗,黄茅冈下出长围。弄风骄马跑空立,趁兔苍鹰掠地飞。回望白云生翠巘,归来红叶满征衣。圣明若用西凉簿,白羽犹能效一挥。"这里描写的"点皂旗""出长围""弄风骄马跑空立,趁兔苍鹰掠地飞",与作者在《江城子》中描写的"左牵黄,右擎苍,锦帽貂裘,千骑卷平冈"之景象与精神风貌,何其相似乃尔!而从作者诗中所写"圣明若用西凉簿,白羽犹能效一挥"和词中"持节云中,何日遣冯唐……西北望,射天狼"之效命疆场的渴望,又是多么的一致!诗句所描写的旋风般之畋猎氛围与词句中发出的火一般的热情,使读者被其豪放雄奇之风格所吸引;而作者如此描写畋猎之火热与决心之坚定,主要是来自一种非常深沉的忧患意识。请看他在 25 岁(宋仁宗嘉祐六年,1061 年)

的策论中这一段表述：

> 臣欲使士大夫尊尚武勇，讲习兵法；庶人之在官者，教以行阵之节；役民之司盗者，授以击刺之术。每岁终则聚于郡府，如古都试之法，有胜负，有赏罚。而行之既久，则又以军法从事。然议者必以为无故而动民，又挠以军法，则民将不安，而臣以为此所以安民也。天下果未能去兵，则其一旦将以不教之民而驱之战。夫无故而动民，虽有小怨，然孰与夫一旦之危哉？（《教战守策》）

同是在《教战守策》一文中，苏轼还这样表达过他的忧患意识：

> 秋冬之隙，致民田猎以讲武，教之以进退坐作之方，使其耳目习于钟鼓旌旗而不乱，使其心志安于斩刈杀伐之际而不慑。是以虽有盗贼之变，而民不至于惊溃。……今者治平而日久，天下之人骄堕脆弱，如妇人孺子，不出于闺门。论战斗之事，则缩颈而股栗；闻盗贼之名，则掩耳而不愿听。而士大夫亦未尝言兵，以为生事扰民，渐不可长。此不亦畏之太甚，而养之太过欤？

在承平富足时代，社会的享受之风背后潜伏着巨大危机，这种危机，是亡国之危机，年轻的苏轼以其丰富学识与深刻智慧，已嗅到了这种危难时刻的气息。

于此北宋承平时刻，苏轼特别指出可能突发的"一旦之危"，绝不是耸人听闻，而是有着深刻的预见与判断。他所提出的应对措施是，士大夫要崇尚军事的勇敢，要讲解演习兵法，要教那些在官府服役之平民，学会列队布阵，对缉捕盗贼的差役，教其击刺之技法。他还建议，每年将民集合起来，考试武艺，评定胜负。一旦大家习以为常时，还要"军法从事"！苏轼深知，一定有人会认为他的这种调动人民、动用军法的提议，会使民心不安；但他同时深知，与北方少数民族之战争是难以避免的，平时召集百姓训练，虽有些小恐慌，可是与让没有训练过的百姓突然上战场相比，是大不相同的。请看苏轼的思虑多么深远。苏轼深知，"治平而日久"之盛世，必然会产生安逸享乐意识，会产生"骄堕脆弱"之民众，这是形势使然；而教他们在秋冬之闲暇时间，"田猎以讲武，教之以进退坐作之方"，是为了他们遇险时可以"不慑"，"不至于惊溃"，不至于"缩颈而股栗"。

现在，当年近不惑之年的苏轼用词的形式，来表达他这深远思虑时，那种"左牵黄，右擎苍，锦帽貂裘，千骑卷平冈"的气势，已把作者对武勇精神的提倡，对军事之"行阵之节"的训练演习之倡议，全都包含在其中了。这又"左"复"右"、席卷"平冈"之势，不仅展示的是武士之雄姿，更是被一种深沉之忧患意识所推动。此首《江城子》距离他年轻时所写《教战守策》，已过了十三年了。

如上所说，苏词不是一味豪放下去，在结构上，他自有一番精细之安排。应该说，作者的谋篇布局，其实是有一番讲究的。"左牵黄，右擎苍，锦帽貂裘"，是对主人公自己形象的描写。这一笔，确实把领军人物"发少年狂"的气势、形象描写出来了，艺术上是非常成功的。但这仅仅是作者的起笔，他真正的目的，是要发动一场声势浩大的军事演习——"千骑卷平冈"，鼓舞军队的士气，锻炼军队的实战能力。这种田猎演练，正是作者在其策论中"使士大夫尊尚武勇，讲习兵法；庶人之在官者，教以行阵之节；役民之司盗者，授以击刺之术"之主张的实施，是为将来可能发生之残酷战争做着身体力行、一板一眼的准备啊！

在描写了田猎之惊心动魄的场面后，作者接下的"为报倾城随太守，亲射虎，看孙郎"之句，很容易使读者因全城观看太守狩猎的热闹场面而兴奋，犹如游戏一般。其实，这些词句的背后，正有作者严肃之思考在支撑，是作者之忧患意识的深沉体现。他呼唤百姓来观猎，并非看热闹而已，而是在警醒百姓，提醒统治者，居安思危的意识千万不能丢；不但不能丢，还要像太守（作者自己）一样，行动起来，勇敢地投入到战争演习的实践中去。"亲"者，亲自之谓也。作者在告诉同胞们，"亲射虎"，绝非儿戏，而是亲身领略战斗之惊险，冒死之成功，方能防备万一，保全国土与生命。"看"字言外之意为：只看不做，于事无补，效仿太守，行动起来，方为万全之策——良苦用心，正在于此。如果读者能反复咀嚼苏轼这首在北宋灭亡（公元1127年）52年前所作的《江城子·密州出猎》词（作于神宗熙宁八年，公元1075年），就会知晓他当时创作的用心是何等深邃，忧患心绪是何等沉重。苏轼担忧的"一旦之危"，后来被靖康之变证实了；苏轼是多么希望他的这首《江城子》之忧患心境，能够被读者在其奔放豪迈之词句里，细细体味出来。这种忧患心境，如果只被"豪放"二字加以简单评论，那就真的辜负了词人"亦自是一家"的苦心！

"酒酣胸胆尚开张"一句，一方面，写出酒后豪气更旺，同时，也在告诉读者，这种酒狂，不是一般酒徒之醉醺醺的状态，而是在心更高、胆更壮之同时，保持着一种"开张"——通畅、开阔的思路与境界。这种在心高胆壮时保持着一份清醒深沉、高瞻远瞩之精神状态，才是苏轼展现的"儒将特色"。

那么，诗人酒后保持的一种"开张"——通畅、开阔的思路，具体落实在何处？此种思路便是：若欲保住大宋江山，不但要有军队的强悍，民众的勇敢，还要有君主的任贤选能，将优秀的将帅及时派到关键的边防之地，整个军事战略布局和目标才算圆满。因此，"持节云中，何日遣冯唐"之句，就不仅仅是作者一己之急于参加保卫国防之热情的表白，更是对军事全局的深思熟虑之体现。西汉镇守边陲的魏尚，防卫匈奴，立有战功，后因上报杀敌数字不符实际，差了六颗头颅,被削职。郎中署长冯唐认为处理不当,向皇上直谏,汉文帝于是派冯唐持节赴云中赦免魏尚之罪,恢复其云中太守之职,而后军威大振,匈奴惧之。苏轼在他的《东坡易传·卷三·无妄》中曾经这样说过:"善为天下者,不求其必然,求其必然乃至于尽丧。无妄者,驱人而内之正也。君子之于正,亦全其大而已矣。全其大有道,不必乎其小,而其大斯全矣。"①这就是说,善于治理天下之人,在追求正道方面,是努力保全大的方面,不必在乎小的方面,于是大的方面就得以保全了。魏尚是杰出而有瑕疵的勇将,宋代当时需要的,正是大量的这样的勇将。苏轼以为,对他们的缺点,不宜过于放大而当委以重任。

当胸胆"开张"的作者将将帅之表率作用、军人之演练争先、百姓之勇于习武、君主之善用贤能之种种景况或条件都囊括于笔下之时,他才淋漓酣畅地结了尾:

会挽雕弓如满月,西北望,射天狼。

这种满月般的雕弓,展示了战斗的雄姿,也表明,此刻我方在战争之一切有利条件都接近圆满,才有可能打有把握之仗。这就是苏轼的笔法。苏轼的带有理性思维之词笔,不但在其诗文中有充分展现,在其豪迈雄奇的词章中亦有展现,细细寻绎本首《江城子》,不难看出其构思安排,在豪放之中,错路有致,简直就是一篇诗化了的策论。在全篇中,苏轼将他的很多思考融入其中,思虑之周密,结构之精妙,令人刮目相看。本词之一大特色,就是奔腾豪放中含忧患意识,阔大雄奇中有细密构思。由于气势之大,词句之豪,给人以痛快淋漓之感,在很大程度上掩盖了其丰富内涵与深沉思考。

---

① 杨军译,《白话东坡易传》,长春出版社,2010年版,第63页。

不过，熟读作者之策论与其为人处世之特点的读者，还是可以领悟到更深的东西，更多的信息。

吟咏本词至此，可以深深感受到作品的多重味道。首先，本词展示了作者本人的形象。从头至尾，苏轼将一己之行动、风貌、精神，都淋漓尽致地展现出来，成功地塑造了一位奋进动人的儒将形象。其次，词中的每一个层次，每一个用语，都以深沉之忧患意识为根基，都经过了周密的经营，将作者之提倡身体力行、倡导勇武精神、认真训练兵士、动员民众参与、君主要不拘一格重用军事将领之方方面面的思考与呼吁，皆融入一气呵成之奔放笔墨中，发人深省。令人瞩目的是，本词在生命观之方面，亦贯穿了一条鲜明的思维线索，即人之生命要不忘保持一种青春精进的风貌，即超越年龄、岁月的"少年狂"；词中充满着一股强盛之生命力，作为作品内在的强大支柱，在整个词史上闪烁着耀眼的光芒。"横看成岭侧成峰，远近高低各不同"——苏轼曾经在他的名篇《题西林壁》中这样评论庐山，而读者对于苏轼本首《江城子》，也可以尝试从不同的角度来欣赏、玩味，相信可以得到更多的启发。

这首《江城子·密州出猎》告诉我们，苏轼在开创豪放词风之开始阶段，就已经孕育了丰厚的内涵、深远的思考，并非仅仅是简单的情感发泄。作者那种"虽无柳七风味，亦自是一家"的豪气，绝非欲与柳永个人一较高低，而是要创立一种新风，而这种新风，要像柳永词那样，达到传闻天下之地步。苏轼之所以希望自己所作《江城子》这类豪放词传闻于天下，是欲将其睿智的人生哲思、深远的政治军事谋略与多方面的审美意趣兼容并蓄，融于一炉，达到既能引起壮美之快感，亦能唤醒国人之危机意识的目的。它以雄奇豪健之风格，将忧患意识作了无所不在的透露与暗示，妙在不直接说破，而是等待有心人的感发与领悟。苏轼将自己的大见识、大议论融于词作中之潇洒奔放之笔墨中，给宋代之豪放词人以深刻、有力的启发。

欣赏苏轼豪放词章，一定不要忽视其豪放中的细致思考层面。他驰骋游猎，目标不在猎物，亦不在仅仅满足于通过军事演练来对军民众作一番动员号召，而更是来于对"天下之人骄堕脆弱""论战斗之事，则缩颈而股栗"之现实的深深忧患，来自于对积极进取之生命观的热情提倡。这才是作者创作的根本动力。

快意中的悲凉

——辛弃疾《菩萨蛮·金陵赏心亭为叶丞相赋》欣赏

青山欲共高人语,联翩万马来无数。烟雨却低回,望来终不来。
人言头上发,总向愁中白。拍手笑沙鸥,一身都是愁。

本词作于淳熙元年（公元1174年），是三十五岁的辛弃疾在任江东安抚司参议官时，写给时任建康留守叶衡的。叶衡字梦锡，绍兴十八年进士。官至参知政事（副宰相），右丞相兼枢密使。他力主抗战，爱惜抗金志士。辛弃疾为参议官时与他结识。

本词的题目提到赏心亭，赏心亭为建康一带登览名胜。辛弃疾登高望远时，常有非同凡响之作诞生。对他这样一心恢复故国之志士来说，在登临时刻，壮志翻腾，奇句迭出，再自然不过，又何况是写给同道叶衡的词章呢？了解词人的创作习惯与擅长胜境，对欣赏本词是很紧要的。

上片写作者登上赏心亭，眺望青山烟雨之景色，并通过所见山色，巧妙抒发对叶衡的景仰与期待会晤之情。辛词有一大特色，就是它那强烈的动感。词章的开端，把青山叠嶂想象成奔腾的万马，因欲与"高人"会面，从遥远之地呼啸而来。这两句化用了苏轼《越州张中舍寿乐堂》诗中诗意，而内涵却与苏诗相异，值得注意。苏诗云："青山偃蹇如高人，常时不肯入官府。高人自与山有素，不待招邀满庭户"，表达的是"青山"秉性高傲，不愿走入官府，只与不慕名利的"高人"有一种默契，不待邀请而来。苏诗字里行间颇含隐逸味道。稼轩之意则不同，他要表达的是迫切与叶衡会面、交流抗战大计的心情。"联翩万马"借山势起伏之势，状万马奔腾之状，从而托出急于相会、心潮难平之情。

"联翩万马来无数"，这是辛词一种独特比喻，是辛弃疾鲜明性格之体现，真是非辛弃疾不能道。用无数匹奔马呼啸而来之气势，来表达自己与僚友相见之急切、兴奋心情，试想，这里迸发的，是多么炽热的情感。这种热情，似铺天盖地，无穷无尽；同时，又在无意间流露出辛弃疾之军人将帅本色。读者都知道，辛弃疾之脑海中，关于马之意象，常与其军旅生活有关，与其恢复故国之情结相关。如"马作的卢飞快，弓如霹雳弦惊"（《破阵子》），"想当年，金戈铁马，气吞万里如虎"（《永遇乐》），"壮岁旌旗拥万夫，锦襜突骑渡江初"（《鹧鸪天》），"马革裹尸当自誓，蛾眉伐性休重说"（《满江红》），不一而足。明白词人此种写作习惯，便知他以奔腾万马为喻、急切与叶衡见面之深层内涵了。

"烟雨却低回，望来终不来"。作者渴望与叶衡会晤，但愿望未能实现，未免惆怅。这一惆怅之情，用"烟雨却低回"一句来表达，十分传神。试想，那青山欲与高人会面而不得，当然会有一番低回惆怅之致。青山佳木葱茏，草叶繁茂，常有水蒸气生发，自是烟雨蒙蒙，云气缭绕。此刻作者巧妙将这山中"烟雨"化为青山会晤高人而不得之失意心态，状写心理自然入微。至此，辛弃疾与志士同仁会晤切磋之款款情思已和盘托出了。从"联翩万马"之壮美奔放到"烟雨却低回"之缠绵低回，给人以望眼欲穿之感，展现了辛词刚柔兼备的表达艺术。

下片以笑语极言愁情，正是稼轩笔法。读者还会记得，辛弃疾曾言："而今识尽滋味，欲说还休，欲说还休，却道天凉好个秋"（《丑奴儿》），这种最寻常的家常话——"天凉好个秋"，以痛快之笑语口吻把愁之滋味说到极致。本首《菩萨蛮》词也是有愁却偏不正面说愁,而以诙谐之语出之,可供寻味。词人吟唱:"人言头上发,总向愁中白"——人们说道头上的白发,都是愁中生出来的;这样说来,那江滩上的沙鸥,生来一身皆白,如此推论,它们这种白色,也由愁中所生?答案显然不是。"拍手笑沙鸥,一身都是愁"——作者拍手嘲笑在沙滩上饱食终日、无忧无虑的禽鸟们,得出来否定的结论,语藏讽刺意味,或有感而发也。"拍手"二字,与以上所举《丑奴儿》中"好个"二字有异曲同工之妙,它们在语气上与表情上给人的感觉是快意、亢奋,其实在痛快淋漓中满是沉郁悲慨,稼轩之性情风格于此可见一斑。当词人"证明"沙鸥羽毛之白乃生来如此,而非因发愁而白时,他似乎因驳倒了"人言头上发,总向愁中白"之说,而显得有些得意和兴奋,然而给读者的感受是,一股深藏在词人内心之浓浓愁绪,愈发难以化解了。

　　辛弃疾在南渡以来,一腔热血,志在恢复,而他发现自己寄予厚望的南宋朝廷上下弥漫着不思进取的气息,心情悲愤之极。我们知道,在与本首《菩萨蛮》词作于同一年的名作《水龙吟·登建康赏心亭》中,作者曾沉痛吟道:"落日楼头,断鸿声里,江南游子。把吴钩看来,栏杆拍遍,无人会,登临意"——登临时那种知音难觅之悲慨,是何等深重;"可惜流年,忧愁风雨,树犹如此"——对风雨飘摇国势之满腹忧愁,更使白鬓难禁。由此可知,词人在本首《菩萨蛮》词下阕幽默之口吻中,已将那真正的忧国之士与生来体色自白之沙鸥(此处或讥讽那些酒囊饭袋之官僚,亦有可能),作了鲜明对比,在爽朗的笑声中,已将所含泪水,渗透于其中了。唐人白居易《白鹭诗》云:"人生四十未全衰,我为愁多白发垂。何故水边双白鹭,无愁头上也垂丝。"稼轩化用其诗意,鲜明的反衬手法,正复相通。

　　笔者在欣赏辛弃疾此首于金陵赏心亭所作《菩萨蛮》词之时,特意将他同期所作《水龙吟·登建康赏心亭》词作了一个对比分析,意在表明，同是身在建康赏心亭，当稼轩孤独一人登览祖国河山时，他会因知音无觅而"栏杆拍遍"，乃至失声痛哭——"倩何人，换取红巾翠袖，揾英雄泪"；而当他得以和一位抗金战士对话，并有所安慰时，其词风即呈现出某种欢快格调。但终因壮志难酬，即使在与知已欢快吟咏之际，词人仍然流露了"头上发""总向愁中白"的感慨，他那"拍手笑沙鸥"的表面达观之情调，实在不过是极为悲凉心情的反衬罢了。

这是在咏叹稼轩此词时应该反复玩赏与寻思的。

一颗纯粹的词心

——辛弃疾《清平乐·独宿博山王氏庵》欣赏

绕床饥鼠,蝙蝠翻灯舞。屋上松风吹急雨,破纸窗间自语。平生塞北江南,归来华发苍颜。布被秋宵梦觉,眼前万里江山。

高手的词章,仿佛有种种言外之意,而又让读者觉得似有似无。他在说眼前事,你却觉得其作品含着别种寄托;而当你在字里行间寻觅种种寄托时,又找不到确切的证据。辛弃疾的这首《清平乐》词之上阕,就呈现了这样的情形。

请看,当作者独自夜宿于博山(今江西省上饶市广丰区西南)王氏小茅屋时,昏暗灯光下,种种景象让他不能入寐:一群老鼠被饥饿所迫,已不惧留宿之人,狂绕于床边,放肆呼叫寻觅食物;蝙蝠亦肆无忌惮,环屋翻飞起舞,搅得灯光忽明忽暗。此屋因无人光顾,疏于管理,一派脏乱、凄惨景况[①]。再听屋外,一阵急风暴雨吹过松林,如涛声阵阵,似将屋顶掀翻;风雨所过,窗间破纸呼呼作响,仿佛在难以自保之际,悲怨自语。总之,一切景象都演示着风雨飘摇之势——此小小茅屋,能禁得住如此强大的暴雨之袭击吗?

熟悉稼轩词的读者都知道,他对于风雨、风浪掀翻屋宇之景况,曾有令人惊心动魄的想象。作者带领起义渡江南来后,曾咏过一首

[①] 本篇"绕床饥鼠,蝙蝠翻灯舞"之句,化用了李商隐《夜半》:"三更三点万家眠,露欲为霜月堕烟。斗鼠上堂蝙蝠出,玉琴时动倚窗弦。"

《念奴娇》，其中有句："我来吊古，上危楼、赢得闲愁千斛。虎踞龙盘何处是，只有兴亡满目。……江头风怒，朝来波浪翻屋。"可见在忧愁国势时，辛词中时怀一种屋顶被风浪掀翻之危机感。这首作于乾道五年（公元1169年）的《念奴娇》词，正当词人三十岁之时；而当他被罢官于信州（今江西上饶），写本首《清平乐》小词时，已是四十五岁的年龄（本词约作于淳熙十一年——公元1184年以后），头发花白，面目苍老了。对于已过不惑年的辛弃疾来说，那种"波浪翻屋"——南宋政权颠覆的危机感，无时不在，与日俱增。然而耐人寻味的是，这种危机感，如今在他的本首《清平乐》里，已不是用直白之言辞表达出来，而是以更曲折的方式，近乎下意识地流露出来；在破庵松风夜雨中，他的忧患江山之意识更深重，更深邃了。况周颐在《蕙风词话》里说过："吾听风雨，吾览江山，长觉风雨江山外有万不得已者在。此万不得已者，即词心也。"[①] 稼轩所听，不过茅屋风雨也，读者却分明感觉到他所写的"风雨江山"外，有一颗"万不得已"的忧念江山社稷之"词心"在。此"词心"在本词中，有时只可意会而难以言传。这种"词心"，正为本词之"眼前万里江山"之动人心弦的结尾，埋下了伏笔。

以下两句写一生经历与时局、人生之感慨："平生塞北江南，归来华发苍颜"，内涵丰富，与上阕所言之景，若即若离，而实为密不可分的艺术整体。辛弃疾从二十一岁（公元1161年）就以满腔热血，投入到抗金救国的战斗中去。他聚合两千人，加入农民起义军耿京所领导的队伍，谋划抗金大计，处决叛徒张安国，带领大军南渡，期盼在南宋政权领导下，为恢复国土而贡献一生。"平生塞北江南"六字组合蕴藉奇妙，既借地理词语概括自己战斗、奔波于祖国山原江河之人生经历，亦吐露出一生襟怀抱负——将分裂之塞

[①] 唐圭璋编，词话丛编，中华书局1986年版，第4411页。

北与江南之地恢复、同归于一体也。明晓此点，就知道接下的"归来华发苍颜"之悲慨是何等沉重了。辛弃疾南渡归来，眼见南宋朝廷不思进取，将抗金时机一年年丧失；作者屡遭打击，壮志难伸，"华发"频生、"苍颜"面世，不亦宜乎！"归来华发苍颜"之结局，既写人生易老、岁月不饶人之事实，亦道出忧患家国、抑郁悲愤而过早衰老之状况，悲凉、沉重之情见于言外。而"归来"句，表达的乃是一种梦想破灭般的悲剧感受——词人在有意无意间为下阕所言之"梦"，注入了精细幽微之内核。

接下的"布被秋宵梦觉"，内涵丰富，最宜细心体味。"梦觉"之"梦"中内容究竟为何，作者并未明言，而此"梦"紧接"平生塞北江南"之恢复故土之词句之后，又处于松风急雨、破纸残窗之萧索氛围中，已不能被个别的具体情事所局限；可以说，此梦在艺术上已与恢复祖国万里江山之心念连为一体。"布被秋宵"诸字，既写出了被无边秋气所笼罩、所包围的单薄之"布被"中人之眼前实景，亦通过天气之清冷，环境空旷寂寞之描写，透出了作者内心深处之孤独悲凉。作者曾这样说过："但臣生平则刚拙自信，年来不为众人所容，顾恐言未脱口而祸不旋踵"（《淳熙己亥论盗贼札子》）[1]，可见他所处政治环境之孤危与不被理解的悲哀。

既然稼轩一生所念、所梦，即为收复、统一祖国江山；此时"梦觉"后所见，正是朦胧月色中直扑其眼前之"万里江山"，情与景会，何其天然！词人之梦境，正与万里山河浑然一体，令人真切感受到他那博大而纯粹的赤子之情。

结尾的"眼前万里江山"句之所以动人心弦，乃在于：人物目接万里江山之后的心潮难平之情态，是他"梦觉"之后的瞬间本能

---

[1] 邓广铭辑校，辛更儒笺注，辛稼轩诗文笺注，上海古籍出版社1995年版，第108页。

反应，犹如赤子见到母亲时之瞬间心灵颤动。山峦意象在辛词中往往呈现出一种跳跃、动荡的审美特征，展露其慷慨、澎湃之心态——如"叠嶂西驰，万马回旋，众山欲东"（《沁园春·灵山齐庵赋，时筑偃湖未成》），"争先见面重重，看爽气朝来三数峰"（同上），"青山欲共高人语，联翩万马来无数"（《菩萨蛮·金陵赏心亭为叶丞相赋》）便是。由此可知，此刻词人叙写的"万里江山"，绝非静止的景物而已——山峦既是作者母亲般的爱恋对象，而山峦之逶迤高耸，江水之浩然东去之景，亦正是作者思绪浩渺、心潮难平的生动体现。如此动荡难平、跌宕起伏之心态，词人却用了带有舒缓之节奏、和谐之音律的"布被秋宵梦觉，眼前万里江山"两句结了尾，使得内在之激扬慷慨、壮怀难平的心绪和平仄相间之平稳六字句式相互作用，造成了奇妙的艺术效果，词人之开阔浩大胸襟与沉郁悲凉之忧患心境被鲜活地展现在读者面前。

此处春光独好

——辛弃疾《鹧鸪天·代人赋》欣赏

陌上柔桑破嫩芽，东邻蚕种已生些。平冈细草鸣黄犊，斜日寒林点暮鸦。　　山远近，路横斜，青旗沽酒有人家。城中桃李愁风雨，春在溪头荠菜花。

熟悉辛弃疾的读者都知道，他自号"稼轩"，是以为人生第一要务，以"力田为先"之故也；而他的农村词章，无愧其"稼轩"之号，在我国词史上，更具有非凡的魅力。词人对于乡村生活有独特之视角与理解。其最独特之处，不在一般之悯农情怀或隐逸情调，而是对农村中强大生命力的深广开掘。

在词中开掘乡村景物中强大生命力方面，辛弃疾与他的前辈词人苏轼有着惊人的相似；他们的词句，仿佛有着心照不宣般的心灵相通。请看苏轼的《望江南》："……微雨过，何处不催耕。百舌无言桃李尽，柘林深处鹁鸪鸣，春色属芜菁。"在苏轼看来，农村中的春色，在芜菁这种植物上最为长久，而桃李之花，则不禁风雨，极易凋零——从而在词作中深邃地寄托了他的"谁道人生无再少，门前流水尚能西"（《浣溪沙》）之积极进取的生命观。辛弃疾正是沿着这个方向，进一步观察、欣赏、发掘着乡村中蕴藏的强盛之生命力量。

本词一个突出的特点，是它以"破""生""鸣""点""有""在"诸种动词，以及极普通的、最接地气的乡村景物，描写出了农村风光的特有魅力。

开端将眼光集中在桑树与蚕卵上——"陌上柔桑破嫩芽,东邻蚕种已生些",正是农家视角。桑与蚕关系到农家生计,当然也是作者关情处。"柔桑"已"破","蚕种"已"生",东风浩荡("东邻"之"东",微有暗示),春已归来。如此一年一度的桑树抽芽、蚕卵孵化,正显示着农村春光之生生不已,因而与结尾之"春在溪头荠菜花"的警句形成了遥遥呼应之势。"破"字,状出了桑叶从蓄势待发到终于冲出其上薄膜之过程,展示了萌发之速度、力度与春意的势不可挡。在这里,着一"破"字,乃境界全出矣。

以下视野逐渐开阔。"平冈细草鸣黄犊,斜日寒林点暮鸦"——但见精力充沛之牛犊在平坦的山坡上撒欢、鸣叫,草绿牛黄,画面可感;"草"之"细"(嫩),"犊"之(嘶)"鸣",更见出春天的勃勃生机。从斜日照耀之寒林中,有点点乌鸦,盘旋期间;早春树林,本无树叶,有墨团点缀,便觉"诗中有画",活力一片。寒林斜日,实为诗词传统中的黯然、衰飒心绪之象征,而在醉心欣赏乡村景物之辛弃疾笔下,这种积淀在诗歌传统中的定势心理与审美感受,很轻松地就被翻转过来,真可谓情之所至,皆可点石成金了。

以下写山势路向,眺望更远。"远近""横斜",虽为普通方位,却在不自觉中勾勒着词人远顾环眺之欣然情态,平淡中见深情。在远望中,作者的视线集中在酒店一方招展着的"青旗"上——"青旗沽酒有人家"。这一山村中常见景物,放在此处,极见诗人陶醉之情。其意或为,正可造访酒家,酣饮一番,细细品味这乡村之春呢!其实,饮酒与否,并不重要,重要的是,以酒之飘香,衬托春光醉人,这才是词人从心底涌出的乡村的春之颂、春之歌!

山村之春光迤逦写来,句句活力荡漾;这样,就给如何更具活力、更有余味的结尾,提出了一个更高的要求。当然,对于辛弃疾来说,这并非难事;在他心中,早就酝酿着一个对于春之深邃思考。在他看来，最长久、最具魅力的春光，就在祖国的村庄。正因为早有这种极其不同凡响之深沉思考，他在曲终，将热情的歌颂，献给了在静静之小溪旁繁密生长之小小荠菜花："城中桃李愁风雨，春在溪头荠菜花！"荠菜或野生，或人工栽种，可为蔬菜，可入药，其花小而白，无艳色，无浓香；但耐寒力强，在风雨中开放，不轻易凋谢，带着一股顽强的生命力。和人们喜爱光顾的烂漫而难经风雨之桃李相比，不是别有一番活力与魅力吗？

"城中桃李愁风雨"一句，写来突然，其实极妙。试想，本来是在写乡村之满眼风光，词人却蓦然引来城市之景，并非跑题了，而是借此句，向读者展示出一个更深远的社会背景，展示词人思考时局之内心世界，使得本词拓展了更深远的艺术境界，让人产生多方面的丰富联想。

城市中的桃李之花，在土壤、水分、空气诸方面，当然比不上乡村之花树；在经风雨、见世面方面，亦不及乡村远矣，这都是读者能够想象得到的。作者用城中之景略略相衬，便衬出乡村花木之勃勃生气，可谓妙矣；而这精彩警动之结尾，还有着辛弃疾更深邃的人生思考。辛弃疾南渡以来，欲做者，只一件事——恢复国土。而南宋统治者所奉行之方针，是求和，是妥协；其结果，当然是国势日蹙，山河危殆。风雨中飘摇之脆弱小朝廷，一如市中艳丽桃李，怎堪风雨之侵袭！读者如能理解辛弃疾之内心忧患，就会得知他那份感慨之沉重。不过，辛弃疾可不是悲观主义者，他深情凝视那迎风雨而开之荠菜花，胸中荡漾着另一种春光，寄托着另一种希望。这不被人们关注的小小荠菜花，写进稼轩词中，自然会引发读者对其抗风雨之特性、周边特殊环境，对种植、培育者的丰美联想与凝神思考。

在中国的美不胜收之词章中，欣赏各种花卉之作品各尽其态，而像辛弃疾如此钟情并赞美乡溪之荠菜花者，却是独一无二的。稼轩之为人，与其风格之独特，于此也可见一斑了！

文武兼备的将帅风采

——辛弃疾《沁园春·灵山齐庵赋，时筑偃湖未成》词欣赏

沁园春

叠嶂西驰，万马回旋，众山欲东。正惊湍直下，跳珠倒溅，小桥横截，缺月初弓。老合投闲，天教多事，检校长身十万松。吾庐小，在龙蛇影外，风雨声中。　　争先见面重重，看爽气朝来三数峰。似谢家子弟，衣冠磊落，相如庭户，车骑雍容。我觉其间，雄深雅健，如对文章太史公。新堤路，问偃湖何日，烟水濛濛？

辛弃疾在北宋国土沦丧后，只有一门心思：恢复。这一壮志索饶脑海，朝思暮想，以至于他无论写任何题材的词章，都或显或隐地透露出报国心事。本首《沁园春》词就是在写景中有意无意地发泄着英雄气概与悲凉意绪，展现着非凡的艺术境界。

本词大约作于宋宁宗庆元二年（1196）罢职闲居之时，描写上饶西部灵山风景。"齐庵"，应即词中之"吾庐"，辛弃疾游山时小憩之处。

词的开端写山："叠嶂西驰，万马回旋，众山欲东。"古人写山，颇具千姿百态，但像辛弃疾如此写山，还真不多见。请看，那千山万壑，在作者眼中，居然是万马在呼啸奔腾！但见马群先向西方奔腾驰骋，刹那间又回旋向东。在"西驰""回旋""欲东"这些闪电般动作中，

但有一股磅礴气势，充溢其间。这是有着"壮岁旌旗拥万夫，锦襜初骑渡江初"（《鹧鸪天》）之传奇经历、被久久压抑而报国无路之作者吐出的一口长长的英雄之气！

接下写瀑布、写小桥："正惊湍直下，跳珠倒溅，小桥横截，缺月初弓。"可以看出，此四句亦并非单纯写景。词人赋予了"惊湍"以"直下"，水珠以"跳"和"倒溅"的力度，赋予小桥以"横截"急湍的姿态。这些寻常景色，已在无意间，将作者本人的英雄气质，活跃在读者面前了。特别有意味的是，是那"缺月初弓"的形象描写。缺月在一般诗人的笔下，大多富于静穆或轻盈之美感；而在本词中，竟宛如一张刚刚拉开的弓。有趣的是，这弓的想象，与发端对群山的骏马奔腾之象，前后映衬，将作者经历过"马作的卢飞快，弓如霹雳弦惊"之壮举，并要"了却君王天下事"（《破阵子》）的壮士情怀隐示。当然，此种情景交汇，在作者，并非有意为之，因而吟咏之余，弥觉可贵。

以上诸句，将辛弃疾之心事、品格，融入山水描写之间；接下来的"老合投闲"三句，则写出了英雄失意的悲哀。该三句意为，为既老了，当然就应当投闲置散，但是天公为何如此多事，教我来掌管这数十万株松树呢？！作者以"长身十万松"拟士兵，将自己置身于"检阅"军队之境地，令人仿佛看到他啼笑皆非之貌，想起他那曾经有的"沙场秋点兵"之战场经历与豪情义气。这悲凉之句，与开端山水景物之壮观描写，成了跌宕起伏的旋律，自然引起了悠然却难平的心境展示："吾庐小，在龙蛇影外，风雨声中。"上阕这一收尾，写得很有诗意。诗人所居茅庐虽小，但在大自然怀抱中，听风吹松，如雨如涛，当然是惬意的；但熟知稼轩那"顾恐言未脱口而祸不旋踵"（辛弃疾《淳熙己亥论盗贼札子》）①心态的读者都知道，"龙蛇""风雨"，对作者来说，另有一番味道。龙蛇，在古代文化中有隐退意。如《易·系辞下》："龙蛇之蛰，以存身也。"②辛词此处的"龙蛇""风雨"意象，正好写出他身在山林，对政治迫害之"风雨"之警戒心理与对飘摇政局之忧患情怀。至此，上片情境犹如骏马被关进马厩而不能驰骋一般，那"叠嶂西驰"与"吾庐小"之间的阔窄空间的对比，发人深思。

"争先见面重重，看爽气朝来三数峰。似谢家子弟，衣冠磊落③，相如庭户，车骑雍容④。我觉其间，雄深稳健，如对文章太史公"⑤。请看，大自然中的山峦，竟如战阵中之部队，在接受辛弃疾之指挥，接连出场了。这战阵，"使人感到生气勃勃，波澜壮阔"⑥！"争先"与"重重"，将壮阔、热烈之气氛烘染得逼真而浓烈。在现实中遭到了严重压抑的辛弃疾，太需要心理上的释放与安慰了。当他

---

① 邓广铭辑校，辛更儒笺注，《辛稼轩诗文笺注》，上海古籍出版社1995年版，第108页。

② 唐明邦主编，《周易评注》，中华书局1995年版，第236页。

③ 谢家二句：《晋书·谢玄传》："安尝戒约子侄，因曰：'子弟亦何豫人事，而正欲使其佳？'诸人莫有言者。玄答曰：'譬如芝兰玉树，欲使其生于庭阶耳。'安悦。"见《二十五史·晋书·谢玄传》（1），上海古籍出版社，上海书店，1980年版，第243页。

④ 相如二句：《史记·司马相如列传》："相如之临邛，从车骑，雍容闲雅甚都。"见《二十五史·史记·司马相如列传》（2），上海古籍出版社，上海书店，1980年版，第330页。

⑤ 雄深二句：《新唐书·柳宗元传》："韩愈评其文曰：'雄深雅健，似司马子长（司马迁字子长），崔、蔡不足多也。'"上海古籍出版社，上海书店，1980年版，第544页。

⑥ 龙榆生著，词曲概论，上海古籍出版社1980年版，第53页。

在清晨见到青山从雾气中露出身影时,一种清爽之气,沐浴着全身;刹那间,他的心,飞向了朝思暮想的古代贤哲。他感觉这重山叠嶂,"似谢家子弟,衣冠磊落"——此几座山峰,不正是在淝水一役中大破敌军之衣冠俊伟的东晋谢家子弟谢玄等人吗?他看到,似"相如庭户,车骑雍容"——彼一群山峦,不就是那汉朝大文学家司马相如路过成都时雍容不迫的车骑吗?他甚至感受到一种文化气息洋溢其间:"我觉其间,雄深稳健,如对文章太史公"——至于整体的灵山,更是巍峨苍莽,深不可测,它们简直就是太史司马迁的文章一般,雄奇深奥,典雅劲健。这一番令人目不暇接的博喻,真是想落天外,将祖国的山水与博大精深的传统文化融为一体,词人已经陶醉在山河美感与古代贤才的心灵交流之中。从作者与古人神交的陶醉中,读者不难窥见他有才不获聘与对黑暗现实之强烈不满与抗议,甚至也可窥见其从容指挥、调动军队之将帅气质。

在煞拍时刻,词人以一种强烈渴望之语句,问道:"新堤路,问偃湖何日,烟水濛濛?"这个结尾意味深长。作者在小序中说"时筑偃湖未成",看来他期待自己所经营的"偃湖"终有水波荡漾、细雨迷蒙的景象呈现于眼前的一天;不过,偃湖建成须假以时日,若真能久居于此欣赏精心建造好的偃湖,那时的辛弃疾将垂垂老矣,他在有生之年恢复国土之理想也将随之破灭了。作者在对美好偃湖期盼中的惆怅心态,用"濛濛"二字来形容,真是景中见情,微妙入神。

本词中的山水等自然景物在词人笔下显得如此奔腾、灵动、雄健、古奥,它确是辛弃疾本人之英雄将帅气质、学养襟抱的生动写照。

从一首写景小词看辛弃疾的兴亡意识

——辛弃疾《清平乐·题上卢桥》词欣赏

清平乐·题上卢桥

清溪奔快，不管青山碍。千里盘盘平世界，更著溪山襟带。

古今陵谷茫茫，市朝往往耕桑。此地居然形胜，似曾小小兴亡。

时或以轻松语调，表达沉重主题，是辛弃疾词作一个很值得注意的特色。以下笔者以其《清平乐·题上卢桥》（上卢桥在江西上饶境内）为例，以求管中窥豹，略见一斑。

词之开端，便以轻快的调子描写出青山映带、溪水奔流之大自然景象："清溪奔快"——溪水在快速地奔流，"不管青山碍"——那高大青翠的青山哪里阻挡得住它轻快而一往无前之气势；"千里盘盘平世界。更著溪山襟带"——这一望千里的广大平坦之世界，有了山峦溪水组合成"衣襟"和"腰带"，又增加了多少风采魅力呦！轻捷愉悦之描写，更加以"不管""更著"诸字之连接，读者顿觉词人那欣赏大自然之情畅快无比，一泄无余了！

不过，若只把它看作纯粹是对大自然风光之描写，还未探到作者心灵的更深处；诗人的精神世界是复杂的，结合辛弃疾的人生经历与其他作品，还能细细品味出更多味道来。

辛弃疾观赏山河，常常有一种难以摆脱的心绪，那就是兴亡忧患意识。与其说是在看风景，不如说是在想着兴亡之事。抓住了这一关键之点，就能更深入地理解作者的创作艺术特点。如《水龙吟·登建康赏心亭呈史留守致道》:"我来吊古,上危楼赢得闲愁千斛。虎踞龙盘何处是?唯有兴亡满目……"当作者登上建康赏心亭时,他没有将那雄伟险要的地理形势作一番描写——在他眼里,这里所谓的虎踞龙盘景象,何曾坚固;此刻他思接千载,千古以来,种种家国兴亡景象,纷至沓来,满目皆是。又如:"何处望神州?满眼风光北固楼。千古兴亡多少事?悠悠,不尽长江滚滚流……"。请看,北固楼风光,在词人的满眼中,早已化为千古兴亡之种种情事。"千古兴亡,百年悲笑,一时登览"(《水龙吟·过南剑双溪楼》)这种一登楼远眺,兴亡意识便油然而生,已形成了辛弃疾面对山河景物的一种心理常态。兴亡意识,是辛弃疾观景时最深厚的心灵底色。

现在重新来看这首《清平乐》小词的开端:"清溪奔快,不管青山碍。"

从作者那挥之不去的兴亡意识来观,"清溪",乃是兴废更替大趋势的象征。辛弃疾在另一首《菩萨蛮·书江西造口壁》词中,吟唱道:"青山遮不住,毕竟东流去"——对于宇宙间如同江水般之不息动荡变化,作者是有一番很深的感慨的,只不过,"青山遮不住"云云,慷慨雄壮,气势磅礴,而"清溪奔快"之吟唱,轻快奔放,风格各异,而其时光飞逝、变化迅乎之基本内涵则一也。由此可见,"不管"二字,在轻快节奏中自有一番时光无情、变动无常的味道;"不管青山碍"之意,则透露出:一切阻拦、妨碍时迁物变之举皆为妄想也。在轻快节奏语气中透露出了沉重深远的思虑,妙在令人不觉。

接下的"千里盘盘平世界,更著溪山襟带"两句,把开端之轻快而充满动感的节奏作了一个舒缓之腾挪,词人在相对静态中放眼欣赏河山平原——但见十里之内,有溪水山峰蜿蜒环绕,宛若人之衣襟与佩带。作者将自然山水又一次拟人化了。"襟带",乃人佩带之物，作者赋予了山溪人之色彩，姿态俨然；作者之欣赏心绪亦自然流露。而就在此同时，词人巧妙融化了历史典故，透露了他的深沉思绪（《史记·秦始皇本纪》中说："秦地被山带河以为固，四塞之国也"[①]，辛词本此），为以下四句的抒发感慨作了铺垫。"襟带"与"奔快"，一静一动，相得益彰。当然，这种动静交错之描写，另有一番深意。"山河襟带"，古人常借来喻指山绕河形势之险固——谓山河之环卫国土，有如将衣襟和腰带一样紧紧缠住人之身上那样保险，牢固。读者读到这里，仿佛可以看到作者指点祖国山河，赞叹道：好一个辽远开阔的太平世界，何况又有这山河形胜作为屏障呢！"平世界"：既可理解为地势上的平坦宽阔，又可以想象为人间无战事、无人祸的太平世界。请看，在吟咏自然山水时，词人只用"山河襟带"四字，便引入了对政治军事上之考量，和对国家安危之思考。作者之兴亡意识深藏其中，令人玩味不已。

如此看来，发端二句与承接二句之间，呈现了动感与相对静态的映衬、对比。这承接的两个层次之关系十分微妙。前两句强调的是事物之变化一时一刻都不能停止，而后两句则显示事物的相对稳定、相对静止。"千里盘盘平世界。更著溪山襟带"二句写得环境开阔、安稳，令人心旷神怡；殊不知，在令人凝神欣赏的笔墨下，正隐含着看似稳定的"溪山襟带"中变化无常的前景，在匆匆流水般的时光中，终究避免不了山陵变为低谷之大变迁的命运，这看来稳固的"溪山襟带"，也不过是昙花一现呦！

请看这平静、沉稳、令人陶醉之景象描写中的危机意识，表达得多么含蓄！

后面笔锋一转，从前面的"溪山"引出了下面的"陵谷"。

[①] 司马迁《二十五史·史记·秦始皇本纪》，上海古籍出版社，上海书店，1986年版，第32页。

当辛弃疾用"襟带"来承上启下时，他对时事兴亡的感慨已含蓄展露；下阕所吟"古今陵谷茫茫，世朝往往耕桑"，从景物描写转入了人世。"古今陵谷茫茫"，从古至今既然有山陵变为低谷之无数次变迁，眼前的青山也绝不是恒久之物，归于"茫茫"之变化，是它必然的命运。我们看到，由于辛弃疾将世事无常之规律放在一个比人类社会历史更高更远的大自然环境里，于是其感慨便陡然深广起来。接着，作者将他最担忧之现实情况，呈现在读者眼前：

"市朝往往耕桑"——"市朝"（都市）二字，表明辛弃疾之兴亡意识的具体内容。作者慨叹繁华都市往往变为种植庄稼的田野，一方面是感慨历史，一方面是忧患当下。"往往"二字，以不容争辩的语气，给全篇带来了一股悲凉的气息。

在结尾，作者终以"兴亡"二字，煞住了全篇："此地居然形胜，似曾小小兴亡。"这里值得注意的是"居然"二字与"兴亡"二字的呼应。居然，乃平安或安稳之意。作者说道，你看这"溪山襟带"的形胜之地如此稳如泰山，却很像是经历过从闹市变为桑田之小小的兴亡更替呢！至此，辛弃疾在"清泉奔快，不管青山碍"之时光变化不断，到"古今陵谷茫茫，市朝往往耕桑"之人事无常的大前提下，对本地历史状况，作了一个大胆的猜测与想象。"似曾"二字绝妙。妙在是一种猜想之口吻。对于这"居然"之地，历史上是否发生过战争兴替、沧桑变化之事，辛弃疾并未追求肯定或否定的答案，而恰恰就是这种"似曾"之不确定口吻，调动着读者的联想，唤起居安思危的意识。应该说，"居然"二字，还隐含了对南宋统治者依仗长江天险之侥幸心理的微讽于其中。

"小小兴亡"四字，让人仿佛看到了这平静可爱的溪山，曾经矗立过一座城市，似曾经历集市繁华、熙熙攘攘之场面——此城市后来或是从富裕奢华走向贫困衰败？抑或是因战事频繁趋于败亡？又抑或是天降灾祸而消失于无声无息？……这并不高耸之山头，小小之清泉，引起辛弃疾多少复杂多端的想象，不得而知，而其脑海中笼罩的兴亡意识之浓厚深沉，则可见一斑了。

"小小"二字颇精妙。盖因为此处青山并非特别高大，溪流并非如江海般奔腾浩瀚，因而其兴、其亡，都不会惊天动地，因而以小小形容之；其实，此处"小小"之意，正启示着人们：兴亡之事，无论大小，处处有之，遍及宇宙人生，不可逃也。"小小"二字，未曾着力，弥增沉重。

吟此小词后，若以为作者只是仅仅吟咏兴亡而已，未免有所未尽。笔者以为，作者在感慨人生宇宙兴废变化时，他有一种"管兴亡"之心理，始终挥之不去。有稼轩自己之小词《西江月》一首为证：

千丈悬崖削翠，一川落日镕金。白鸥来往本无心，选甚风波一任。

别浦鱼肥堪脍，前村美酒重斟。千年往事已沉沉，闲管兴亡则甚？

作者在欣赏悬崖、落日之美景时，食佳肴，饮美酒，心绪早已沉浸在对千年往事的回顾与思索之中，尤其是那千年往事兴亡之一幕幕，时时在眼中闪现。而词人却故意以一种洒脱轻松口吻吟道：兴亡之事关我何事，管它做甚？

"闲管兴亡则甚"一句问语，道出了辛弃疾的一个重要心事，就在那一个"管"字里。作者在感慨历史兴亡，而"管兴亡"的强烈参与意识却是渗透字里行间，令人玩味的。即以本篇《清平乐·题上卢桥》而言，作者在意识到兴废更替的宇宙人生规律同时，他是很想让那"千里盘盘平世界，更著溪山襟带"之平安美景时间保持得更长一些。他何尝不知道兴与亡之转化趋势不可避免，而儒家之"知其不可为而为之"的理念已深入骨髓，使得他要竭尽平生全力而济世救国——"了却君王天下事,赢得生前身后名",鞠躬尽瘁,死而后已。牢牢盘踞在心中的"管兴亡"之意识,即是作者有时以轻松之笔调写景时亦令人感觉沉重的深层原因。

一腔幽愤　不泯童心

——辛弃疾《清平乐》词欣赏

清平乐

　　检校山园，书所见。

连云松竹。万事从今足。拄杖东家分社肉。白酒床头初熟。

西风梨枣山园。儿童偷把长竿。莫遣旁人惊去，老夫静处闲看。

　　词人之佳作，往往于写作期间，字句从肺腑中流出，不假修饰，而深情存焉。辛弃疾本首乡间小词，句句如话家常，其实在文字后面，一腔幽愤，跃然纸上。这是熟读辛弃疾的全部作品和他的一生之经历，可以有所领悟的。

　　首先注意小序中"捡校"二字。"检校"，既是审查核实之意，也是古代官名（如杜甫为检校工部员外郎），作者用这样的词语来写他巡视自家山园，尽管可能出于无意，却小题大做般地道出了一种检阅军队的味道，打下了其戎马生涯、为官多方的生活印记，透露了其平生矢志不渝的恢复志向，值得玩味。

　　且来看小词的开端。"连云松竹，万事从今足"。这两句不过是说，作者自己栽种了成片的松竹，那松竹耸入云霄，使得作者深感满意，以致到了万事皆足的程度。怎么理解作者这一感受？我们可以泛泛地说，与松竹为伴，过一种与世无争的隐士般的生活，享受天人合一的审美乐趣，大概就是此意了。不错，这是古人常用来表达情感的路数，辛弃疾也不例外；然而除此之外，在作者心中，还有其他的情趣内涵吗?

辛弃疾对松竹,极其喜爱。甚至可以这样说,在他心目中,松和竹都是人,是有灵性、有情感的人。作者把它们亲切地认为朋友:"一松一竹真朋友,山鸟山花好弟兄。"(《鹧鸪天》"不向长安路上行")其实,岂但是朋友,他还把松树作为他心爱的、一直率领过的士兵来看待。在遭受打击后谪居山中的词人曾经"检校"过他的松树士兵们:"老合投闲,天教多事,检校长身十万松"(《沁园春》"叠嶂西驰")——即使在退居山林时,作者也竟将那十万松树想象成高大的士兵,被他一丝不苟地核查、检阅着。收复故土,完成抗战大业,稼轩一时一刻也未曾忘怀啊。如前所述,本词小序中"检校"二字,正是他那"沙场秋点兵""了却君王天下事"(《破阵子》)之志向的不经意流露。在古人作品中,像辛弃疾这样以检阅部队之态对待那高大青松,还真是罕见。

这就是辛弃疾的独特个性。他面对众多高松,得到了一种检阅军队般的满足,这便是"连云松竹,万事从今足"的词句中所具有的稼轩式的满足感受的重要内涵。但正如作者自己所说,他是"天教多事"者,面对松树,偏偏想象为战斗的兵士,偏偏和自己的火热的军旅生涯联系起来;而现实却无情地告诉他,他与相处的,不是真的士兵,而仅仅是松树而已。于是,作者就在想象的满足中,更感受着一种报国无路、面对惨淡人生的痛苦。因而,从表面上看,似乎是纯粹的知足常乐语,其实一腔愤懑注满其间。

"拄杖东家分社肉,白酒床头初熟"。接下来写人,写风俗,将"万事从今足"之情绪,进一步补足。已经上了年纪的"拄杖"的辛弃疾,从村东头掌管祭祀的人家(东家,指东邻)处分到一份社肉,而此刻,自家新酿的白酒恰从糟床上榨出——作者可以和乡民同祭祀,同欢乐,饮美酒,岂有不满足之理?更何况他与"东家"、乡邻,已经建立了深厚的情谊了呢?辛弃疾词中出现的"殷勤野老苦相邀"、"认是翁来却过桥"（《鹧鸪天》"石壁虚云积渐高"），"被野老、相扶入东园，枇杷熟"（《满江红》"几个轻鸥"）的景象——表明作者与这样朴实、善良的乡人住在一起，分享祭祀社神之肉，心情是惬意的，感情上是满足的；然而另一方面，与乡村里的"东家"长期相处，又使稼轩悲哀。他曾经这样唱道："却将万字平戎策，换得东家种树书"（《鹧鸪天》"壮岁旌旗拥万夫"）——永与"东家"为邻，将自己所著兵略之书换为"种树书"，也就意味着与戎马生涯、抗金事业的永远告别。词人的这种壮志难酬的悲哀，如此自然而又如此深邃地隐藏在和邻居共分社肉、共饮美酒的寻常叙述中，实为辛弃疾词之重要特色，此乃词家之能事，亦稼轩之所以为稼轩也。

"西风梨枣山园"——就在作者满腔愤懑无从平息，穿行于梨枣山园时，蓦然间，他发现有儿童们蹑手蹑脚，手举长竿，偷偷在扑打他山园中的果实——"儿童偷把长竿"。这一突发的小事件，颇有戏剧性。它为读者窥视词人的内心世界，起着至关重要的作用。且看检校山园的作者怎样对待这些"不劳而获"的顽童吧！

在本词的结尾，词人将中国诗词史上罕见的情趣、境界展现在读者面前："莫遣旁人惊去，老夫静处闲看。"这使人不由得联想起杜甫之"堂前扑枣任西邻，无食无儿一妇人。不为困穷宁有此，只缘恐惧转须亲"（《又呈吴郎》）——穷人能吃上一顿枣子，实非易事；词人面对偷打其山园梨枣的孩子们，怜爱之情，涌上心头。他兴趣盎然地观看他们将怎样用稚嫩的小手打下枣子，满载而归；同时又带着几分焦虑地环顾四周，心想，此刻可千万不要有行人经过，否则，这些顽童们会被惊散的——那时，他与一场令人愉悦的人间绝美戏剧就失之交臂了！

观察乃至欣赏儿童们的一举一动，希望他们大饱口福，这是辛弃疾此刻情感的重要方面；同时，我们还不要忘记，在潜意识中，辛弃疾其实是以感激之情来看待儿童们的这次"光临"的，正是他们的这次光临自己的山园，使得作者那永难平静的忧患心绪得到了暂时的休息，是他"检校山园"中将世间烦恼皆抛于脑后的短暂然而是最惬意的宝贵瞬间。在"检校"松林时，作者如面对士兵，他心底那"沙场秋点兵"之壮志难酬的悲情止不住地涌动；与"东家"一起饮酒聚会时，他那"却将万字平戎策，换得东家种树书"的绝大遗憾也难以止息；而在目击无忧无虑的孩童调皮形象时，他的童心被蓦然唤起，他微笑着，观看着，希望他们多打些梨子、枣子，更希望这一击打枣梨的行动持续更长一些——因为，他的壮志未酬悲哀，只有在此刻才能一时完全忘怀。我们都知道稼轩那些关乎儿童小词的词句："笑背行人归去，门前稚子啼声"（《清平乐》"柳边飞鞚"）；"最喜小儿无赖，溪头卧剥莲蓬"（《清平乐》"茅檐低小"）。在这种时刻，词人总是被人间最纯美、最质朴的情景感动着，他自己的童心已被唤醒，完全进入忘我的境界，所有其他思虑都放下了。词人将眼见顽童打枣的那一瞬间，放在全篇结尾处，正在不自觉中，透露了他情感体验之最纯净、最忘我之时，透露出了他深藏着的极重、极厚的悲壮情怀，因而也就留下了余音不绝的韵味，这也就是他在小序中所说"书所见"种种情事中极深重复极纯净的心灵世界。

本文发表于《古典文学知识》2013年第4期

侠骨与柔情

——辛弃疾《清平乐·博山道中即事》欣赏

柳边飞鞚，露湿征衣重。宿鹭窥沙孤影动，应有鱼虾入梦。一川明月疏星，浣纱人影娉婷。笑背行人归去，门前稚子啼声。

辛弃疾的农村词属于中华词章中宝贵财富；而其宝贵之点，不止于在"剪红刻翠"之外别添新内容而已，其深邃处，尚可进一步推敲与挖掘。此《清平乐》词，质朴无华，然而其中情感之丰茂，表达之微妙，结构之自然，胸襟之博大，别具一格，可称乡村词中奇葩。

该词作于宋孝宗淳熙九年（1182）以后，当时作者遭到弹劾，被迫归隐于上饶（今江西境内）。一心要恢复中原的辛弃疾，壮志难酬，在百无聊赖中游走于山水村庄之间，而形诸吟咏，往往不自觉流露重重心事。明白他的这种心态，对于欣赏其词章极有助益。

博山在江西省上饶市永丰区西，风景绝佳，乃游览胜地。不过，辛弃疾之即事写景，却言在此而心在彼也。前四句，看以"即事"，实则写心。这种写心，乃无意流露，所以绝妙。请看开端两句："柳边飞鞚，露湿征衣重。"粗粗看来，不过写被贬山居的作者闲来无事、走马游乐而已。其实，却在流连徘徊中，露出恢复中原的心绪来。

何以明之？试想，在柳树环绕的乡村恬静氛围中，主人公纵马飞驰，露水打湿了他的征衣，竟使他觉得征衣分外沉重起来。这种感觉与山水田园环境大不协调啊！

古人写乡村生活，大都是节奏舒缓，或如"采菊东篱下，悠然见南山"之淡雅，或如"锄禾日当午，汗滴禾下土"之艰辛，等等，不一而足。而辛弃疾被贬而后，居住乡间，却居然在柳荫之路间"飞鞚——"纵马飞驰（鞚，带嚼子的马笼头），征衣披挂，露水沾衣——俨然一位"马作的卢飞快"之征战军人形象！

征衣：旅人之衣。唐岑参《南楼送卫凭》诗："应须乘月去，且为解征衣"，所云即是旅人之衣；征衣另一意为：出征将士之衣。宋司马光《出塞》诗："霜重征衣薄，风高战鼓鸣"，可证。在本词中，辛弃疾用"飞鞚"和"征衣"来写其徘徊流连于村庄之光景，使人不觉好笑——哪里有丝毫乡村意趣？倒像是久在征途乃至奔赴沙场一般。而读者在观赏这一中国农村词中前所未有的几分军人气质之形象后，又深觉其可敬可爱——久居乡村之辛弃疾，闲适之时，其叱咤风云、一心报国之心仍不可掩抑，他身在乡间小道，心却飞到征战沙场去了！一位与乡村静谧气氛不相协调的、满怀沉重心事（注意那个"重"字）的壮士身影活脱脱地展现出来。

辛词写景状物，往往信笔而来，而其叱咤沙场、忠心报国之情，常于不自觉中流溢出来，真是词家本色。读者可从作者那下意识之动作细节，透视到其心底不平静之海涛汹涌般的真实世界。

此刻，词人的目光移向了在乡村夜晚中很少被注意的一个情景："宿鹭窥沙孤影动，应有鱼虾入梦"——栖息水边的一只鹭鸶鸟，立于沙滩，机警窥视着周围，孤瘦的身影不时晃动；此刻，它应该是做着捕吃鱼虾的美梦吧？

鹭鸶，以捕食浅水中的小鱼为生，窥视沙边动静，时刻准备发出对鱼虾的致命一击，乃其生存本能。辛弃疾写其"窥沙孤影动"之形象，并将其"鱼虾入梦"之情态作了"应有"之诙谐猜测与描写，形神毕现。

咏物，从来都打下作者一己心绪、性格的印记。辛稼轩对于鹭鹭鸟之窥测、捕捉鱼虾的形象作了此种独特之刻画，无意中透露出了他的军人将帅之心结与战斗本能。鹭鸶鸟窥伺之对象，为鱼虾；而众所周知，辛弃疾从事抗金活动以来，所专注、所筹划者，乃为战斗之大好时机与行动也，而且多形诸吟咏："更能消几番风雨，匆匆春又归去"（《摸鱼儿》）——南宋时期，抗战机会不断丧失，使作者深感失望，他将这种抗战良机比作春天的一次又一次之匆匆归去，可见心情之痛苦。辛弃疾之紧抓战机、周密谋划之思考与举措，令人叹为观止。例如作者壮年时突入金军军营、擒拿叛徒张安国之奇袭；暮年准备北伐为镇江知府时，派谍报人员渗透到敌军后方，侦察其兵马屯戍、仓库所在与将帅姓名，皆是例证。这种对战事之细心筹划与捕捉战机之日思夜想，深深影响着作者对生活中种种事物之观察兴趣与关注程度。而当他目睹鹭鸶鸟孤影频动、窥视鱼虾、捕捉机会的细微动作时——这种被一般人所忽略，却独独被作者格外关注与描写之瞬间，其实正来自一种深沉的军人职业本能，作者自己亦浑然不觉。这种动物界伺机捕食之瞬间景象，引起"壮岁旌旗拥万夫"（作者曾在沦陷区聚众领导反抗金人的斗争）的沙场"狩猎高手"辛弃疾之"条件反射"，真有难言之妙。

　　辛弃疾用幽默笔触调侃鹭鸶"应有鱼虾入梦"，其实在不自觉中透露的是他自己的梦。鹭鸶时常关注的是其"衣食父母"——鱼虾，因而形之于"梦"，不奇怪也；调侃鹭鸶鸟之辛弃疾，所常梦者为中国大好河山："过眼溪山，怪都似，旧时相识；还记得，梦中行遍，江南江北"（《满江红》）——请看，作者梦中所游，为华夏大地的"江南江北"。"布被秋宵梦觉，眼前万里江山"（《清平乐》），在一所寺庙中留宿，梦醒以后，作者所见，为祖国的"万里河山"。恢复中原、统一中国，亦是辛弃疾之最大梦想，只不过这个梦是很凄凉的，因为作者和他的同仁之恢复中原之志最终没有成为现实。

　　如此看来，上四句即事所写，虽为乡村景致，而透露出消息者，乃念念不忘恢复国土之事也。只不过，这种透露，并非有意为之，而实是潜意识之深曲浮现。那马蹄腾跃之哒哒声，鹭鸶之窥觑鱼虾之形象，实在微细地露出了词人心中的激烈难平之心态和深沉之战争谋略。这种无意中"走漏消息"的乡村即事写景，若按乡村"题材标准"来观，似乎缺乏了乡土气息；然而却从肺腑中流露出北伐之壮怀，报国之侠骨，令人肃然起敬。

下四句，境界一变，词章进入了一番新天地。天气渐暗，词人放眼望去，但见"一川明月疏星"——明月高悬，疏星闪闪，其光芒，映在清澈的溪流（"一川"）之中，使得主人公不禁放慢了行走的节奏，陶醉这美景良宵之中。须知，这种放射着清辉的星月，之所以使作者达到陶醉之程度，还因为它映衬着纯美的人儿——"浣纱人影娉婷"。但见三三两两乡村女子，聚于河畔，躬身浣衣，笑语频频。其影影绰绰的倩影，与柔美的夜色融为一体。这些倩影，与词章中经常出现的红粉佳人不同。这不同之处就在于"浣纱"二字。须知，此"浣纱"者，是辛苦了一整天之后，在万籁俱寂时还在孜孜不倦地愉快劳作之村女。明晓此点，便知"娉婷"二字，不只是对身姿之欣赏，更是对辛勤劳作之体贴，对于无私奉献灵魂之礼赞。自号"稼轩"的辛弃疾曾说："人生在勤，当以力田为先"（《宋史·辛弃疾传》），对于农业劳动者给予了崇高的评价与由衷的热爱；而"浣纱人影娉婷"六字，便流露了对力田者世界的深情，内涵丰蕴，美感独特。

就在作者陶醉于月光下浣纱美人的画境中时，一声孩子的啼哭打破了夜晚的寂静。一位浣纱女，从人群中笑而站起，向哭声的方向奔去。她就是孩子的母亲——"笑背行人归去，门前稚子啼声"。

这一"突发情况"，在日常生活中是很常见的；而在作者的笔下，竟是那样动人，那样活泼而富有情趣。首先，"稚子啼声"为因，母亲"笑"而"归去"为果，作者倒而叙之，更显母亲归去心情之急切。

"笑背行人"的描写颇堪回味。"笑"字，表现的是母爱之慈悲——这位母亲洗衣正忙，她并未因为孩子啼哭，扰乱了她的劳作而有一丝的烦恼，而是微笑着向哭声奔去。此刻"背"字，精妙入神。它烘托了年轻母亲精神之专注——在此刻，"行人"，或其他景物，一时间似乎都不存在，皆被她甩在了背后；她面对与专注的，是稚子啼哭的方向。她留给"行人"（此处指辛弃疾自己）和读者的是她的背影，是在月夜下的母爱之魂。

在古代诗文中歌颂母爱之作很多，数不胜数，而在词中描写母爱之作，并不多见。辛弃疾本词之结尾，仅仅用两句——"笑背行人归去，门前稚子啼声"，便在逐渐消失之母亲背影和婴儿响亮的啼哭声里，闪现了母亲辛勤抚育儿女之岁月，留下了一种生生不息之精神跃动，可与古诗中"慈母手中线，游子身上衣"之景象相映成趣，熠熠生辉。

玩索全篇，不难看到：上阕所写纵马奔腾、悄观鹭鸶，无意中透露的是军人毅勇、机敏之本色，下阕所描写乡村女子劳作身影与爱子柔情，无意间流露的乃为对乡村和平生活的爱护与向往。文武双全的辛弃疾，他渴望的叱咤风云之戎马生涯，不正是为了让"浣纱人影娉婷""笑背行人归去"的安谧、宁静生活得以长存么？同胞们的宁静无忧生活，正是作者英勇作战之最大动力。真正军人的崇高境界，决非以杀伐为兴奋剂，也决非以博得"封妻荫子"为目标，乃是为了和平；这也正是此词之最大魅力所在。明乎此，就会感觉到那忽而纵马奔驰、忽而细观鹭鸶，忽而展现村女浣衣、母子相依情景的、看似琐碎不接之细节而实际上浑然一体的艺术境界。

清代周济曾说："北宋词多就景叙情，故珠圆玉润，四照玲珑，至稼轩、白石,一变而为即事叙景,使深者反浅,曲者反直……"[①]
(《介存斋论词杂著》)其实这种评论对辛弃疾词并不完全准确。辛弃疾在博山"即事写景"这首《清平乐》词中,表面上给人以"浅"而"直"的感觉,其实正在浅显的语言中,蕴涵着深厚的情思;在真率素朴的叙述中,深储着曲折难言的心绪。至于此作的博大深广,尤以结尾的两句为妙。从匆匆奔向幼儿的年轻母亲的身影里,从回荡在田野的孩子啼哭声中,每位读者皆可亲切联想到自己的个人经历,看到中华民族爱意绵绵、生生不息的悠长历史的一个缩影,也深切感受到一位为了中华村庄永葆安宁和平的志士仁人的胸襟怀抱。而周济对辛词之"即事叙景"作品的"深者反浅,曲者反直"之论断,终于未能探到其深曲之处,惜哉!

---

① 唐圭璋《词话丛编·介存斋论词杂著》,(清)周济,中华书局,1986年版,第1634页。

豪爽热情与悲凉沉郁思绪的双重奏

——辛弃疾《鹧鸪天·戏题村舍》欣赏

鹧鸪天·戏题村舍

鸡鸭成群晚不收,桑麻长过屋山头。有何不可吾方美,要底都无饱便休。

新柳树,旧沙洲,去年溪打那边流。自言此地生儿女,不嫁余家即聘周。

阅读辛弃疾的词章,常常会感觉他的风格,往往是既雄壮,又悲凉,既豪爽,又深曲,有时使人感觉是热情与悲情的双重奏,给人以独特的审美感受。《鹧鸪天·戏题村舍》便是这种双重奏的一个好例。

辛弃疾被罢职后,曾在上饶闲居。宋孝宗淳熙五年,他游历附近村庄,观察了当地的风土人情,写下了一些词作,描写所见,抒发所感。这首《鹧鸪天·戏题村舍》体现了辛词将豪放流畅之语言与曲折深邃之思绪融为一体的一种特色。

在词之开端,作者便描写了所见乡村景色:"鸡鸭成群晚不收,桑麻长过屋山头。"初接触这文字,读者便会产生一种老朋友相见的亲切感。我们很熟悉辛弃疾的"马作的卢飞快,弓如霹雳弦惊"(《破阵子·为陈同甫赋壮词以寄》),"壮岁旌旗拥万夫,锦襜突骑渡江初"(《鹧鸪天·有客慨然谈功名因追念少年时事戏作》)那样的特别具有强烈动态、宏大气势的句子,那是辛词风格的一个重要方面。现在，当读者在乡村作品中看到浩浩荡荡的"鸡鸭成群"之队伍，欲与房屋试比高、恣意生长的桑树麻树，同样能领略到那种强烈的动感和奔放的风格。在词史中，辛词对蕴藏在乡村中之极为强盛生命力的感受十分令人瞩目。在本词开端，即使描写桑麻，也要露出高过"屋山头"之强劲，描写鸡鸭，亦要展示成群阵势之浩荡。这种充溢于农庄大地的勃勃生机，正与词人在其《鹧鸪天·代人赋》中所云"春在溪头荠菜花"之意，秘响相通，魅力十足。

"晚不收"之细节，不可忽视，它微妙折射了辛词的深层心理感受，值得品味。试想，乡村人家之鸡鸭，成群成阵，一派热闹，而到了晚上，并不关起来，决不担心其或走失，或被窃，这种情景，不正写出了秩序井然之农家生活，与友善平和之人际关系么？这一细节，表现了作者对乡村民风之深深喜爱；当然同时也令人联想到他经常怀有的另一种心绪：对官场生活的厌恶与戒惧。作者这样叹息过："意倦须还，身闲贵早，岂为莼羹鲈脍哉。秋江上，看惊弦雁避，骇浪船回。"（《沁园春·带湖新居将成》）官场生活被作者描写成像大雁被霹雳般之弓弦所惊骇，行船将被惊涛掀翻一般。当辛弃疾从那种险象环生之政治环境中脱离出来，置身于不须防范、宽心生活之乡下，其心情是何等放松与舒适。这种心态，正从"晚不收"的吟唱中不自觉地曲曲传出。"晚不收"三字，交织着词人对朴实乡村之深爱、对复杂官场之戒惕，仿佛写到了潜意识中，令人浑然不觉。

面对这种衣食俱足、素朴风俗之乡村，一向激情满怀的辛弃疾，仿佛不加思索地将羡慕之意冲口而出："有何不可吾方羡，要底都无饱便休。"试看，"有何不可"，"要底都无"，语气爽朗潇洒，对仗工整自然，"何""方""底""便"诸字，更是加强着痛快淋漓、一泄无余的感觉。

然而，豪放语即是悲愤语。作者语气愈是旷达，读者却愈感受到其中悲愤气息；词人心底悲愤，正如破堤之水，一泻千里。懂得辛弃疾经历与性格的读者，是能够感受到这旷达词句表面下的波涛汹涌之内心状态的。

怎么解释这种现象呢？笔者以为，"饱便休"三字，微妙透露了其中消息。这三字，很像冯友兰的"自然境界"说（冯友兰提出了人生有"自然境界""功利境界""道德境界"和"天地境界"之四种境界说，见注）："在此种境界中底人，其行为是顺才或顺习底。此所谓顺才，其意义即是普通所谓率性。……他所行底事，对于他没有清楚底意义。就此方面说，他的境界，似乎是一个混沌。但他亦非对于任何事都无了解，亦非任何事对于他都没有清楚底意义。……例如古诗写古代人民的生活云：'凿井而饮，耕田而食，不识不知，顺帝之则。''日出而作，日落而息，不识天工，安知帝力？'……他凿井耕田，他了解凿井耕田是怎样一回事。于凿井耕田时，他亦自觉他是在凿井耕田。这就是他所以是人而高于别底动物之处。"[①]在辛词中，我们看到：乡民们养鸡鸭种桑麻时，心无旁骛，他们遵守农时，自给自足；除此之外，无它思考，这其实就是冯友兰所说之"自然境界"。这种境界，生活简单，乡风朴实，无多奢望，全无诡诈心机；它能引起辛弃疾之羡慕，原因就在于此。

相比之下，辛弃疾应该属于哪种境界中人呢？请看冯友兰是怎样谈"道德境界"的："此种境界中底人，其行为是'行义'底。……在此种境界中底人，对于人性，已有觉解。他了解人之性是蕴涵有社会底。……在道德境界中底人，知人必于所谓'全'中，始能依其性发展。……人不但须在社会中，始能存在，并且须在社会中，始得完全。社会是一个全，个人是全的一部分。……在道德境界中，人的行为，都是以'贡献'为目的。……在道德境界中，人的行为

[①] 冯友兰著，《冯友兰集》，群言出版社，1993年版，第306—307页。

的目的是'与'。"（笔者按：与，即给与，贡献）①是的，辛弃疾之心中，并未完全被那种自给自足之质朴乡村风俗所占有，他的世界，是一个接近"全"的世界。他深知，若无整个国家社会之统一、安全，就连这部分"鸡鸭""桑麻"生活之安宁也保全不了。他的愿望，或意志，是欲将自己之一生贡献给中国的统一事业，即所谓"了却君王天下事，赢得生前身后名"者是也。如今，他身在乡村，眼望农家务农自给、质朴寡欲之生活，虽然不免心生羡慕，然而同时，却无时无刻不牵挂着国家前途与命运，渴盼上战场为国效力，完成中国统一大业。当羡慕农家之朴素寡欲生活心境与自身报国之志难酬心情交织在一起时，其语言之欢心快意与悲愤无奈情感，竟达到一种纠缠难分的程度了。

由此亦可见，作者在其内心深处，对农村之"鸡鸭成群晚不收，桑麻长过屋山头"的只为衣食"饱便休"之生活，还是颇有遗憾、颇有保留的。这里含蕴着作者与农村生活的隔阂处。羡慕农家朴素生活的辛弃疾，其实是绝不甘于彻底隐居于此的。

作者的眼光在搜索着，寻觅着，他看到了："新柳树，旧沙洲，去年溪打那边流。"旧有之沙洲，种上了新的柳树，潺潺溪水被改道引将过来，滋润着行行垂柳，一番乡村的新春景象被作者以白描手法展示得生机勃勃。对"新"与"旧"，"去年"与今年之间交替出现景象之描写，展现着作者欣赏春光之愉悦心情，亦饱含年复一年而无所作为、空度时光的无聊之绪，深味自知。

如果说，"有何不可吾方羡，要底都无饱便休"之句，读者还能感觉到作者心底之愤懑情绪，那么结尾的"自言此地生儿女，不嫁余家即聘周"之句的底部沉郁意绪，就不那么明显，而更深邃隐约了。此时此刻，辛弃疾与村舍之农民们亲切交谈起来了。在交谈

---

① 同上，第308—309页。

中，他与村社之人的情感更觉亲近。给他印象最深之一点，便是："自言此地生儿女，不嫁余家即聘周"——此地只有"余"和"周"两姓人家，各家姑娘成人后，不是嫁给余家便是聘给周家，全村皆是一家人呦！全篇到此，悠然而止，余味无穷。

请看，作者是以何等欣赏的眼光观看着乡村那种一成不变的生活：在这村子里，只有姓余和姓周两家姓氏，除了邻里关系外，都称得上是亲戚，何等和谐惬意！这两句结尾，呼应着"晚不收"之开端（表明此村亲人般氛围的根源所在）；不过，这里值得注意的是"自言"二字。"自言"，只是农民自家语，它并不能完全代表辛弃疾本人的心声，并非他所要追求的辉煌人生。辛弃疾的性格，从主要方面来说，是追求一种有非凡作为的人生历程——"袖里珍奇光五色，他年要补天西北"（《满江红·建康史帅致道席上赋》），"待他年，整顿乾坤事了，为先生寿"（《水龙吟·甲辰岁寿韩南涧尚书》）。我们从他那充满神奇色彩之经历与雄奇阔远之作品中，能够感受得到：他的每日所思所想，远远超出了"不嫁余家即聘周"之田庄的天地。

流露对于乡村风物之既羡慕又隔膜的心态，在辛弃疾的农村词中屡有体现。隔阂之感源于他那一种矢志于恢复的求变心态。安于现状，等于甘心终老江南，使恢复故土的宏愿成为泡影。这种宏愿深深扎根心中，以至于称赏隐逸安谧而愤懑不平之气出，赞美淳朴乡风而慷慨奋起之心现。向往乡村淳朴风俗之热情的下面潜伏着悲凉沉重意绪的艺术表达方式，是辛词很值得注意的重要特色，在本词中，有时是一种几乎潜意识的表现，值得反复玩味。

"花间"基因分外牢

——从刘克庄的一首《清平乐》词说开去

清平乐

赠师文侍儿。

宫腰束素,只怕能轻举。好筑避风台护取,莫遣惊鸿飞去。一团香玉温柔,笑颦俱有风流。贪与萧郎眉语,不知舞错伊州。

在宋代士大夫文人的作品中,最能表现他们心灵秘密的,往往也是最坦诚的,大约非词莫属了。因而,欣赏宋词,与欣赏诗文之路数,是有所区别的。诗文,常常离不开传统伦理道德;而词,却有时恰恰深入到潜意识层面,从而给读者更鲜活、深细的联想。例如,男女恋情,常写常新,令人刮目相看。可以这样说,从文人词鼻祖——《花间集》兴盛起来的男女恋情词之种种文艺因素,像一条时明时暗的彩线,贯穿于词史,给文人词之发展,带来了多方面的深刻影响,是深入研究词之艺术特质的一个重要渠道。

南宋词人刘克庄的这首《清平乐》词,便是词史之长长彩线上的一朵芬葩。或者只认为它涉及青年男女的眉来眼去,没有什么思想性可言;其实,这首词的特色,能从某个角度带来一种对词体艺术特质的启迪。

本词小序云:"赠师文侍儿"(陈师文,生平不详;参议,制置使、安抚使之幕官)。宋人相聚,常举办歌筵,有歌儿舞女助兴。文人们往往在歌舞时刻受到感染,即兴发挥填写小词,赠予歌女。

本词便是作者赠给朋友陈师文之以侑酒助乐之舞女的即兴之作。

本词开端，先描写舞女（即"侍儿"）的身段："宫腰束素，只怕能轻举"。《后汉书·马廖传》中说："楚王好细腰，宫中多饿死"[①]，所以"宫腰"乃形容腰肢之细。但见此歌女身姿窈窕，腰细如束素（一束绢帛）一般。接写舞技：她飘飘欲飞，似欲"轻举"而高翔。作者并不一般地写歌女身体的轻，而是用了一个汉朝的典故来形容："好筑避风台护取，莫遣惊鸿飞去"——快快像汉成帝那样，造一个七宝避风台，别让一阵风把这轻盈的惊鸿（惊鸿，指此舞姿美妙的女子）吹走了（《赵飞燕外传》："飞燕身轻不胜风，帝制七宝避风台"[②]）！作者连用两个典故，手法夸张，将舞女之技艺作了传神写照。从作者之描写中，读者不难看出，腰肢柔细与舞态轻盈（或歌喉燕语莺声）是舞女的两大特点，是保证轻柔优美之高质量歌舞的保障。这种特点对词之审美特质形成了明显的影响。

接下把镜头稍稍拉近，写此歌女的情态妖娆。但见她："一团香玉温柔。笑颦俱有风流"——面庞像玉一般细腻，一笑一颦，都特具风韵，素质非凡。在此，作者实际上透露了作为歌妓应必备的格调与才华。即是说，歌女在表演中，须展示出文艺才能与内在修养。"俱有"二字，将小歌女写得完美无缺，也侧面展露男主人公歌舞行家之眼光。至此，文艺异性相吸引、内行观内行之情境跃然纸上。

从对身段之欣赏，到对舞技之欣赏，再到风韵之描写，愈写愈活，感情亦愈发投入。当小舞女看到男主人公（即"萧郎"——意中人）在筵席上痴迷地欣赏其舞技时，顿时忘情到与对方感情互动起来了：

---

① 《后汉书·马廖传》，转自叶嘉莹主编《刘克庄词新释辑评》，中国书店，2001年版，第6页。
② 《赵飞燕外传》，转自叶嘉莹主编《刘克庄词新释辑评》，中国书店，2001年版，第6页。

"贪与萧郎眉语",到了忘乎所以之地步。从当时情形看,筵席上男女双方之交流形式,只能是"眉语"。这眉语之手段,比较隐秘安全,又能传情达意,可谓"上上策"也;然而心中之情感涟漪,活跃难抑,于是平时看来不可能出现之职业事故,居然发生了:"不知舞错伊州"——此小舞女竟然将她烂熟于心的拿手好戏《伊州》舞步跳错了!虽然发生了技术失误,小歌妓却浑然不觉,继续舞蹈下去,传情不辍……看到这里,读者不禁莞尔一笑,而词章至此亦戛然而止。这种"舞错"之事故,表明词之为体,有其特定之舞步、节奏与韵律,相当精致,容不得大意走神,否则会产生差错。

男女之情对于词体审美特质的影响

刘克庄这首《清平乐》小词之最大看点,便是女主人公与男子的表情互动所引起的戏剧性之艺术效果。词中男女主人公并非恋人或夫妻关系,大约属于初次在酒筵上相见。这种初次见面时便彼此关注乃至相互欣赏之词章,在词坛上颇有一些展现,是词之内容不可忽视的组成部分。它艺术记录了异性之间互相吸引的短暂时刻。而此情此景,正与词之审美特质有一定关系,值得体味。

文人词诞生于晚唐,其内容核心,便是流连光景,言男女情思。词人欧阳炯在第一部文人词集《花间集》之序言中,曾介绍过词之创作的艺术背景:"则有绮筵公子,绣幌佳人,递叶叶之花笺,文抽丽锦;举纤纤之玉指,拍案香檀。不无清绝之辞,用助妖娆之态。"[①]这种表达爱情内容之词章又恰由文人在酒筵"花笺"上即兴写作、歌女"拍案香檀"配合演出而成,于是词中所言之男女感情内容与

---

① (五代后蜀)赵崇祚辑,杨鸿儒注评,《花间集》,浙江古籍出版社,第8页。

词之创作者男（填词）女（表演）配合、互动时之情思便形成了微妙之双重关系。这种关系对词体词之委婉、隐约的基本特质，起了重要的奠基作用。一方面，词之创作者"绮筵公子"与"绣幌佳人"共同创作、表演的，多是爱情内容；另一方面，才华横溢之"绮筵公子"与美丽多情之"绣幌佳人"，在创作互动期间，彼此亦不免形成难忘美好之印象，甚至彼此产生爱慕之意。这种精细创作与细腻演出之互动所形成之爱慕之意绪，决定了词之审美特质为柔美婉约，从而奠定了词体"要眇宜修"之稳固的创作审美基因。

到了宋代，填词内容扩大，风格丰富，场景多样；而歌筵酒席上男性填词、女性表演之形式延续未废。关于词人与歌女之当筵配合创作之情景，苏轼曾经作过这样的描绘："……香粉镂金毡，花艳红笺笔欲流。从此丹唇并皓齿，清柔。唱遍山东一百州（《南乡子》"未倦长卿游"）。"请看，男性词人即兴填词，"红笺"之上，笔笔传情，才华横溢；"丹唇""皓齿"之歌女，以精湛技巧，唱出"清柔"之调；这种互动，既须才艺相合，亦需情感互动——宋词很多时候就是在这种艺术合作中产生的。

值得注意的是，宋代词作者们将男女在歌筵上之互动场景，作了更进一步的开掘、发挥，对于词体之发展，起了一定的推动作用。在宋人看来，女性不仅是欣赏之对象，更是宝贵生命的代表，美好生活的象征。

有了女性对生活之参与，生命就有了光彩。晏殊之《木兰花》词中这样唱道："池塘水绿风微暖。记得玉真初见面。重头歌韵响铮琮，入破舞腰红乱旋。玉钩阑下香阶畔。醉后不知斜日晚。当时共我赏花人，点检如今无一半。"当作者回首往昔美好生活、惊叹当时赏花人"点检如今无一半"时，在他脑海里萦绕的大都是与歌女"玉真""初见面"的镜头——"玉真"轻盈之"舞腰"与动人之"歌韵"尤使他难忘。不难看出，美丽歌女已然是珍贵生命与美好生活之象征与代表了。歌女之来去行踪，往往给人留下逝水不返、人生无常之感受。如欧阳修之《生查子》："含羞整翠鬟，得意频相顾。雁柱十三弦，一一春莺语。娇云容易飞，梦断知何处。深院锁黄昏，阵阵芭蕉雨。"当弹筝之女主人公与男子在筵席相聚时，两相爱慕、顾盼；而在瞬息间，女子便如飘云般飞逝；作者在叹息与美女骤别之同时，又何尝不是长叹人生之宝贵而短暂！

有了歌筵上女性之陪伴，词作者就仿佛有了某种依托，有了某种慰藉。例如辛弃疾在其名篇《水龙吟》（楚天千里清秋）中，在报国无路之愤懑、悲慨中，从肺腑中发出一句问语："倩何人，唤取红巾翠袖，揾英雄泪？"在《满江红》（倦客新丰）中，辛弃疾亦悲愤唱出："不念英雄江左老，用之可以尊中国……有玉人怜我，为簪黄菊。"在渴望为国效命而不能如愿之情况下，作者寻找知音时，有时想到的，是那些年轻美丽的歌女。她们的存在，竟还能给不为世人理解之填词作者些许慰藉——歌女，竟然是男性词人在歌筵酒席上抒情写意时极为密切的互动对象了。

女性在词中之存在，见证着词体之美。不用说大量婉约词章，即使是那些名垂词史之豪放作品，亦打下过女性美之痕迹。苏轼之《念奴娇·赤壁怀古》词在大江东去、惊涛拍岸之豪迈词句中，间出"遥想当年，小乔初嫁了"之句，顿觉妩媚曼妙，深刻烘托了全篇主题。若问苏词豪放磅礴中为何出此婀娜之句，原因固然多种，而词之男女互动之"基因"于暗中给力，则为一重要根源。如果细细观赏苏轼之《水调歌头》（明月几时有），读者不但可以随着词人那天仙化人之笔而神游宇宙人间，亦可在"但愿人长久，千里共婵娟"之词句中感受无限柔情。"婵娟"，指嫦娥；作者借嫦娥喻指月亮。赏月如赏美女——本词以"婵娟"结尾，不但为苏轼关怀、祝福人间增添了无限深情，而且荡漾、含蕴着一种女性美。而这种女性美，正让人感叹从文人词创始以来的审美基因之不绝如缕，摇人心旌。

缪钺先生在《论词》中云："词中所用，尤必取其轻灵细巧者。是以言天象，则'微雨''淡云'，'疏星''淡月'；言地理，则'远峰''曲岸'，'烟渚''鱼汀'；言鸟兽，则'海燕''流莺'，'凉蝉''新雁'；言草木，则'残红''飞絮'，'芳草''垂杨'；言居室，则'藻井''画堂'，'绮疏''雕槛'；言器物，则'银缸''金鸭'，'凤屏''玉钟'；言衣饰，则'彩袖''罗衣'，'瑶簪''翠钿'；言情绪，则言'闲愁''芳思'，'俊赏''幽怀'"[①]。而词体之染上"轻灵细巧"之特色，溯本追源，总与其开创阶段才子、歌妓之互动环境，有着一脉相承的紧密联系。

从《清平乐》回溯《花间集》

沿着《花间集》中词人们笔耕的男女文艺能手互动之"基因"线索，再来回味刘克庄本首《清平乐》词中男女心灵互动之婉转妩媚之风韵，便能感觉到词体在写作发展中沿袭着传统，而且更趋鲜活灵动了；尤其是刘克庄之"眉语"二字，将创作词章时男女情感之热烈交流，文艺欣赏之神态、心绪描写得凝练、活泼，传神之极。

眉眼之动作，甚小甚微，隐蔽幽约，为人之生理、心理之本能反应，极真实细腻地反映着人的内心活动；此眉眼之动，虽小且微，却有"语"之功能，男女主人公的千种言语，万种风情，都在眉眼的闪动、活跃之间，蕴藏、跃动着丰富的感情能量。可以说，刘克庄本词之"眉语"，是对《花间集》之风格的进一步展现，亦是词体审美特质之象征性写照。

如前所说，刘克庄本首《清平乐》词，令人想象并回溯到《花间集》之创作初源。首先，本词在小序中有言"赠师文侍儿"，正

---

① 缪钺，《诗词散论·论词》，上海古籍出版社，1982年版，第56页。

表明作者乃一"绮筵公子",向歌女(师文侍儿)递"叶叶之花笺"(即本首《清平乐》),与《花间集》之序言所云场景相合;而此《清平乐》付诸"师文侍儿"后,歌女们就有可能当筵或在以后种种歌筵酒席上,"拍按香檀"传唱了。

其次,此时"绮筵公子"所观者,乃师文侍儿之歌舞《伊州》也。男主人公从女性舞者之身段、舞技欣赏起,一直到细观其风流神态而萌生爱心,舞者师文侍儿亦因见此"萧郎"而生发爱意,通过"眉语"而传达情思。这便是"绮筵公子"与"绣幌佳人"在出演与欣赏歌舞时经常发生的感情互动之景况。

最后,须知此观者——"绮筵公子"刘克庄,非一般歌舞欣赏者,而是词家高手,颇知乐舞;小歌妓之舞步始终在其目光之精细"监督"之下;其舞步技巧之高下,决不会逃出"绮筵公子"之"法眼"。当师文侍儿"伊州"舞步出错时,顿时被他看出;而这种失误,一般外行却未见能完全觑破。男主人公在与小舞女情感互动时,也在技巧上与她互动。亦即是说,欣赏其美貌风流与细赏其高超舞蹈技艺,是同时进行的。或在某种意义上可以说,这是在艺术层面之一种高级、精细之观摩与对话。词之精微特质,包括遣词造句,音律舞步等等,实经男女行家之艺术创作、欣赏切磋后,精心打磨而成。因此读者可以理解,"眉语"二字,既有爱慕情感方面之隐秘交流,亦有对精美艺术之细观、赞许的默契表现。可以说,这首《清平乐》词将《花间集》问世以来之创作情景、审美特色,无形中作了简洁之"镜头回放"与巧妙诠释。

刘克庄生活之南宋,宋词已经成熟,打破了曾经一统词坛的《花间集》之较为单一之风气,各种内容题材、格调风格不断涌现,达到了百花齐放之地步。以豪放风格为主之词家刘克庄,能在歌筵酒席上,以细腻生动之词笔,再现《花间集》之风貌,活现歌筵酒席间青年男女之微妙情思、艺术默契,让读者在艺术之美的回味中,亦能体会着词体之独到特点。总而言之，词之"要眇宜修"之特质，并不因为题材内容、形式、风格之变化而消逝或改变，而是有着相当的稳定性与包容性。无论词人如何天马行空，独辟蹊径，别出心裁，其优秀之词章，大多含有一种精致含蓄之美；而这种精致含蓄之美，正是由男女艺术家在填写、表演男女情词之合作、开创阶段所奠定的。

欧阳修爱情词之人生感悟举隅

王国维对欧阳修词有过一段评价："夫古今词人之以意胜者，莫若欧阳公。"[①] "意"，当指对宇宙人生的思考或感悟。这是一个很深刻的论断。以下以欧阳修的几首爱情词为例，对其中透露出的人生思考，作一简析。

爱情婚姻保鲜之思考

宋人对爱情的描写，有不少名篇，而欧阳修的描写，不时在动作细节中引入思考，使得其作品格外引人注目。现在来看这一首人人所知的《南歌子》：

凤髻金泥带，龙纹玉掌梳。走来窗下笑相扶。爱道画眉深浅、入时无。

弄笔偎人久，描花试手初。等闲妨了绣功夫。笑问双鸳鸯字、怎生书。

本作写人物形象与心理，细腻入微，不愧名篇。其中，"笑相扶"与"偎人久"两个细节，正画出了活脱脱的人间"双鸳鸯"的形象。在自然界的鸳鸯，人们都很熟悉了；人间男女组成的高质量好"鸳鸯"，

[①] 王国维：《〈人间词〉乙稿序》，见唐圭璋编《词话丛编》，中华书局，1986年版，第4277页。

千姿百态；而其本质，简而言之，正是欧阳修本作中所言之"偎人久"与"笑相扶"。

"偎人久"，可视为爱情之一大要素。男女相爱时，他们彼此身体、心灵相依、相偎之欲望强烈，且都有长久在一起的美好意愿，心意诚挚，誓同偕老。

"笑相扶"，可视为爱情之又一大要素。为了长长久久，夫妻双方一路相互扶持，最是紧要。这种扶持，是"偎人久"之境的延伸、巩固与发展。不时扶助对方，并接受、感觉对方之扶助，乃至达到长久境界，二人心意，终为一体。

"笑问双鸳鸯字、怎生书"，这一爱情之大问题，被欧阳修道着，真可以令世代男女终生注意，终生思考之。

词中女主人公享受着甜蜜爱情时，对夫婿含蓄地问："笑问双鸳鸯字、怎生书？"这一问之细节，本是描写妻子借问写字对丈夫撒娇，表达蜜意；但读者不得不称赞这位新媳妇无意间道出了人类的共同思索与探求，即人类应该怎样对待爱情，如何使爱情保持鲜活？

这个问题，实在很大，本有很多话要说——人类对爱情的困惑、思考、探索、实践，作者尽于一句中以柔美、精致之风格囊括之，实是做夫妻者要终生实践与反省的妙句。"双鸳鸯"三字，象征爱情，"书"，也可以联想为"做"，或"实践"。这句话似乎在询问世间每对夫妻和每对互爱之男女：怎样实践相爱、相扶之诺言，怎样书写爱情这一部大书？男女之感情生活，正是人生的一编书啊。"笑问双鸳鸯字、怎生书"一句，将字面之义与供人联想的人生大义，巧妙浑成地联系在一起，真警句也。"笑问"二字愈是轻松，愈能提醒读者：双鸳鸯事，并非一味愉悦而轻松，须要努力经营也。需要说明的是，欧阳修在写此词时，未必有如许思考，然而正是在无意中引起读者的丰富联想，所以更觉可贵。

当然，对于欧阳修来说，"双鸳鸯字怎生书"之警语，虽似出于无心，但也绝非偶然发出。即从其小词中观察，能发现他对鸳鸯般之爱情的讴歌与思考。在其《南乡子》（"翠密红繁"）中，我们看到了一位少女对"鸳鸯锦翅斑"般的美好爱情的向往；鸳鸯的本性是成双成对的，欧阳修注意到，它们在发生外部干扰之时，总会尽力飞在一起的："红粉佳人翻丽唱。惊起鸳鸯，两两飞相向。"（《蝶恋花》"永日环堤乘彩舫"）当然鸳鸯的生活不是风平浪静的，欧阳修发现，在受到嫉妒打击时，它们也要忍受分离的痛苦："叶有清风花有露。叶笼花罩鸳鸯侣。白锦顶丝红锦羽。莲女妒。惊飞不许长相聚。"（《渔家傲》）不仅如此，在现实生活中，鸳鸯有时是处于被分离的状态："长江东，长江西。两岸鸳鸯两处飞，相逢知几时（《长相思》"花似伊"）。"大自然中的鸳鸯之相聚尚且如此艰难，更不用说纷纭复杂的人世间之"鸳鸯"们了。难怪欧阳修词中有这样深深的慨叹："双黄鹄，两鸳鸯。迢迢云水恨难忘。早知今日长相忆，不及从初莫作双。"（《鹧鸪天》"学画宫眉细细长"）可以这样说，欧阳修对自然与人世间之"鸳鸯"的复杂纷纭之生活景况的观察与思考，正是他那"双鸳鸯字怎生书"之警语产生的重要基础。

时代的困惑

　　双鸳鸯字怎生书呢？这对人类来说，是永恒的课题；在欧阳修所处的时代，则有其特殊性。当时男女的地位相差甚殊，所以痴情女子被那些被社会宠坏了的男性所折磨之事，层出不穷。欧阳修对这种层出不穷之社会现象提出过严重的质疑。有《蝶恋花》词为证：

庭院深深深几许？杨柳堆烟，帘幕无重数。玉勒雕鞍游冶处，楼高不见章台路。

雨横风狂三月暮，门掩黄昏，无计留春住。泪眼问花花不语，乱红飞过秋千去。

"庭院深深深几许"一句，美感袭人，真是千古名句；它以最精炼之语展示了古代庭院建筑特点、环境之美的同时，还令人联想多多，譬如对彼时代妇女受层层压制与禁锢的环境之联想，极凄美、感伤之致。

请看，杨柳的丝丝、缕缕，在作者眼中，竟不是植物本身，而是幻化成了无重数的帘幕。这些堆烟般的帘幕，与庭院之人家帘幕，幻化成了重重屏障，将深深庭院中女子与外界隔离开来——这是多么生动的象征。女子在中国古代受到多少不公平的待遇，受到多少蒙蔽、禁锢，都在本词之庭院内外、重重帘幕中隐现出来，内涵丰富。这种笔法，正是典型的欧阳修笔法，是一位思想家、史学家兼诗人的欧阳修之笔法。词人吟咏之间，其平生学养、思考与审美情趣，互相作用，凝聚为一句既凄美又深邃的名句，给读者对彼时代中女子的地位、处境、情绪等等以多方面之联想余地，难怪王国维给予欧词"夫古今词人之以意胜者，莫若欧阳公"的评价。

这首《蝶恋花》全篇处处有警句出现。如"玉勒雕鞍游冶处，楼高不见章台路"二句，很容易让人领悟彼时男女不平等的社会之特点：男子可以随意外出，恣纵无忌，游冶无度；女子被索在深深庭院之中，不得跨出门外一步，只能眼见落花飘飞，青春逝去。"泪眼问花花不语，乱红飞过秋千去"，很多论者都从技巧上分析其妙处，其实，其中一种很深层的意味，便是为无数女性婚姻悲剧的代言，折射着她们心中层层无奈之心绪，深刻表现了作者对社会最受压抑之弱势群体——女性命运的同情与思考。宋代杰出女词人李清照对欧阳修"庭院深深"句深服之，曾模仿写《临江仙》数阕，绝非偶然。

怎样化解夫妻之间的矛盾

若使夫妻关系幸福长久，对日常生活中的磕磕碰碰要有解决之智慧与方法。欧阳修对此显然有过深入的思考。其思考，有时流露在他填写的夫妻矛盾、冲突之小词中。请看他描写的一对夫妻发生矛盾、冲突以及解决之全过程。

玉楼春

夜来枕上争闲事。推倒屏山褰绣被。尽人求守不应人，走向碧纱窗下睡。

直到起来由自嗔。向道夜来真个醉。大家恶发大家休，毕竟到头谁不是。

一对夫妻在夜间准备睡觉了，就在他们说"闲事"时，陡然发生了口角；小两口在拌嘴时，竟然把"屏山"（屏风为室内挡风、遮蔽的用具，因常有山水画装饰其上，故曰"屏山"）推倒了。妻子赌气，掀开被子，跑向"碧纱窗"下，独自睡去。男主人公急忙奔到纱窗下，一个劲儿地向夫人说软话，要与她共同陪伴（"求守"，求伴之意）。不管丈夫怎样恳求，她坚决不回应。第二天早上，丈夫向妻子道歉道：由于昨夜里酒喝过多，说了不得体的话，请求原谅。妻子受到触动，嫣然一笑道："大家恶发大家休，毕竟到头谁不是"——咱俩都喝多了点儿（恶发：宋人口语，因酗饮过度而酒病发作）酒而拌了嘴，咱俩都有责任呢；那些拌嘴之语焉能辨清谁是谁非呢？

本词所描写的丈夫一再地向妻子道歉、赔罪之情形，向我们表明，一种新的男女关系之观念，正在悄悄萌芽。作者大胆拍下中国

"夫妻史"上的一种"男卑女尊"之新镜头,它实际上告诉了读者一个新信息:一种男女平等关系之时代终将到来。本词结尾两句最能给人以启发:"大家恶发大家休,毕竟到头谁不是。"亦即是说,在夫妻之间,没有所谓的是非,既无"夫唱妻随",更无"男尊女卑",大家都各自有其不足(每人都有"喝多"的时候,即暗示每人都有失误之时),生活中之失误,并无大是大非,应该互谅互让,共同解决生活中的矛盾、难题。本词对夫妻(乃至人际)关系之感悟,深含哲理,在词史上熠熠生辉,殊为难得。

另外,在本词中,男主人公两次向女方"求守"、道歉,以男人的一种宽广胸怀,"低首"于妻子,用诚挚之动作和语言,化解了矛盾,消除了误会,使得妻子欣然释怀,含笑与之和好。当作者着力描写这不断向夫人道歉之男主人公时,他似乎在说,在家庭里,谁最能体贴、让步,谁便是最有修养者。对于男人来说,做个有修养的谦让者,尤为重要。

自由价最高

在欧阳修的情词中,我们还可以看到他对自由生活境界的一种思考。这种思考在一首《诉衷情·眉意》中表现得最为明显:

清晨帘幕卷轻霜,呵手试梅妆。都缘自有离恨,故画作远山长。思往事,惜流芳。易成伤。拟歌先敛,欲笑还颦,最断人肠。

本词先写一歌妓之悲凉职业生涯。"清晨帘幕卷轻霜,呵手试梅妆"——"梅妆"呼应题目,用寿阳公主典故,以梅花妆,烘托女主人公之美;而"清晨""轻霜"与"呵手"诸字写了清冷的天气,也露出了职业生涯之辛苦,读者仿佛见其愁眉紧蹙,此悲凉一也。

"都缘自有离恨，故画作远山长"——因为有离别之恨，所以在画眉时，将眉毛画得很长很长。这长眉，暗示了此歌妓的爱情之欢娱、痛苦经历，此悲凉二也。我们看到，这种男女情思之苦痛，在职业辛苦之情上，又加了一层。

"思往事，惜流芳，易成伤"——惜流芳之意，是对生命易逝、青春不再之叹息，是人人皆有之生命意识。这种时不我待之生命意识，把女主人公的蹙眉之深意写到了更悲哀一层，应该说是写到了某种极致状态。

而在结尾处，读者才仿佛接触到了女主人公心灵中最痛楚之处：

拟歌先敛，欲笑还颦，最断人肠！

未唱而先蹙眉、欲笑复悲伤的复杂矛盾情态，完全是被歌舞卖笑职业所迫。内心凄楚而强颜欢笑，这正是不自由的体现。这种没有自由之卖笑生涯，对这位词中女主人公来说，竟是最断人肠的。这一结尾，令人想起裴多菲的诗句："生命诚可贵，爱情价更高。若为自由故，二者皆可抛。"当然，欧阳修之小词与裴多菲的思想并不完全相同，但在对自由之境界方面的向往，却是相通的。在裴多菲，乃是对自由之讴歌，在欧阳修，乃是对不自由处境之伤感。作者在结尾处强调一个"最"字，可见不自由之痛，最为刻骨铭心，最为难以忍受。作者就这样以抽丝剥茧之法，层层深入描写女主人公之痛苦，触摸到心灵最深处。

在欧阳修所处时代的人们，有各种困苦艰难；或如生计，或如疾病，或如养家，或如仕途，等等，不一而足。而欧词《诉衷情·眉意》将人生不自由之苦痛，加以如此鲜明强调的，确实不多见。从中可以看到欧阳修对人物鲜明个性之塑造，对自由强烈之追求，对人生思考之深度。

超越境界

欧阳修的爱情词章，和很多宋词一样，透露出男女之间之心灵相通及互相关爱。女性对爱之痴情自不必说，男性对女性之怜爱在欧词中同样令人瞩目。请看下面这首《踏莎行》：

候馆梅残，溪桥柳细，草薰风暖摇征辔。离愁渐远渐无穷，迢迢不断如春水。

寸寸柔肠，盈盈粉泪，楼高莫近危栏倚。平芜尽处是春山，行人更在春山外。

本词之超越境界，集中体现在结尾的"平芜尽处是春山，行人更在春山外"两句上。它表现的是女性对男性的超越春山之外的悠远的相思、心灵的追踪，与男性对这种相思之深刻理解与对所爱之宽慰。这两句，的确把爱情写到了一种极致。"春山"，是高大的障碍，它阻隔了人的视线，却阻隔不住一颗依恋、牵挂的心。

阻断人之视线的春山可以看作是一种象征。它象征着阻隔，象征着不能或难以超越。而在欧阳修之小词中，这种阻隔却被人的深情超越了。词中女子对心上人之爱恋、牵挂，深远之极，以至于超过高山，伸向天涯，追寻所爱之踪迹，到达一切可以达到的地方。这种深情，对于读者之打动，已经不能局限在本词的爱情表达之内，而是一种令人神往的超越境界。"平芜"本已广远，再延伸至"尽处"的"春山"，就更辽远了；而行人之行踪消失在"春山外"，则视力所不能及矣；作者在"春山外"前面加上"更在"二字，把超越的难度展现得无以复加。就这样，在"平芜""尽处""春山""春山外"的越来越渺远、困难的情景中，人的爱之超越力量反而被衬托得愈发强大起来。王国维在赞美晏殊《蝶恋花》词中"昨夜西风凋碧树,独上高楼,望尽天涯路",是"成大事业、大学问者的第一境";其实从感情之充沛和境界之高远来看,欧阳修的"平芜尽处是春山,行人更在青山外"两句,与晏殊的"昨夜西风凋碧树"等名句所透露出来的"古今之成大事业、大学问者"①之境界,自有相通之处。

"春山"这种阻隔男女视线的障碍,可以引起读者多种联想。在人世间,会有很多不如意之事,成为阻碍——或因长期离别,或因人间变故,或因疾病、灾难之发生,或因工作之挫折,等等,都可能是种种的"春山",成为生活事业之障碍。而当为了自己所爱之人与事而朝思暮念、不改其意时,他(她)便超越了阻碍,进入了一种坚贞、顽强之境界。这种表达与屈原所说"虽九死而犹未悔",在风格上虽有委婉与刚直之别,内在精神还是一致的。

于是我们看到,同是能令人联想之境界,王国维推崇的"昨夜西风凋碧树,独上高楼,望见天涯路",因为站得高,因而看得远,展示出一种超越境界;而欧阳修的"平芜尽处是春山,行人更在春山外",乃是面对巨大障碍的一种精神之飞跃,同样在浮想联翩中获得了超越,二者可谓殊途同归。

诗文革新运动创意之信息

生查子

去年元夜时,花市灯如昼。月上柳梢头,人约黄昏后。
今年元夜时,人与灯依旧。不见去年人,泪湿春衫袖。

---

① 王国维:《人间词话》,见唐圭璋编《词话丛编》,中华书局1986年版,第4245页。

本词以平实客观之笔墨,如话家常之语言,使读者仿佛身入其境,与词中男女主人公同呼吸,共命运。"月上柳梢头",既是客观写实,也透露出恋情初上心头之甜蜜感觉;"人约黄昏后",既写出了相约时间,亦在天地间之黄昏中融入了缠绵柔美之情调,将真切之写实与浪漫之情怀融为一体,无愧大家手笔。

　　欧阳修之于词之创作,没有发表多少关于文艺理论之观点,他曾经说过:"因翻旧阕之辞,写以新声之调,敢陈薄技,聊佐清欢"(《西湖念语》),给人的印象,其写小词,仅游戏而已。从欧阳修填词之实际情况来看,他有时是不自觉地呼应着宋代诗文革新运动之创作理念与实践的。欧阳修倡导的宋代诗文,是对抗"西昆体"之华丽浮靡,并摒弃一度影响甚大之"太学体",将文风引向平易流畅而又雅俗兼备之途。他的《醉翁亭记》《秋声赋》等作品,都是杰出代表作。而当我们仔细品味他的这首《生查子》时,发现其皆家常话,句句写实,句句平易;而其中味道,却含蓄典雅,情深意长。总之,全篇进入了雅俗共赏之境,和他在诗文领域中追求的那种平易典雅之风,契合无间;因而在无形当中,将诗文革新之精神,渗透于小词创作中间,对词之发展,起着良好的推动作用。这种无意之间游戏于小词之情形,与其诗文创作之意向暗暗相通,是欧阳修将其诗文创作之理念与实践延伸至词之领域的潜意识体现,与王国维对其"意"之高度评价正相吻合。可以这样说,欧阳修文学创作之"意",在诗文领域内,是有创作,亦有理论的。在词中,则仅有精妙创作而无理论说明;虽然如此,作者却以寥寥民歌般数语,在"去年元夜"和"今年元夜"的对比之间,令人咀嚼"人有悲欢离合"之人生真谛,玩赏不已。

人生的本质

欧阳修男女情词中还有这样一类作品,即,其内容触及了男女之情,却超越了男女情事本身,直指人生问题核心,给读者以强烈的震撼,铸成千古名句。如《玉楼春》:

尊前拟把归期说。未语春容先惨咽。人生自是有情痴,此恨不关风与月。

离歌且莫翻新阕。一曲能教肠寸结。直须看尽洛城花,始共春风容易别。

虽然本首为欧阳修与朋友离别之词,然而"归期"的叙说,与"春容"(指女性)的惨咽,便同时展现了人间男女离别的场面;令人拍案叫绝的是,欧阳修竟大做了翻案文章:"人生自是有情痴,此恨不关风与月"——沉溺于情、为情所困,这本来就是人生真相,哪里能被风花雪月或是男女之情所局限呢!

请看,触及了风月,却道不关风月,超越了风月,直指"人生",何等的大手笔!

为欲望而困惑,为情感所驱使,常常处于痛苦之中,这就是"情痴",这就是人生真相。欧阳修之笔触,一洗单纯的人间个别情事,把感触指向广阔的人生,声情并茂,情理交融。"自是""不关",笔力遒劲,动人心扉,真不愧是"以意胜者"的典范之作。

以上侧重分析了欧阳修的几首情词,从中可见,欧词确实有"以意胜"的特点。欧阳修在他的词作中"以意者胜"的词句还有很多,如"谁道闲情抛弃久,每到春来,惆怅还依旧"(《蝶恋花》,一说为冯延巳作)"闲愁一点上心来,算得东风吹不解"(《玉楼春》"酒美春浓花世界"),"水远烟微,一点沧州白鹭飞"(《采桑子》）等等，深含哲理，耐人寻味。笔者就其中几首情词，试加分析，见出他填写小词时所露出的对人生之深邃思考，印证王国维的"以意胜者"的判断。至于王国维之"夫古今词人之以意胜者，莫若欧阳公"——将欧阳修这方面的特色压倒一切古人，是否妥当，则有待进一步的探讨了。

题外的话——谈谈欧阳修对女性的尊重

欧阳修在情词中展现出来的深刻思力，除了独特的智慧与艺术天才外，还透露出他对妇女之一种发自肺腑的尊重，这可能是其词"以意胜"的一个重要原因。

作为一位文坛领袖，一位对社会、历史有着深刻思考的思想家，欧阳修对爱情男女之事的思考，既然在小词中渗透出来，那么，在他的诗文中，也必然有所体现。我们看到，欧阳修对妇女命运已经有着卓绝不群之思考与深切的关注。他曾郑重地向世人推荐过一位女诗人谢希孟；在热情赞扬了这位女子之诗歌后，他遗憾地说：

今有杰然巨人，能轻重时人，而取信后世者，一为希孟重之，其不泯没矣。予固力不足者，复何为哉？复何为哉？（《谢氏诗序》）①

所谓"轻重时人"，就是一种轻视世俗偏见、敢于怀疑传统的精神。在欧阳修看来，女子不但可以作诗，而且其佳作可以传之后世，永垂不朽。这样的看法，在当时极其可贵。作者因自身"力不足"

---

① 余冠英等主编《唐宋八大家全集·欧阳修集》，国际文化出版公司，1997年版，第1009页。

而不能使谢氏诗歌能得到更广远的传播,而连发两次叹息:"复何为哉?复何为哉?"可见心情的遗憾、沉重。其实,即使有了这种"能轻重时人,而取信后世"的"杰然巨人",也未必能使女诗人之诗作"不泯没",这正是时代的局限使然。欧阳修的叹息,是沉重的,无奈的。不过,欧阳修热切期盼女性诗人能在史诗上"不泯没"、永垂后世的呼唤,确实体现了他的思想高度,体现了他对女性之高度信任和尊重,体现了他作为文坛领袖的本色和人道情怀。这一点,在那个时代,无疑是处于思想巅峰之高度的。

还可令人注意的,是作者在一封与妻子的书信中,居然用诗歌之形式大谈起国家大事来了,其介绍之详实,态度之恳切,真是前无古人,后罕来者。这首诗在艺术上说不上是欧阳修作品中的上乘,在思想境界上,却是俯视一代的。请看这首千古奇诗《班班林间鸠寄内》:

    班班林间鸠,谷谷命其匹。
    迨天之未雨,与汝勿相失。
    春原洗新霁,绿叶暗朝日。
    鸣声呼相和,应答如吹律。
    深栖柔桑暖,下啄高田实。
    人皆笑汝拙,无巢以家室。
    易安由寡求,吾羡拙之佚。
    吾虽有室家,出处曾不一。
    荆蛮昔窜逐,奔走若鞭挟。
    山川瘴雾深,江海波涛觓。
    跬步子所同,沦弃甘共没。
    投身去人眼,已废谁复嫉。

山花与野草，我醉子鸣瑟。
但知贫贱安，不觉岁月忽。
还朝今几年，官禄沾儿侄。
身荣责愈重，器小忧常溢。
今年来镇阳，留滞见春物。
北潭新涨绿，鱼鸟相謦肸。
我意不在春，所忧空自咄。
一官诚易了，报国何时毕。
高堂母老矣，衰发不满栉。
昨日寄书言，新阳发旧疾。
药食子虽勤，岂若我在膝。
又云子亦病，蓬首不加䰀。
书来本慰我，使我烦忧郁。
思家春梦乱，妄意占凶吉。
却思夷陵囚，其乐何可述。
前年辞谏署，朝议不容乞。
孤忠一许国，家事岂复恤。
横身当众怒，见者旁可栗。
近日读除书，朝廷更辅弼。
君恩优大臣，进退礼有秩。
小人妄希旨，议论争操笔。
又闻说朋党，次第推甲乙。
而我岂敢逃，不若先自劾。
上赖天子圣，未必加斧锧。
一身但得贬，群口息啾唧。
公朝贤彦众，避路当揣质。

> 苟能因谪去，引分思藏密。
> 还尔禽鸟性，樊笼免惊怵。
> 子意其谓何，吾谋今已必。
> 子能甘藜藿，我易解簪绂。
> 嵩峰三十六，苍翠争耸出。
> 安得携子去，耕桑老蓬荜。①

在这首寄内五言诗中，有不少值得玩味之处。一是篇幅长，长达五百三十字之多，这在古今寄内诗中是非常罕见的。二是内容广，它包罗了众多的生活内容。在此诗中，作者向妻子表达了对林间鸠能双双相守生活之羡慕，抒发了与不能与妻子共处之孤独心境；表达了自己得官后之忧患国事之责任感；叙说了他对年迈多病之母亲之惦念，对患病妻子之关切；作者因思家心切，以至占卜吉凶，祈盼福音。作者还对妻子述说他向朝廷辞官而不获容许之情况，并向妻子表明自己孤忠许国之决心；有意思的是，欧阳修竟还向妻子介绍了统治阶级内部最新的斗争形势，其中有句：

> 小人妄希旨，议论争操笔。又闻说朋党，次第推甲乙。

我们知道，"朋党"，是古人极为忌讳的，甚至有引来杀身之祸的前车之鉴。而欧阳修不但不忌讳，写出了惊世骇俗的《朋党论》，而且在给妻子之家书中，提到了自己受到了"朋党"之累的情况。这种不宜在公开与私下场合谈论的朋党之争，对于长期守候在家、不闻政事的欧阳修之妻来说，怎么可能了解朋党这么复杂难解的名

---

① 余冠英等主编《唐宋八大家全集·欧阳修集》，国际文化出版公司，1997年版，第814页。

词与内涵？而欧阳修这样一本正经地向她介绍官场此种形势，将妻子作为一位平等友爱的知音，完全敞开了心扉。这封诗歌书信，是诗史上的奇文，为今日之读者研究欧阳修对女性特有之尊重、信任与理解，提供了宝贵的信息。

谈谈苏轼风雨诗词中的人生智慧

苏轼诗词善写风雨,更有"也无风雨也无晴"等名句诞生。究其原因,一为人生本来就夹杂风风雨雨,阴晴不定;二则风雨阴晴既为大自然之景象,瞬息万变;对于历经政治风雨考验并具有丰富审美经验的苏轼这样极善于联想、比喻并且思维深刻、敏捷的天才来说,用风雨晦晴来捕捉瞬间感受,抒发高远情怀,正是一种绝妙契机。风雨阴晴诸种意象极易于引发、联想到人生之根本,这便是精于品味人生的苏轼屡屡借以咏出佳篇之奥秘所在。

与风雨为友的思考

苏轼能写出风雨诗词杰作,与作者的个人身体健康状况和精神面貌有很大关系。例如,一般提起风雨寒暑中之农业劳作,在诗人们的作品中,都避免不了对其艰苦性与难耐性之描写;而读者却能惊奇地发现,在苏轼作品中,满怀着在劳作、活动于风雨中的一种乐观与勇敢超越之精神,甚至于怀有对风雨之一种亲近与感激之意绪。这种"风雨于人有利"之精神、意绪是一般作家作品中非常罕见的。

作者回忆少年牧羊时,他这样描写当时牧羊情景与心头感受:"烟蓑雨笠长林下","寻山跨坑谷,腾趋筋骨强"(《题晁说之考牧图后》),诗人腾跃疾走,仿佛不是在辛苦劳作,而是愉悦健身,获得了在风雨中"腾趋"而能强筋健骨之快感。一蓑烟雨,似是青少年苏轼的朋友,陪伴他牧羊前行,使得他"筋骨"愈强,精神更健;他甚至感觉不出风吹雨打对他有任何不适的影响。

农业劳动，是中国古代最沉重的工种。青少年时代的苏轼在劳作中获得了一种难得的强者心理。他在劳作时，常常显得很潇洒，很轻松："予少年颇知种松，手植数万株，皆中梁柱矣。"①"我昔少年日，种松满东冈。初移一寸根，琐细如插秧。二年黄茅下，一一攒麦芒。三年出蓬艾，满山散牛羊……"（《戏作种松》）艰苦之农林劳动，在苏轼心中，颇类游戏，从中可见他的身心状态相当健旺。不但如此，劳作中的苏轼，竟怀有一种亲近、戏弄风雨寒暑之倾向。请看他这一段耐人寻味的文字：

农夫小民，终岁勤苦，而未尝告病。此其故何也？夫风雨、霜露、寒暑之变，此疾之所由生也。农夫小民，盛夏力作，而穷冬暴露，其筋骸之所冲犯，肌肤之所浸渍，轻霜露而狎风雨，是故寒暑不能为之毒。②

本来，风雨、霜露、寒暑之变化交替，极易使人生病，而农夫们（包括劳作于其间的作者自己），以"筋骸""冲犯"于其中，"肌肤""浸渍"于其内，轻视霜露，不畏风雨，愈发身心强健，竟使得风雨寒暑将他们无可奈何。

"轻霜露而狎风雨"——轻视甚至戏弄霜露风雨，这是一种何等豪情与自信！而在诗人看来，能达到这种境界的，只有田间劳动者。田间劳动者之秘诀是，与风雨亲近——"狎风雨"，自然会熟悉风雨特性，并形成强大免疫力，于是在思想与实践中真正做到"轻霜露"。这段话，出自作者于24岁时（嘉祐六年，1061年）所作《教

---

① 见作者诗：《予少年颇知种松，手植数万株，皆中梁柱矣。都梁山中见杜舆秀才，求学其法，戏赠二首》。
② 孔凡礼点校，《苏轼文集》，中华书局，1986年版，第263页。

战守策》，乃为朝廷献策之文，它不仅思考到生命个体之保健、养生，亦联想到军队之意志锻炼，更关系到国民之精神风貌；可见苏轼在谈到寒暑风雨时，思考之深远，格局之阔大。苏轼确信，这种游戏于风雨、霜露天气之田间劳作，能抵御疾病之毒害，保持强健体魄，提升个人与民族之进取精神。主动走进风雨，经历风雨洗礼，便能看轻风雨，与风雨为友，悠然前行——此种豪迈语言与深刻感悟，饱含着强大之生命力与对恶劣命运抗争之顽强精神，是农夫小民"一蓑烟雨任平生"之生动形象的真实写照。

"一蓑烟雨任平生"，是苏轼在壮年经历乌台诗案后在黄州写下的名句。其实，这种状况，在田间苦雨寒暑中奔走、劳作之中国农民，日日皆在经历、实践之中。农民经过长久磨炼，能做到"轻霜露而狎风雨"，强健了身心，才不会感到寒与暑、雨与晴之间有多大区别，从而获得"也无风雨也无晴"之感受。中华农民此种在风雨中锤炼弥坚之伟大实践，乃是其代代相传、生生不息之重大奥秘——此秘诀被青少年时代的苏轼敏锐清晰地观察并体会到了，为他以后写出《定风波》（莫听穿林打叶声）之名作，打下了坚实的基础。

将风雨寒暑作为精神财富来对待时，苏轼对于风雨仿佛产生了一种偏爱。风雨之来临，往往使他诗兴大发，佳句层出。例如人们熟知的"谁道人生无再少，门前流水尚能西"之光芒夺目词句，就是在"潇潇暮雨子规啼"之暮春雨景中爆发出来的。作者常常主动和风雨亲近，从中产生作诗之灵感："筋力不辞诗，要须风雨时。"（《菩萨蛮》"买田阳羡吾将老"）"带酒冲山雨，和衣睡晚晴。"（《南歌子》）在他看来，风雨对于他的一生，是不可缺少的，是他感发人生的催化剂，是他吟出奇思妙语之理想助手。

追根寻源，不难看出，青少年时期的苏轼，在风霜暑雨之农业劳作中，在对劳动者之细致观察中，深得锻炼身心之秘，体魄健全，勇气非凡，感悟深广，他的那些有关风雨之名句、名篇之诞生，绝非偶然。

风雨能带来美感

一个具有"狎风雨""带酒冲山雨"之藐视风雨,乃至主动亲近风雨之经历的诗人,他对于风雨不但少了惧怕之心,而且能充分感受风雨所带来的美感。在苏轼看来,人生任何时刻,都有美好之一面,风雨也不例外。人们不但要能感受得到,而且要能捕捉之,赞美之,否则,"清景一失后难摹"(《腊日游孤山访惠勤惠思二僧》)。《饮湖上初晴后雨》就是这样一篇杰作。

饮湖上初晴后雨

水光潋滟晴方好,

山色空蒙雨亦奇。

欲把西湖比西子,

淡妆浓抹总相宜。

宋神宗熙宁五年(1073)正、二月间,苏轼为杭州为通判。他所作《饮湖上初晴后雨》,之所以脍炙人口,与作者在任何时候都能欣赏到人生佳处之情趣有关。

"饮湖上"三字,既是实写,也是虚写。说它实写,那时苏轼确实正在西湖上饮酒;说它虚写,是因为此"饮"字代表着满怀醉意享受人生之一种诗情。因此,此时之"饮"酒,亦为以欣赏之情陶醉于人生之意,它展示了苏轼作品乐观对待人生、时刻能感受、捕捉事物美感的奥秘。

自然气候,大约有晴天和阴雨两种状况。一般而言,人们大都喜欢晴天,然而阴雨之时,亦自有其佳处。所以,对于眼里心中都深怀对人生陶醉之情的苏轼来说，美好事物处处皆在，不管是初期发生，还是后来出现——皆逃不出诗人之善于"捕美"的艺术法眼。"初"与"后"二字，恰含"初晴美，雨后亦美"之潇洒意趣，不可不知。

确实，"初晴后雨"四字，点出西湖无时不美。"水光潋滟晴方好"——晴天之西湖水，波光潋滟，豁人眼目，身心俱适；而天有不测风云，陡然间，晴天转阴，淅淅沥沥之雨点打湿衣裳，令人意兴阑珊。然而就在此时，西湖水与从天而降下的细雨，汇成朦朦胧胧之景致，山峦不见分明，在有无之间，仿佛可望而不可即之奇妙仙境，增添了多少空灵神秘之美！诗人忘情于欣赏仙境之审美意绪中——"山色空蒙雨亦奇"。"空蒙"二字，状出细雨迷茫、缥缈之状，传出欣赏者心底亲切感受，确是传神之笔；"雨亦奇"，表明此刻诗人整个身心全部沉浸在对奇妙雨景之美感中，而雨滴之浸湿衣鬓的不适感觉已完全抛于脑后，一种令人着迷之艺术胜境就这样自然而然地滋润着作者的心田。

当苏轼目接狂风暴雨之时，一种壮美景象可以使他心中之壮怀得到极大的激发，有《有美堂暴雨》可以为证：

游人脚底一声雷，满座顽云拨不开。天外黑风吹海立，浙东风雨过江来。

十分潋滟金尊凸，千丈敲铿羯鼓催。唤起谪仙泉洒面，倒倾鲛室泻琼瑰。

"脚底一声雷"，"拨不开"的"满座顽云"，"吹海立"的"天外黑风"，"席卷"大江的暴雨——这些足以让人生畏之自然景象，在苏轼看来，竟似豪饮之"金尊"美酒之凸起，又似众多壮汉以千枝鼓杖击打羯鼓之巨响。暴雨打到脸上，在苏轼笔下，是"泉洒面"，能唤醒诗人李白的美妙诗情;而李白所写暴雨壮观景象之诗句,则是倒倾鲛人之室、洒下满天的珍珠。可见苏轼对于疾风暴雨所怀之独特的壮美情怀,他对于风雨,是随时有着精妙与亲切的审美感受的。总之,在任何时地(更哪怕在艰难时分,风雨如晦,困苦一隅),总能机敏感受并捕捉事物美好之方方面面,是苏轼创作一大本领。

慧眼看人生风雨

当然,风雨有着对人类不利的一面,有时甚至是艰难困苦之象征。不过,在乐天派的苏轼眼中,那种倏然而至的风雨艰难时刻总是短暂的,而晴朗舒适时分总是长久的,从下面所举一首关于云雨风天之七绝的描写中,便可看出他乐观对待逆境之重要信念。

六月二十七日望湖楼醉书五首(其一)

黑云翻墨未遮山,白雨跳珠乱入船。

卷地风来忽吹散,望湖楼下水如天。

又是一首边饮酒、边醉眼观风雨的诗歌。从全诗那种潇洒乐观的笔墨来观,本诗确实带着一股"酒气";然而在洒脱奔放中,亦展现着锐利细腻的眼光,清醒精警的思考。本诗于熙宁五年(1072)六月二十七日,作于杭州通判任上,与《饮湖上初晴后雨》约作于同一时期。

风雨之至,往往会给人生带来不便,乃至灾祸。苏轼并不觉得风雨那么可怕,因为事先早已看透。

早在宋仁宗嘉祐元年(1056),二十一岁的苏轼随父入京参加进士考试,二十六岁参与制科考试,列三等,签判凤翔府,从此踏上仕途。熙宁二年(1069)在为父亲服丧期满还朝之时,苏轼眼中所见,并不是二十岁时所见的平和世界，他的许多师友因与宰相王安石意见不合，反对变法，被迫离京。主张渐变、反对急变的苏轼，不容于朝廷，于是自求外放，调任杭州通判。杭州的生活是舒适安宁的，少年得志、还未遇到人生真正政治风雨的苏轼，对人生之艰难残酷一面，还是有心理准备的。从本诗风雨变幻中，可以看到其聪慧睿智遍布在字里行间，显示了他对于变幻错综之人生的洞见。

"黑云翻墨未遮山"——晴天时风云突变，老天翻脸时如同"翻墨"——泼翻的墨汁，来势汹汹。但这汹汹之气势亦有其虚弱的一面："未遮山"。黑云既然不能一手遮天，表明其体积不大，预示着即将到来的风雨之力量，实在有限；其存在的时间，亦必短促。它的结局或命运，已被作者看穿。这开端七个字真是精警，把作者在困境或危险面前之冷静观察与判断之情态描写得入木三分。

这发端的一句，实在是和结尾之"望湖楼下水如天"呼应得十分紧密。作者相信"水如天"为西湖天气的常态，美好的时光总是多于突变的时刻。正是因为有这种人生思考与智慧，作者才能以冷静之心情来观察，乃至欣赏这一场不会长久的风雨变幻。

接下的"白雨跳珠乱入船"，不但暗示了船中人被暴雨袭击之某种情态，也写出了诗人的浪漫情调。"乱"字，写暴雨来势之猛，"欺人"之甚；"珠"字，直是将风雨视为苍天赠送的一斛斛珍珠了。这种视暴雨为珍珠之风度，与他早期所云"狎风雨"之意趣暗通，亦与他后来被贬黄州时吟唱的"莫听穿林打叶声，何妨吟啸且徐行"一样，充满着智者的诗情画意。

果然，"卷地风来忽吹散"——风雨来疾，其消失也速，这就是事物变化的真谛。所谓"卷地风"，所谓"忽"，都是描写天气变化之快，似乎出乎意料。其实，这种"卷""忽"的感觉，对于那些没有思想准备之人，只是一种偶然的肤浅感受，而对于将阴晴变幻了然于心的作者来说，早已在其预料之中了。

结尾的"望湖楼下水如天",是虚实相间的妙句。诗人告诉读者,智者的心境,恰似晴朗西湖,纯任自然;风雨过后,水天相映,还其本色,绝无半点忧惧。人若有此如同天水一般通明透亮的悠然心境,便会与"人法地,地法天,天法自然"之境界相通,对那来之骤、去也忽的暴风雨,自可从容面对。

此篇所写,皆西湖当地夏季自然景致,似未及人生,实际处处关乎人生,兴象玲珑,思绪微妙。"未遮山""卷地风""忽"诸字,表明作者已经完全看清了事物发展的态势;从"乱入船"之描写中,又点明了风雨之来临,给了人们切肤的困扰。正是因为有了这"乱入船"的短暂困境,才使得结尾之句"望湖楼下水如天"中包含的自信、悠然之心境给人以无尽回味。

勇气要从磨炼出

苏轼之智慧,不仅讲求用语言来流畅表达,更重要的是,要在生活之实践中磨炼出来。不过,年过四十的苏轼经历的磨炼,已不是他年幼时在自然风雨中的田间劳作之炼,而是要面对严酷的政治风雨。一首《定风波》,便是明证。

定风波

三月七日,沙湖道中遇雨。雨具先去,同行皆狼狈,余独不觉。已而遂晴,故作此词。

莫听穿林打叶声,何妨吟啸且徐行。竹杖芒鞋轻胜马,谁怕?一蓑烟雨任平生。

料峭春风吹酒醒,微冷,山头斜照却相迎。回首向来萧瑟处,归去,也无风雨也无晴。

本词作于元丰五年（公元 1082 年），作者经历了惊险的乌台诗案，正谪居黄州。沙湖，在黄州东。作者与好友在路途中遇到了一场暴雨，诗人又是饮酒之后吟咏啸歌，写下了这首《定风波》词。"酒醒"之作者形象，洋溢着勇气，亦蕴含着智慧。

　　如果说，在《六月二十七日望湖楼醉书》中"乱入船"之令人猝不及防的景象出现时，作者还在静观其变的话，那么，《定风波》词中，在风雨中前行，勇敢接受人生挑战，就是作品的重心所在了。在本作中，诗人一开篇就写出了他面对"穿林打叶声"时的态度与勇气。这种勇气，不是风云叱咤之声，亦非金刚怒目之貌，而是在其小序中所言"不觉"之境界。这是他在困苦艰难中充满潇洒情怀的实践。作者将这种实践用生动之形象与动作展现出来，声情并茂，思行合一。

　　"不觉"二字，看似简单，却也有故事深藏其内。我们知道，苏轼在青少年时，在风雨中放牧，但觉"腾趠筋骨强"，不觉有一丝一毫之伤害；于田地山冈上稼穑种松，亦可以"轻霜露而狎风雨"，早已锻炼出一副好身板及满身豪气，对于风雨之侵袭，早已达到全不在乎之境地。那么，面对眼前之骤雨，除了再"狎"它一次，又会有什么惧怕之感呢？一时的"不觉"，其实是长期磨炼之结果。

　　"也无风雨也无晴"一句，呼应着小序中的"不觉"，是本词的灵魂。正因为有了"也无风雨也无晴"这一境界的支撑，全篇的每一句才活了起来。对于风雨与晴天之到来，既无几多悲感，也无过分喜悦，达到了"无欲则刚"的境界。因此，在本篇中，一种独特的智者之勇敢，得到了淋漓尽致的吐露。

　　"穿林打叶"之声，用穿、打这样很猛烈的字样，勾勒出环境之险急，而人的反应，竟是"莫听"，是不屑一顾，勇气可见一斑了。作者"吟啸"——或微吟，或长啸，竟至于"徐行"，其中隐含着作者一贯之"狎风雨"——与风雨为友、徜徉于风雨中之意绪，极尽从容信步之能事。接着,作者点出了勇者之"无欲则刚"的心境:"竹杖芒鞋轻胜马。"竹杖芒鞋,乃是清贫者生活之用具,而车马,则为富贵者所拥有。在苏轼这首《定风波》小词中,"竹杖芒鞋"成为因无心理负担而达到"无欲则刚"之境的象征,"马"则成为贪恋名禄而患得患失者之符号。当在本作中看到一位手拄竹杖,脚穿芒鞋,在风雨中徜徉而来、不倦前行的诗人形象时,我们能够回想起在"烟蓑雨笠长林下"不倦牧羊的苏轼少年形象,读懂了他无欲则刚之人生感悟,更看到了他将对人生深刻之理解付诸实践的巨大勇气。

接下的"谁怕?一蓑烟雨任平生"之句,正是一位大勇者的口气。人生中一次两次的急风暴雨,巨浪狂澜,已经可能使人英气半失,心有余悸了;而就在风雨中闲庭信步的作者,却早就做好了一生在"一蓑烟雨"中前行的准备。须知,这不是纸上谈兵,而是从诗人少年时起就培养出来的勇毅之气;只不过,作者青少年时所经历之"风雨",是来自大自然的触及皮肉之风霜雨雪,而他此刻在黄州所云"风雨",则是社会人生艰难困苦之象征性体现,诗人在不断的锤炼与奋斗中,已将其诗句升华到"风雨观"——人生观的哲理思考高度了。

当出现了"山头斜照却相迎"的晴天时,作者本来应该松一口气了;然而,他却未抱任何侥幸心情:"回首向来萧瑟处,归去,也无风雨也无晴"——在作者看来,晴也罢,雨也罢,对于"一蓑烟雨任平生"者来说,既无过分之喜悦,亦无些许之畏惧,始终保持一颗淡定之心而已矣。这样,苏轼把勇敢坚毅之品格升华到了更高境界。

总之,坚持实实在在的艰苦实践,在实践中提高勇毅精神,乃是本作的一大特色。这种特色,作者在他的小序中亦有清晰的说明:"同行皆狼狈,余独不觉。""同行皆狼狈"云云,正表明当时之暴雨,不是一般人所能承受的,苏轼的此首《定风波》之重大价值,恰恰在于不躲避风雨，以积极态度在其中洗礼与磨炼，"也无风雨也无晴"之金句才不至于落入空谈，它是作者面对暴雨狂风之一次自我超越的高峰体验。

反思与升华

苏轼认识到，"也无风雨也无晴"之境界，不是短时间就能攀登得到的，需要一生不断努力，不断反思与升华。

直到元符三年（1100），徽宗即位，在被贬谪到了海南、经历了更多艰难困苦的作者遇赦北归。早已做好了"一蓑烟雨任平生"之思想准备的苏轼，经过了长达六年之风风雨雨，克服了很多难以想象之困难，对人生有了更深刻的感悟，他写下的《六月二十日夜渡海》便是明证：

参横斗转欲三更，苦雨终风也解晴。云散月明谁点缀，天容海色本澄清。

空余鲁叟乘桴意，粗识轩辕奏乐声。九死南荒吾不恨，兹游奇绝冠平生。

这是苏轼晚年一首极有意味的关于风雨阴晴的诗歌。人生充满戏剧性，年过花甲的他遇赦北归，途经琼州海峡，月黑风高，大浪骤起；但过海之后，却蓝天碧海，云散月明，于是写下了这首诗寄寓其坚持操守及乐观豁达胸襟的诗篇，而作者对人生风雨的反思得到了进一步的深化。

开端之"苦雨终风"，"终风"（大风）是实写；值得注意的是：雨为虚写。而"苦雨"（久雨）之意象出现，并非指真的下了一场大雨，而是喻指作者经历了长久艰难困苦的磨炼。如果说，先前作者描写的"空蒙"之西湖雨,"乱入船"的"白雨",与"穿林打叶"的暴雨,都是时间短暂的雨水;那么,这次作者在本首七律中所云之"苦雨",并非实指雨水,而是持续不断的艰难困苦之象征。从绍圣元年(1094年)六月,别为宁远军节度副使,直至绍圣四年(1097年),年已六十二岁的苏轼被贬海南岛儋州(今海南省儋州市),再到元符三年(1100)北归。年迈的苏轼将这六年之艰难生涯,形象地概括为"苦雨",是极有心得的。

  首二句既是具体实写,也是虚笔概括。人生既有漫漫长夜,亦有晴朗白昼("参横斗转欲三更");有苦雨大风,亦有天朗气清之时("苦雨终风也解晴")。这种长夜、白昼与风雨晴朗之交错变化,便是变幻不定人生的象征。在这里,作者道出了人生是苦痛与愉悦之心境不断转换的过程。"欲"字与"也"字颇堪玩味。"欲"字,把长夜漫漫之感受与盼望天明之心态微妙托出,"也"字将度过了苦雨终风困境后的欣慰、轻松之情写出。在这里,作者勾勒了在逆境与顺境转换时心境起伏变化的状况:有苦亦有甜,有愁亦有乐——在写完名垂千古之《定风波》词18年后,作者似乎进一步反思:完全达到"也无风雨也无晴"之境界,并非易事。

  颔联之"云散月明谁点缀,天容海色本澄清",给人以丰富的联想与思考。《世说新语·言语》中记载:"司马太傅斋中夜坐,于时天月明净,都无纤翳,太傅叹以为佳。谢景重在坐,答曰:'意味乃不如微云点缀。'太傅因而戏谢曰:'卿居心不净,乃复强欲滓秽太清邪?'"[①]此典故给人以大脑应如天空般辽阔、而无丝毫微云之干扰为最佳状态之联想。其意与作者以前所云"望湖楼下水如天""也无风雨也无晴"之境界有相通之点,在意象方面,亦是一

[①] 刘义庆著,徐震堮校笺,《世说新语校笺》,中华书局,1984年版,第84页。

以贯之的。

　　人们常常将宽广心胸比喻为澄澈清朗、无一丝浮云的广大天空。其实这种毫无杂念的境界，在人生中，是很难得一遇的。"也无风雨也无晴"，亦同此理。对于人来说，是很难做到内心没有一丝一点喜怒哀乐之痕迹的。正如苏轼自己所说："佛书旧亦常看，但暗塞不能通其妙，独时取其粗浅假说以自洗濯，若农夫之去草，旋去旋生，虽若无益，然终逾于不去也。"（《答毕仲举书》）[①]。人心之种种喜怒哀乐之情，如杂草之层生，如云雨之常至；而苏轼对种种烦恼情绪应对之法，如农夫之除草，不断清理，不断实践，于是心境如麦田之广阔，如天空之清朗。可以说，对于不时侵入心中、使人烦恼的"点缀"之"云"的恰当应对、处理，使得作者心境变得更为宽广、澄清；这与他早年所吟唱的"回首向来萧瑟处，归去，也无风雨也无晴"之意境大体相通，而更加细腻、深刻，可操作性更强了。

　　"空余鲁叟乘桴意"，化用孔子"道不行，乘桴浮于海"（《孔子·宫冶长》）之意。苏轼在政治上的不得意，与当年孔子有些相似；而孔子言不得意便欲到海外之愿望并未施行，苏轼却脚踏实地实践了一番。他为海外当地人们探索治病的药物，积极进行劝农之宣传教育，还培养过读书人。"余"字分量很重，它们体现了作者勇于实践、坚持行道的精神追求。"粗识轩辕奏乐声"，化用《庄子·天运》之语："北门成问于黄帝曰：'帝张《咸池》之乐于洞庭之野，吾始闻之惧，复闻之怠，卒闻之而惑；荡荡默默，乃不自得'"[②]，道出自己经历过"惧""怠""惑"诸种心绪，更见出对心路历程之自我追踪与顽强超越之意志。这里，"识"字分量亦很重，体现

[①] 苏东坡全集，中国书店，1986年版，第373页。
[②] 陈鼓应注译，《庄子今注今译》，商务印书馆，2007年版，第426页。

了"朝闻道，夕死可矣"的精神追求。

结尾的"九死南荒吾不恨，兹游奇崛冠平生"，总结了诗人一生的精神追求，给人以深长回味之余地。在苏轼看来，人生精神世界的提升，是需要反复锤炼与探索的，是一个长期的过程。"九死"二字，既是实际境遇之叙述，亦是对艰难探索与锤炼过程的高度概括。一个人，当他经过了多次风险、坎坷而还能积极进取而不退却、放弃之后，才能攀升到一种"奇崛"的境界，使自己的一生（"平生"）闪烁着别样的光彩。

吟诵苏轼之风雨诗词之代表作，有一种鲜明的线索贯穿其间。天空海水，是人之纯净广阔心灵境界的喻体，而风雨则为来自外来干扰与内心烦恼之象征。作者努力实践欲达到或向往的是"望湖楼下水如天""也无风雨也无晴""天容海色本澄清"之境界。有意味的是，在《六月二十七日望湖楼醉书》中，作者借用暴风雨来也速、去也忽的特点，暗示对待突兀而至之艰难困苦不必放在心上，生活很快会恢复平静——换句话说，人心要如同望湖楼之宽广湖水一般，视风雨如匆匆过客、转瞬即逝，从而摆脱心中负担，淡然消解各种无常变化对心灵的冲击。"水如天"，展示的是高远之空间与诗人广阔之胸怀，情景交融，禅机微妙。另外，前面已经提过，苏轼特别推崇身体力行，要在困境、苦难中保持的一种潇洒风姿与自信态度。作者非常看重劳动者在危险浪潮中那种游刃有余的风度："……一千顷，都镜净，倒碧峰。忽然浪起，掀舞一叶白头翁……"（《水调歌头》"落日绣帘卷"）请看，在江水平静中骤起的巨浪，不但未能掀翻驾船的老渔夫，而且还使他舞蹈般地借势于浪花中前行。再请看："碧山影里小红旗，侬是江南踏浪儿。拍手欲嘲山简醉，齐声争唱浪婆词。"（《瑞鹧鸪·观潮》）在滔天的潮水中，手把红旗的轻松弄潮之渔民，又是"拍手"，又是"争唱"，展现着一片乐观豪爽之风采。这与作者赞美的"轻霜露而狎风雨"之农夫，都属于是在风雨骇浪中获得了高度自由的行家里手,是苏轼在各种困苦艰难中得以借鉴的榜样与力量源泉。在某种意义上说,苏轼的"也无风雨也无晴"之风雨观,是典型中国智慧的显现。作者在形容西湖之美时,曾赞美其无论雨或晴,均极美可观——"淡妆浓抹总相宜";借用诗人名句,我们也可以说,对于一个热爱生命、勇于前行的伟大心灵来说,人生平仄总相宜。

苏轼平生在风风雨雨的历练中感慨甚深,应对甚妥,徜徉自如,境界甚高,给后人留下了宝贵的精神遗产与精湛的艺术佳作,值得反复玩味与借鉴。

苏东坡兄弟的名字有什么奥秘吗

——苏洵《名二子说》欣赏

宋朝大文豪苏东坡名轼,其弟名辙。父亲苏洵给他们所起的名字,意味深长,值得玩味。家长为孩子起名,大都煞费苦心,有所期待。且看苏洵是怎样为其子起名的。

苏洵(号老泉),有一肚子的学问,却一直未能考中进士,于是把自己之抱负理想,寄托在其二子苏轼与苏辙身上。他后来欣喜地看到,此二子继承了他的很多优点,前途远大;他在皇祐元年(1049年)写下了《名二子说》,对他们寄予了莫大希望——时苏轼十二岁,苏辙八岁。现在细细体味这篇短文:

轮辐盖轸,皆有职乎车,而轼独若无所为者。虽然,去轼则吾未见其为完车也。轼乎,吾惧汝之不外饰也。天下之车莫不由辙,而言车之功者,辙不与焉。虽然,车仆马毙而患亦不及辙。是辙者,善处乎祸福之间也。辙乎,吾知免矣。

在两子中,苏洵对大儿子苏轼的才华最为欣赏。他甚至命小儿子苏辙要以苏轼为师。在苏辙眼中,苏轼既是兄长,亦是老师:"我初从公,赖以有知。抚我则兄,诲我则师。"[1](《亡兄子瞻端明墓

---

[1] 余冠英等主编,《唐宋八大家全集·栾城后集》卷二十二,国际文化出版公司,1997年版,第4540页。

志铭》)。苏洵对苏轼的才能非常肯定并深感自豪。不过,老泉对苏轼最大的担忧,是他看到了这令他骄傲的孩子,有着一种不受拘束、真率无伪之性格。这种性格,在等级森严、规矩严酷的古代社会,是很容易吃大亏的。于是,他教导苏轼说:车轮子、车辐条、车顶盖和车厢的四周横木,对于车子都有其职责,只有作为扶手的横木,好像没有用处。即使如此,如若去掉横木,那就不是一辆完整的车子了。苏洵用"轼"(车子上带有某种装饰作用的横木)字,给大儿子起名,意在告诫苏轼,要注意时刻对自己的行为加以修饰,不要过于张扬,否则灾祸是难于避免的!

  对于小儿子苏辙,苏老泉也是十分喜爱的。苏辙虽然没有兄长苏轼那样横溢的才华,却也学习努力,悟性颇高;尤其是他那稳重、沉静之性格,最让苏洵赞赏,可说是一百个放心了。老泉觉得这年龄虽小、却有着老成性格的孩子,就像那路上的车辙,虽不受人们关注,却抵得住任何祸害的袭击。当给小儿子命名"辙"时,他的心情是轻松的。他对苏辙说道:天下的车子,没有一辆是不沿着车辙而前行的。而人们在谈及车子之功劳时,车辙并不受关注。虽然如此,当车子翻了、马儿倒下时,祸患也不会触及车辙。这车辙,真善于处于灾祸与幸福之间啊。我的小儿子(苏)辙啊,我知道你肯定能免于灾祸了!

  知子莫如父,苏轼与苏辙的一生经历,大体印证了苏老泉的预见。苏轼对国家之事,敢说敢言,无所掩饰,因此遭受多次打击,一生坎坎坷坷,晚年被贬向海南,最终免死北归;弟弟苏辙以其淡泊深沉之性格,虽屡遭贬抑,终能在许州颍滨(今河南许昌)以"遗老"(苏辙自号"颍滨遗老")自命,免遭迫害,化解了政治上的危难。

  苏洵对两个儿子有细致敏锐的观察,他在一定程度上预言了他们一生之结局,这在中国文学家的故事中值得注意。而今天的读者在称赏老泉之非凡洞察力的同时,还要思考的另一问题是,这位父亲既然有如此杰出的儿子，为什么他不从他们的美好前途、发展前景着眼，将他们的名字染上吉利、光明的色调；却偏偏带着强烈的避祸色彩呢？

原来，当老泉将全部希望寄托在儿子身上之时，饱读诗书、谙熟历史的他，深知对这种光明前途的期盼之外，还存在着什么。一方面，他感叹："洵今年几五十，以懒钝废于世，誓将绝进取之意。惟此二子，不忍使之复为湮沦弃置之人。"[1]（《上张侍郎第一书》）老泉自己年纪老大，对于仕途进取方面，已经心灰意懒。但不忍使才华卓绝的儿子再像自己一般"湮沦弃置"；另一方面，由于他对社会政治之残酷性、政治斗争之复杂性体悟深切，深知走上仕途，就意味着在为理想奋斗的同时，随时准备牺牲自己的利益乃至性命、家庭。尤其这两个"皆抗拙如洵"（《上韩丞相书》）[2]的儿子们，在人生之路上很有"车仆马毙"、横遭迫害的可能性。

请看，当苏老泉在鼓励儿子们奋发读书、为国家效力时，一片浓重的阴影却也同时笼罩心头，作为读书人，他当然会鼓励孩子们为报国济世之崇高理想而奋斗，但他同时又为刚直不屈之孩子们可能遇到的风险担忧起来了。一个"轼"字，一个"辙"字，就将他的忧患之情透露无余。

不过，老泉的预见虽然很准确，但他可能没有想到，正是因为大儿子苏轼的"不外饰"，不作伪，加上他那绝世的才华，才使得其名声冠绝千古，成为中国的衣冠伟人，成为中华民族的骄傲。试想，如果苏轼完全依照父亲的这一教导，用"外饰"的手段，来明哲保身，

---

[1] 余冠英等主编，《唐宋八大家全集·嘉祐集》卷十五，国际文化出版公司，1997年版，第2734页。

[2] 余冠英等主编，《唐宋八大家全集·嘉祐集》卷十五，国际文化出版公司，1997年版，第2736页。

他还能成为万世典范、超级文豪吗？

苏轼成为一个光明磊落的士大夫，成为文学巨匠，从家庭角度看，还有一重要原因不可忽视，那就是来自母亲对他的教育。苏轼的母亲是他重要的启蒙老师，从他很小的时候，母亲就教他读《汉书》等古代名著。

一次，母亲读到了《后汉书·范滂传》。范滂是东汉一位士大夫，他坚持正义，被宦官迫害。在赴国难时，母亲来为他送别的故事，震撼着苏轼母子的心灵。《后汉书》记叙了范滂母子的当时对话：

滂白母曰："弟仲博孝敬，足以供养，滂从家父归黄泉，存亡各得其所。惟大人割不可忍之恩，勿增感戚。"母曰："汝今得与李、杜齐名，死亦何恨！既有令名，复求寿考，可兼得乎？"滂跪受教，再拜而辞。顾谓其子曰："吾欲使汝为恶，则恶不可为；使汝为善，则我不为恶。"① 行路闻之，莫不流涕。时年三十三。

范滂对母亲说："我要到黄泉去了，希望母亲大人割舍不忍之情，不要过于伤感。"母亲回答道："你现在能与李膺、杜密（东汉名士）这些杰出人士齐名，死了又有什么遗憾！已有美名，又望长寿，能兼得吗？"

苏轼母亲讲到这里，"慨然太息"。苏轼问母亲道："'轼若为滂，母许之否乎？'程氏曰：'汝能为滂，吾顾不能为滂母邪？'"②

---

① 《二十五史·后汉书·范滂传》，上海古籍出版社，上海书店，1986年版，第235页。

② 《二十五史·宋史·苏轼传》，上海古籍出版社，上海书店，1986年版，第1218页。

看来苏轼从小立定为国为民不惧牺牲的志向，与其母之教诲与激励，有密切关系。他后来所走之路，基本上沿着一己之"不外饰"、不作伪之天性，沿着儒家求仁得仁的观念实践的。其中，少年时母亲的教导鼓励起过重要作用。父亲在给他起名字时要"外饰"之一番教导，似乎被他忘到九霄云外去了。

生养了儿女，为其前途着想，让他们既能有所成功，又不要冒太多的险——苏老泉在起名字时所流露出的这一番苦心，是可以理解的，他可谓是慈父了。生养了儿女，希望他们成为国家、民族的栋梁之材，又支持他们为国、为民作出牺牲——苏轼母亲程氏在读书教育孩子时，发出鼓励、悲壮之豪言，她真是一位伟大母亲。

其实，不管苏轼的父亲也好，母亲也罢，他们在为孩子起名或教孩子读书时，对前途之担忧或叹息，都饱含了对儿子们可能遇到的政治风波之忧患意识，都是王权社会时常发生你死我活之政治斗争在那个时代人们心里的强烈反映。只要这样的社会模式不加以改变，当时的父亲、母亲们为儿子们的仕途之思考，要么就是全身避害，要么就是英勇献身，似乎没有第三条道路供他们选择了。对于设计一种言论自由、各抒己见而不会有严重性命之忧的社会制度，对古人而言，是难以想象的。

回顾历史，苏轼、苏辙两兄弟的一生，还是比较圆满的。他们的结局，比苏洵之担忧要乐观得多。苏洵逝世后，苏轼兄弟可以告慰爱子如命的父亲的是，宋代这样一个在政治上较为宽容的社会，成就了苏轼，也成就了苏辙。相比其他朝代，宋朝士大夫在受到处罚时，一般都是免官做个道观提举或者流放偏远之地做个闲官，最严厉的也不过下到牢狱中。在被贬到地方后，生活环境并不十分恶劣，文人游山玩水、吟诗作赋，亦是家常便饭。苏轼的很多脍炙人口的作品，就是在遭贬谪时创作出来的。被苏洵称赞为像车辙一般能保全自己的苏辙，也经历过因年轻气盛而造成的相当危险时刻。在科举考试中，他直接批评宋仁宗的许多错误，甚至对宋仁宗之性生活过度，也给予批评。面对苏辙对皇帝之胆大包天的批评，宋仁宗却这样说："以直言求人而以直言弃之，天下其谓我何！"[①] 仁宗是有一种高瞻远瞩之眼光的。他想到的是：我因为求索敢于直言者而召他来议论建言，却由于他直率真诚而不用他，天下人将会说我什么呢？

若在其他朝代，苏辙之结局，可能会非常悲惨，甚至性命难保；在宋仁宗这里，不但未遭任何责罚，反而受到了"直"的表扬，还顺利考取了进士，我们不能不说，苏轼兄弟虽然也遭遇不少艰难困窘，但毕竟他们幸运地生活在对士大夫文人格外优待的宋朝。这样，他们就幸运地避开了老父苏洵常怀的前途、性命之忧。

了解古代社会文人生存的艰难性，与参与政治时之凄凉或悲壮心情，有时不必去到那因言获罪或刑场杀戮的大事件中去寻找，古人日常生活中之一举一动，一颦一笑——概而言之，他们的生活细节里，都充满着可以反复玩味的东西。人们常说，一滴水可以映出太阳的七色光彩；历史之秘密往往隐藏在看起来不起眼的小事之中。就连起个名字，有时也有宦海翻船之忧，也有刀光剑影在心头闪烁。

敬爱的读者，您说呢？

[①] 《二十五史·宋史·苏辙传》，上海古籍出版社，上海书店，1986年版，第1221页。

对新型父子关系的思考与讴歌

——苏洵《木假山记》欣赏

木假山记

木之生，或蘖而殇，或拱而夭。幸而至于任为栋梁则伐，不幸而为风之所拔，水之所漂，或破折，或腐。幸而得不破折，不腐，则为人之所材，而有斧斤之患。其最幸者，漂沉汩没于湍沙之间，不知其几百年，而其激射啮食之余，或仿佛于山者，则为好事者取去，强之以为山，然后可以脱泥沙而远斧斤。而荒江之濆，如此者几何！不为好事者所见，而为樵夫野人所薪者，何可胜数！则其最幸者之中，又有不幸者焉。

予家有三峰，予每思之，则疑其有数存乎其间。且其蘖而不殇，拱而不夭，任为栋梁而不伐，风拔水漂而不破折，不腐；不破折，不腐，而不为人所材，以及于斧斤；出于湍沙之间，而不为樵夫野人之所薪，而后得至乎此，则其理似不偶然也。

然予之爱之，则非徒爱其似山，而又有所感焉，非徒爱之，而又有所敬焉。予见中峰魁岸踞肆，意气端重，若有以服其旁之二峰。二峰者庄栗刻峭，凛乎不可犯，虽其势服于中峰，而岌然决无阿附意。吁！其可敬也夫！其可以有所感也夫！

宋代的苏洵与其二子苏轼、苏辙，是中华古代文化的优秀代表人物。人们注意到，父亲苏洵对两个儿子之教育，十分有效，值得学习、借鉴。苏洵对苏轼、苏辙的影响，有很多方面，在此以其散文《木假山记》为例,窥见其处理父子关系方面之深沉思考与思想突破。

本文以"木假山"为题,含义深邃。以下笔者在夹叙夹议中逐步揭示。

在本文的第一段,作者观察大自然,回顾历史,对树木难逃厄运的摆布发出慨叹。它们"或蘖而殇"(刚出嫩芽时就死了),"或拱而夭"(长到双手合围那般粗细就死了),"或破折"(破损折断),"或腐"(腐烂掉了)。请看,树木之命运,何等悲惨,它们出生以来,除了被摧残,还是被摧残,简直没有活路了。作者只用了四个"或"字,便高度概括,笔力凝练而劲健。读者读至此很明白,作者岂止在说树木,其实是在说艰难的人生啊。

树木的命运是不幸的,也有偶尔幸运的时刻,却又有在偶尔幸运时刻中的不幸。请看,那些长成栋梁之材的树木,应该是幸运的,却被人们砍伐了,幸运转为了不幸:"幸而至于任为栋梁则伐(幸亏长成而可以当栋梁的树木,则被砍伐了)";再请看,那些幸而没有大自然之风拔、漂流的树木,遇到了人类,就会被当成各种材料,遭遇被斧头砍伐之灾:"幸而得不破折,不腐,则为人之所材,而有斧斤之患";其中最幸运的树木,漂流、沉埋于急流和泥沙之中,生存了不知几百年;这些树木,在激流冲击和虫蛀之后,有的仿佛形成了山一样的模样,于是被一些好事者取走,经过强力加工,做成木假山,从这以后,便可以脱离泥沙而且远离刀斧砍伐的灾害了:"而其激射啮食之余,或仿佛于山者,则为好事者取去,强之以为山,然后可以脱泥沙而远斧斤。"作者用了更多的笔墨,提到这类幸运的树木——木假山,呼应着题目,提醒着读者给予更多的关注。当读者和苏洵一起为能生存数百年的木假山庆贺之时,他笔锋一转,告诉人们:在荒野的江畔,像这种酷似山峦的树木该有多少啊;而这种珍贵的木假山被樵夫和农民作为木柴砍伐的,却是数不胜数!如此说,在这些最幸运的树木里,还存在着不幸呢:"而荒江之濆,如此者几何！不为好事者所见，而为樵夫野人所薪者，何可胜数！则其最幸者之中，又有不幸者焉。"就在"或……或……或"与"幸而……不幸……最幸……不幸"之连环曲折笔触中，作者展示着他广阔的人生视野与深刻的忧患意识。

木假山，实际是世间人才的一种比喻。本文中作者谈的是树木之遭遇，其实更在叹息人才的命运。读者正可以从树木之夭折的，被无情砍伐的，被大风卷走的，被流水冲掉的，数不胜数种种悲惨命运，窥见到人间有才之士之悲惨遭遇，引发着读者对社会人生种种丰富联想。如果联系到作者参加科举考试之三考三败的经历，似可以触摸到作者那辛酸与无奈之意绪。

幸存的木假山为何如此值得庆贺？作者为何将木假山这种树木作为文章主题而大说特说呢？稍微琢磨一下，不难看出，木假山之所以特别被作者看重、珍惜，是因为它和一般的树木之材有着重大不同——它并非用于建筑房屋、宫室、车轮、各种器具等等，而是作为艺术观赏的心旷神怡之对象，给予人类一种纯粹的精神享受，这种精神享受，乃"无用之用"，有难以评估之价值在焉。木假山以其奇特的形象，如同作者后面所说的"魁岸踞肆，意气端重"与"庄栗刻峭，凛乎不可犯"之非凡格调、气象，比喻着世间之人才。这些人才，并非某些技艺方面的能工巧匠，而是文化人物，是引领民族精神的精英——其思想，其人格，其魅力，如同木假山般，令人欣赏、玩味，在浮想联翩中，思考人生意义与真趣。这便是全文的深意所在。

就在此刻，作者把话头稍稍一转，在本文的第二部分中，谈到了他自己家门前矗立的木假山。当这种难得的珍贵"树种"现在就屹立在他家门口，让他每天都沉浸在无尽的视觉享受与人生联想之中，作者拥有的该是一种何等欢愉甜蜜的心情！请看他用一种什么样的口吻在叙述："其蘖而不殇，拱而不夭，任为栋梁而不伐，风拔水漂而不破折,不腐;不破折,不腐,而不为人所材,以及于斧斤;出于湍沙之间,而不为樵夫野人之所薪,而后得至乎此。"这一段几乎全部重复第一层次的意象或词句,而此种朴拙的重复,不但未让人感到啰嗦、枯燥,而且感到非常亲切——因为这种重复是在近乎潜意识中的自然吐露。从自言自语的絮絮叨叨之字句中,读者仿佛看到了作者欣赏木假山时无比珍惜的音容笑貌;感受着他庆幸屋前的木假山躲过了种种劫难之欣慰心态,也体味着其中人才难得的深沉意味。

结尾一段话,如异峰突起,作者以无限感动的笔触,似将他蓄在心中久久的感慨、思考,倾诉给读者:"然予之爱之,则非徒爱其似山,而又有所感焉,非徒爱之,而又有所敬焉。"在"爱"上加上"感",又加上"敬"字,使得作者对屋宇前面的木假山之情感顿时显得不可思议地厚重起来。苏洵此刻要表达的是什么呢?

原来,在作者眼中,木假山的三个峰头,在恍惚间,竟化为三个巨人,屹立在他的面前,给了他极大的感动。但见那中峰巨人,"魁岸踞肆,意气端重"(魁梧伟岸,神情高傲,意态气质端庄凝重),好像有什么本钱,可以使它旁边的两峰巨人倾倒似的;其身旁两峰巨人,"庄栗刻峭,凛乎不可犯"(庄重谨敬,峻峭挺拔,有凛然不可侵犯之貌)。"虽其势服于中峰,而岌然决无阿附意"(虽然他们所处地位是服从中峰的,但他们意志独立,没有一点一滴的对中峰阿附逢迎之态)。这种景象,让苏洵眼前一亮,感慨无限,敬重无比。而他的慨叹与敬重究竟在何处?

首先值得指出的是,中峰与两侧之峰各自具有或"魁岸踞肆",或"庄栗刻峭"之独特魅力与自尊自重之"意气端重""凛乎不可犯"的品格特点。作者特别看重这种品质,是大有深意的;不难看出,在苏洵的内心深处,这种独立的品质,是做人的起码要求,甚至是人之安身立命之本。对这种品质之特别看重与弘扬,在苏洵所生活之时代中，确实给人耳目一新之感。

　　令读者更加眼前一亮的是，作者在三峰之间的形象映照对比中，寻找到了一种极其珍贵的人际情感关系。他认定：那中峰巨人赢得了旁边两峰巨人之景仰，不是依照因为时下所规定之地位、秩序等等模式，而是在于，此峰有一种特殊的人格魅力，"若有以服其旁之二峰"——不得不使两峰折服，而二峰在中峰两侧，虽然有庄栗（庄重谨敬）之容，但在人格上，它们凛然自立，没有丝毫奴颜媚骨，与中峰处于互尊互敬的平等地位。而人们若能处于这样一种既能有足够之自尊并对他人之欣赏敬重的情境中，那该是一种多么美好的人生。

　　就在这种无限感慨之话语中，苏洵透露了他心中一种非常饱满之成就感——原来，这三座木假山峰，正是苏洵与他的两位宝贝儿子——苏轼、苏辙之形象写照。苏洵一生抱负甚高，以报效国家为己任。他觉得自己是人才；经过他亲自培养过的那两个饱读诗书、才思不凡的儿子，当然也是人才无疑。苏洵在为三座假山树木一直安然无恙、巍然屹立而庆幸，他实际是在为自己与儿子们的才华而骄傲，为自己在培育后代方面的成就而骄傲。同时，也为他们的命运而祈祷——"得至乎此，则其理似不偶然也"的推测探究口吻，把这种心情表达得微妙而深邃。

　　苏洵在培养儿子方面花费的精力与心思，在古人中是非常罕见的。他总是与他们长时间在一起，以取得心灵之默契与文化之交流。他与两儿子长途跋涉，带着他们来京城考试。父子三人一路上，诗歌唱和，成为诗坛佳话。对这一段唱和经历，苏轼深情说道："盖家君之作与弟辙之文皆在，凡一百篇，谓之《南行集》。将以识一时之事，为他日之所寻绎，且以为得于谈笑之间"①。不但是"识一时之事"，而且是为了将来在"谈笑之间"引起回顾这一段俯仰文物山川、父子唱和流连的美好时光，作为人生最珍贵幸福的记忆。苏轼这段话，正把苏洵父子之间的那种平等、亲切之情怀与融洽关系展示出来。苏洵在为两个儿子起名字时希望他们能有所作为并能避免险难的心境，在其《名二子说》中，体现得淋漓尽致。而最能体现苏洵教育后代之理想与方法的，莫过于他教孩子读书的故事了。在宋人的传说中，有苏家这样一段故事：苏轼、苏辙幼时特别顽皮，十分贪玩。苏洵除了说服教育之外，还采用了一种效果极佳的方法：他巧妙利用孩子的好奇心和强烈的求知欲，引导他们激起对读书的兴趣。当孩子玩耍时，苏洵就躲在一个角落里看书，呈现出一副聚精会神、神采飞扬之貌。儿子们围过来时，他便迅速将所读之书"藏"起来。孩子们目睹此"怪现象"，以为父亲瞒着他们看什么好书，于是趁苏洵外出时，将书"偷"出来阅读，慢慢的，他们感受到了读书的乐趣，为后来的成才奠定了坚实的基础。苏洵这种方式，模糊着教育者与受教育者之间的界限，使得阅读之事显得不那么高不可攀，他与儿子们之间的关系，在类似捉迷藏游戏中更显得平易亲切，具备了互为朋友的因素，这种平等友爱的教育方式，也蕴含在他赞叹三峰之间珍贵情谊的《木假山记》一文里。

平心而论，在我国古代，父子关系达到苏洵一家那种和谐默契之程度，并不多见。"父慈子孝"的传统观念，在实践中更强调的是"子孝"，因此造成了并不平等的父子关系。苏洵的高明之处，就在于他努力实践着一种更有亲和力的父子关系，从而把孩子培养成了一种更健康、更有活力的人才。我国古代的伦理道德虽然也强

---

① 余冠英等编《唐宋八大家全集·苏轼集·南行前集叙》，国际文化出版公司，1997年版，第3135页。

调"君仁臣忠,父慈子孝",而"君仁""父慈"之类观念能否付诸实践,全靠君父们自觉,并无有效的制度来操作与监督,结果是,君父们可以说一不二,而大量谨小慎微、唯唯诺诺的孝子贤孙也随之批量产生出来。在如此背景下,苏洵对培养后代的理念和实践,显然是避免了此种观念的局限,展示了其独树一帜、顺适人性之灵活有效的教育方法,给后人以有力的启迪,闪耀着思想先驱者的光芒。当读者阅读到本文的第三层次文字时,会感到文章的情感力度如奇峰突起,陡然增强,给人以强烈震撼和深长回味,收到了很好的艺术效果。

《木假山记》,是对人才的讴歌,特别是对文人精英的讴歌,体现了苏洵父子人生使命的自信与期许,亦折射了宋代的文化精神。这篇著名散文的所透露出的文化精神,是那种特立独行的品质,一种人与人之间(特别是父与子之间)的相互平等尊重的精神。苏洵在本文已经默默地告诉了读者,他是怎样体认真正优良的父子关系,和优良的家庭教育之真谛的。从本文结尾之"吁!其可敬也夫!其可以有所感也夫"之感叹中,作者似乎在有意无意之间告诉我们,平等的父子关系之建立,对孩子的独创性精神之培育,是他一生的极得意之作。

恻隐之心引来的奇幻妙景

——苏轼《记先夫人不残鸟雀》一文欣赏

少时所居书堂室前,有竹柏杂花,丛生满庭,众鸟巢其上。武阳君恶杀生,儿童婢仆,皆不得捕取鸟雀。数年间,皆巢于低枝,其㲉可俯而窥。又有桐花凤,四五日翔集其间。此鸟羽毛,至为珍异难见。而能驯扰,殊不畏人。闾里间见之,以为异事。此无他,不忮之诚信于异类也。有野老言:"鸟雀去人太远,则其子有蛇、鼠、狐狸、鸱鸢之忧,人既不杀,则自近人者,欲免此患也。"

由是观之,异时鸟雀巢不敢近人者,以人为甚于蛇鼠之类也。苛政猛于虎,信哉!

14世纪初,在北宋眉州一个小山村的农人之家,发生了一个颇类仙境的奇异现象。农人家之堂屋前竹柏花树上,有众鸟将其巢搭得低低的,主动与房主人亲密接触,融为一家;又有奇异飞鸟联翩而至,翔集其间,主客其乐融融,形成绚烂耀目的人禽大乐园。这在广大的中华土地上,该是一种多么罕见的美妙奇幻景象啊!

这个农人之家,就是文化巨人苏轼之家。故事要从苏轼之《东坡志林·记先夫人不残鸟雀》这一篇奇文说起。此文虽短,层次颇丰,作者将叙事、描写、对话、议论巧妙融合一处,文章鲜活流畅,内涵深邃,值得细细品读。

文章开端,作者以诗情画意之笔,写出优美的家庭院内环境:"少时所居书堂室前,有竹柏杂花,丛生满庭,众鸟巢其上。""杂""生""巢"寥寥数字,生动展现出花树欣欣向荣、众鸟安谧的美丽环境;而这种景象和作者所"居"寂静之书堂相互映衬,托出物我一体的美好境界,为以下母亲程氏怜惜鸟雀之家训作了铺垫。人间之"书堂"(人类文明进步的象征)对安谧美丽之自然环境的依存景象,在有意无意之间点出了人类亲近自然、反省自身的深刻主题。

美妙的环境,衬托着一颗珍爱栖息于其中之禽鸟的美好心灵:"武阳君(苏轼母亲程氏)恶杀生,儿童婢仆,皆不得捕取鸟雀。""恶""皆不得"诸字,斩钉截铁,掷地有声,见出母亲爱鸟之深,对孩子的禁令之严。捕取鸟雀,在衣食常常不足的古代农业社会,本无可厚非,儿童捕捉鸟雀作为游戏,亦司空见惯;而苏轼之母却如禁区一般不许碰触。"恶"字,憎恨之意,下笔极重。它展现的不是对鸟儿一般的怜悯,而更像是母亲对亲生儿女般的呵护情怀。另外,在苏母看来,孩子们如果捕捉杀死鸟雀,就无异于作恶。这应该是"恶"字的另一种含意。经验告诉我们:人们的道德和对人的态度,"往往取决于他们小时候对飞鸟、花草树木的态度"。"为了防止薄情的滋生,培养孩子要学会真诚地关怀、惦念、怜惜一切有生之物和美好的东西——树木、花草、禽鸟、动物"。[①]当时苏母不见得有这样明确之教育意识,她仅仅一味怜爱弱小的鸟雀而已。她对子女的要求,就是要行动起来,不许伤害弱小生命。这种不讲大道理而专重行动的做法,无形中与苏家读书堂巧妙呼应,形成了知行合一之氛围,见证着苏母教育子女的高明。我们知道,苏母在苏轼幼年时,一直教苏轼读古代书籍,例如《后汉书》,其中母子关于东汉范滂的对话,真挚生动,传为佳话;而苏母要求爱护小动物的教育,绝不下于关于经邦济世之抱负理想的教育,这正是苏母的伟大之处。

---

① 吕俊华《文艺思想论丛》,首都师范大学出版社,2017年版,第241页。

苏轼之文，常常波澜层生，奇妙多变。但下边记录的奇妙景象，却不是来自他的构思或想象，而是来自生活本身。无心插柳柳成荫，奇异而美妙的现象发生了："数年间，皆巢于低枝，其鷇可俯而窥"——过了几年，鸟雀把它们的窝筑在低低的树枝上，巢中那待哺的雏鸟可以让人们俯身去窥视。"可俯而窥"四字，以凝练之笔写出鸟与人之亲密的关系，使读者仿佛置身其间，倍感亲切。看，本来惧怕人类的禽鸟小生灵，却主动把巢筑得很低，这是因为它们确信人们不会伤害它们，并和来自人间之浓浓爱意达成了默契。

更有一种奇妙现象，令人倍觉惊喜："又有桐花凤，四五日翔集其间。此鸟羽毛，至为珍异难见。而能驯扰，殊不畏人。"美丽的飞鸟桐花凤不知从哪里得到了消息，它们仿佛从天外光临了，连续四五天飞翔、聚集在花丛之间，与苏轼一家做起了邻居！这种鸟儿的羽毛珍贵奇异，难得见到，然而它们竟能如此驯顺，全不怕人！鸟儿光彩照人的羽毛，自由飞翔的身影，与人亲密无猜的相处，这一切出乎意料之美妙形象与情景，竟是人的恻隐之心所引起的——人之爱心竟能如此强烈影响外在世界，使人禽彼此关系发生根本性的美妙变化！这一善美交织之奇幻景象，给了幼小的苏轼以莫大的视觉享受与精神滋养。

"可俯而窥""殊不畏人"的描写，非常珍贵。此处虽然没有出现鸟儿和苏轼一家人亲昵之互动情况的更多具体描写，然而就是在一种无声之氛围中，可以感受鸟雀受到人之保护后，与人类建立了情感的联系。属于不同类别、具有不同生活方式的禽鸟与人类，只在数年间，便结下了珍贵的友谊。在物质有限、生活单调的中国一个小乡村里，堪称奇迹！

这种类似传说的奇迹，使得苏家的邻居们都觉得不可思议："闾里间见之，以为异事！"其实，岂止苏家邻居感觉奇异，就是在当时的华夏农耕大地，亦类神话！"异事"二字，有不可思议之概。

这一段文字，鲜活生动，简洁精彩，令人叹赏之余，遐想无限。

以下笔锋一转，又以一个"异"字，打开了新的境界。苏轼议论道："此无他，不忮之诚信于异类也"——在人们惊异为奇迹的后面，有一个非常朴素的道理在起着作用——友善诚信。只要对自然界的生物不贪得（"不忮"），充满爱意，并保持始终，人与动物界之信任就能牢固地建立起来。在一直讲父母、兄弟、朋友、君臣之诚信之伦理观念的中国社会中，苏轼此刻强调对"异类"讲诚信，颇带着一种将"异类"变为"同类"的平等味道。这种与"异类"讲诚信——"不忮之诚信于异类也"的提法，和苏轼同时代的张载提出的"民胞物与"[①]之思维，互相呼应，把爱惜生命的观念，提高到了新的境界。

行文至此，苏轼借当时一位乡村长老的话，将问题引向更深的层次，展示了作者对生活不断追问和思考的态度："鸟雀去人太远，则其子有蛇、鼠、狐狸、鸱鸢之忧，人既不杀，则自近人者，欲免此患也。"过去，鸟儿宁可冒着被鸱鹰袭击的危险，高筑其巢，远离人类；现在却极力和苏轼一家亲近，避免鸱鹰蛇鼠之患，这种变化，可谓天翻地覆；而其中秘密，则完全来自人之"不杀"的态度与行为的变化——苏轼一家像爱人类自身一般，同等地爱惜异类。看来，趋向善念，只在一转念之间。这种主观能动性之恰当发挥，最终使得鸟儿将苏轼之家当作了自己的家；与此同时，苏轼全家在饱览鸟雀美丽身姿同时，亦获得了物我一体之实实在在的感觉。

在苏母的引导与启发下，苏轼全家创造了一方美妙的人间乐土。这方乐土在中国历史上是亮丽的一处美景。美丽禽鸟纷至沓来，主

---

① 《二十五史·宋史下》四二七卷，上海古籍出版社，上海书店，1994年版，第1442页。他说："民，吾同胞；物，吾与也"（《西铭》），把宇宙看作一个大家族，要求爱人和一切物类。

动与人类做邻居，自由翔集，缤纷浪漫——这种人间难得一见的妙境，竟然发自人之不侵扰、不杀害这一念之间，爱心之力量亦大矣！读者在阅读苏轼诗词、散文时，往往感觉其中有一种博大浓厚之爱意——对于人间，他这样表达爱意："吾上可陪玉皇大帝，下可以陪卑田院乞儿，眼前见天下无一个不好人"；大自然之草木风月，在他眼中，亦皆是美好之景，应接不暇："耳得之而为声，目遇之则成色，取之不尽，用之不竭。"（《前赤壁赋》）这种宏博的爱物之心与审美境界之形成，自有多种因素，而作者在幼年时接受母亲之教导，满怀惊喜亲身领略人鸟合一之"仙境"历程，亦应有潜移默化的启示、引导作用，值得后人重视与借鉴。（结尾之"苛政猛于虎"，批判社会黑暗面，给全篇罩上了一层浓重的阴影，令人玩索不尽；也令人领悟出苏轼忆母怜禽故事之另一层用意——乃是对理想之善政的隐喻，由此可见作者构思之高妙。）

欧阳修与范仲淹的不俗交谊告诉了我们什么

一提到中国古代文人的友谊,人们往往提出李白与杜甫,对其"诗友"关系艳羡不已。其实,在笔者看来,宋代一些文人之间的友谊,比起李、杜,亦毫无逊色。在坦诚相处与互相扶助方面,宋代文人之间的友谊更具有垂范将来之榜样的力量。以下以欧阳修与范仲淹之间的友谊之建立过程,来看一种新型政治家、朋友之间的关系,以及对于民族前进发展的借鉴作用。

思想交锋——友谊的开端

范仲淹(989—1052年)是北宋政治家的楷模,欧阳修(1007—1072年)为文坛领袖,二者相差18岁,大约是两代人了。他们的交往很具有戏剧性,是从后者对前者那带有批评色彩之一封信开始的。

宋仁宗执政期间,起用了一些有志之士,准备实行政治改革。明道二年(1033年)四月,深孚众望的范仲淹从陈州被召回朝廷,任右司谏,负责向皇帝进言。欧阳修此时正在西京洛阳,他与范仲淹素不相识,但本着对国家、民族的责任感,他毫不犹豫地给后者写了一封信:《上范司谏书》。信之开端说道:"前月中得进奏吏报云自陈州召至阙拜司谏,即欲为一书以贺,多事匆卒未能也。司谏,七品官尔,于执事得之不为喜,而独区区欲一贺者,诚以谏官者,天下之得失、一时之公议系焉。"①欧阳修听说范仲淹被召到朝廷作司谏后，表示了自己的祝贺心愿。而七品官的司谏，收入不多，地位不高，对于范仲淹来说，确实无甚可喜之处，但是在大宋朝廷中，能与皇帝随时讨论国家大事的，只有宰相与司谏（别的官员只能负责本职，不能越职言事），因此，谏官的作用，就非同小可了。

欧阳修接着说："天子曰不可，宰相曰可，天子曰然，宰相曰不然，坐乎庙堂之上，与天子相可否者，宰相也。天子曰是，谏官曰非，天子曰必行，谏官曰必不可行，立殿陛之前与天子争是非者，谏官也。宰相尊，行其道；谏官卑，行其言。言行，道亦行也。"②请看，宰相和司谏能与天子"争是非"，纠正天子的错误，这是多么重要的工作岗位啊！如果司谏的言论能被朝廷采纳，那么，结果是：不但"言行"，"道亦行也"——你所坚持的正确道理也能大行于天下了。

在欧阳修时代的文人士大夫们，不少人喜爱当谏官。这里的原因是多方面的，而从积极的方面来看——虽然薪水很低，但由于其言行能影响皇帝的决策，对国家政治能发生全局性的影响，加之宋代的政治环境比较宽松，因而敢于说真话、敢于对皇帝谏言的风气很浓厚。大力提倡说真话的欧阳修看来，一个搞政治的人，不敢说真话，是不可以的。他此刻担忧的是：范仲淹上任以来一段时间，作为谏官，竟没有一句对皇帝的谏言，因此，他在信中这样说道：

近执事始被召于陈州，洛之士大夫相与语曰："我识范君，知其材也。其来不为御史，必为谏官。"及命下，果然。则又相与语曰："我识范君，知其贤也。他日闻有立天子陛下，直辞正

---

① 余冠英等主编《唐宋八大家全集·欧阳修集·上范司谏书》，国际文化出版公司，1997年版，第1141页。

② 同上。

色面争庭论者，非他人，必范君也。"拜命以来，翘首企足，伫乎有闻，而卒未也。窃惑之，岂洛之士大夫能料于前而不能料于后也，将执事有待而为也？①（《上范司谏书》）

在这里，欧阳修用了一段很是动人的同僚对话，表示了对范仲淹的热烈期待。他对范仲淹说道："您才从陈州被召到京都时，洛阳的士大夫互相说道：'我可认识范君，太了解他的才能了。这次他来到京城，不被任命为御史，就一定被任命为谏官。'一到任命的消息传来，果然如此。于是大家又议论说：'我了解范仲淹君，知道他是个贤人。以后有一日听到有士大夫面对天子，以鲠直的言辞，正义之色，对皇帝进行论争规劝者，一定不是别人，必定是我们的范君啊！'"请看，首先，范仲淹才能杰出，这是士大夫们的共识；范仲淹或为御史，或为谏官，在当下最为适合，这也是大家的共识；在对皇帝进行论争规劝之最突出者，必定是范仲淹，这又是大家的共识。欧阳修在此处，借他人之口，对范仲淹的风度、气质作了巧妙的勾勒，用一种凛然正气激励范仲淹，可谓传神之笔。接下笔锋一转，带着遗憾口吻写道："自从您受命以来，我们都翘首踮脚久久等待着您在朝廷直言规谏圣上的消息，而最终等来的，是您一点言论都没有发表……"欧阳修对他这位素未谋面的同僚，期待是多么殷切！而本来就具有对家国忧患意识的范仲淹能不动情吗？

在这封信里，欧阳修甚至还向范仲淹发出了"警告"："九卿、百司、郡县之吏守一职者，任一职之责，宰相、谏官系天下之事，亦任天下之责。然宰相、九卿而下失职者，受责于有司；谏官之失职也，取讥于君子。有司之法行乎一时，君子之讥著之简册而昭明，垂之百世而不泯，甚可惧也。夫七品之官，任天下之责，惧百世之讥，

---

① 同上。

岂不重邪！"①是啊，九卿、各部的官员、州县的长官，主管某方面的职务，他们便承担某一职务的责任；宰相、谏官关系到国家大事，也应当承担着国家的责任。然而从宰相、九卿到下面各级官吏，失了职，他们会受到有关部门的责备，谏官失了职，他们会受到正直君子的讽刺，有关部门的法令，只在短时间发生作用，君子的讽刺，著在典册上，清清楚楚，过了百代也不会消亡，这是非常可惧的啊。谏官这样一个七品官，承担着天下的重任，又要惧怕百代的讥讽，这难道不是很重要的吗？

　　在古代社会，皇帝的一举一动，都可能影响到全局。由于地位的制约，皇帝的错误言行，或独裁专断，或骄奢淫逸，都会给国家民族造成巨大损失、灾难。怎样给皇帝以恰当之规谏，作出有益之引导，确实是谏官的重大职责。欧阳修对范仲淹的这一番告诫与鼓励，正是道出了中国古代社会中的大问题。君臣一盘棋。在古代，皇帝与大臣的关系、互动如何，对国计民生，实在太重要了。而如何下好这君臣一盘棋——建立相对良性的君臣关系，一般士大夫都在等待英明君主及其英明决策的出现；而欧阳修在这封信里，却更强调大臣要主动积极地去引导皇帝，并努力建构君臣之间一种良性的关系。特别是谏官，要利用自己的职位与职责，对皇帝努力建言乃至批评，充分发挥主观能动性，带动起一种敢于为天下负起责任来的风气来。

　　欧阳修这一段话语，为范仲淹这样有庄严历史责任感的士大夫提了醒，可以想见，对他的思想冲击，是很大的。接到这封信后不久，范仲淹便以极大的气魄，发动了庆历革新运动，在北宋掀起了一股改革高潮。这当然与他的胆识、学养密切相关，而欧阳修那出以公心的激励，也应起到了一定的促进作用。二人之间的结识，友谊的

① 同上。

建立，就是从这一封信开始的。

出以公心——决不沾光的交谊

宋仁宗康定元年（1040年），宋王朝重新启用范仲淹为陕西经略安抚副使，掌管兵事。这时，他想趁机召用欧阳修为掌书记，跟随在他身边，而欧阳修却推辞了。他说："昔者之举，岂以为己利哉！同其退不同其进可也。"[①]欧阳修以为，过去我支持你范仲淹，并非为我一己之利，我可以和你一起被贬，却不一定与你同升。"同其退"，指的是在仁宗景祐三年（1036年），范仲淹因极力推动改革被贬出朝廷，欧阳修挺身而出，为范辩护，自己也被贬往夷陵（今湖北境内）。

范仲淹成为边防主将，并准备打造得心应手的队伍时，他邀请欧阳修来到自己麾下做掌书记——用自己的熟人或朋友共事，这是在古代社会中的一种常见现象。但与人们的处世常识相反，欧阳修并未接受范仲淹的邀请，他坚持"不同其进"，终于没有进入范仲淹的幕府，"失去"了一次被提拔的机会。但他的高风亮节，亦从而彰显于世。从这件小事中，可以看到他们的情谊之基础的深厚博大。

挺身而出——再一次论救志同道合的朋友

范仲淹为代表的改革派好梦不长，而反对改革的一些人，却散布范仲淹结朋党、搞专权的流言。这一手段果然奏效，弄得仁宗急忙拨转改革船头，将革新派的范仲淹、杜衍等大臣罢官外放，"庆历新政"夭折了。

[①]《二十五史·宋史·欧阳修传》，上海古籍出版社，上海书店，1986年版，第1169页。

庆历五年（1045年），欧阳修听到了范仲淹等人被免职的消息，他寝食难安，挥笔写就《论杜衍范仲淹等罢政事状》，把自己之安危置之度外，竭力论救改革者们。他成了保守派的眼中钉，终于被流言蜚语所谗害。本年，谏官钱明逸诬指欧阳修与其甥女张氏有暧昧关系，侵吞张家财物。仁宗派人调查，结果，"券既弗明，辩无所验"[①]（《谪滁州制诰》），但无辜的欧阳修也竟因此被免去现任职务，放至滁州做太守。这对他的身心，是一次严重的打击。

就是在庆历六年（1046年）这一年，文学史上的一次思想艺术火花碰撞的奇异景象出现了。两篇光耀中华文坛上的散文名篇，《岳阳楼记》与《醉翁亭记》同年诞生了。前者为被贬知邓州的范仲淹所作，后者为被降职于滁州的欧阳修所作。两篇名作，都采用了关于楼阁亭台的记体散文这一文体——此种文体，不拘一格，最易于题外发挥，亦正是宋人所长；两篇名作，心灵息息相通。范仲淹向往者——"先天下之忧而忧，后天下之乐而乐"，欧阳修所欢乐者——"人知从太守而乐，而不知太守之乐其乐也"；范仲淹之文，对比鲜明，热烈唱叹，欧阳修之作，舒缓沉吟，涉笔成趣。二者风格各有不同，然而抒发"先忧后乐"的怀抱，却是相通的。这两位一贬邓州、一贬滁州，南北音信难通的士大夫，没有想到当自己在通过记体散文抒发怀抱理想时，挚友也正提笔构思，用同样文体抒写同样的情怀。悬想二贤当读完对方的文章后，一定会会心地掀髯一笑吧！

这两篇谪宦极品，并无相约唱和之背景，亦无着意之切磋，而达到了一种心灵的高度契合，正证明了两人思想境界之紧密相通。

[①] 余冠英等主编《唐宋八大家全集·欧阳修集·附录一》，国际文化出版公司，1997年版，第1674页。

倾诉真情——毫不做作的私人交往

从领导能力与地位上说，范仲淹都高于欧阳修，然而欧阳修并不因此就在范仲淹面前缩手缩脚，范仲淹也并未以改革的领袖人物自居；他们互相爱护，互相批评，开诚布公，实为中国历史上政治家关系的典范。他们在很长一段时间内密切合作，又都是高层领导人物，而他们之间，并非总是板起面孔，出以一本正经的模样。他们几乎可以无话不谈，不假掩饰。我们阅读范仲淹的集子，有一个有趣的发现：铁骨铮铮的汉子范仲淹，在他政治生涯中最感无奈之时，用他少见的消极笔调宣泄牢骚；而倾听他的牢骚话的，恰是同僚欧阳修。请观这首牢骚词《剔银灯·与欧阳公席上分题》：

昨夜因看《蜀志》。笑曹操、孙权、刘备。用尽机关，徒劳心力，只得三分天地。屈指细寻思，争如共、刘伶一醉。　　人世都无百岁。少痴騃、老成尫悴。只有中间，些子少年，忍把浮名牵系。一品与千金，问白发、如何回避？

在《剔银灯》词中，范仲淹嘲笑着三国的曹操、孙权、刘备，他们把一生的心力都用在你争我夺上，哪里比得上那天天以喝酒度日的晋朝人刘伶？他还感叹，人生总没有能活到百岁的。幼年时不知事，等老年时，又衰弱得不成样子。只有中间青壮年最可宝贵，怎么会忍心用这宝贵时间追求功名呢？即使做了一品大官，或百万富翁，又怎能躲避那衰老的规律呢？

请看，这种以刘伶为榜样的消极话语，语竟出自"居庙堂之高则忧其民，处江湖之远则忧其君""进亦忧，退亦忧"的范仲淹，令读者多少感觉意外（牢骚归牢骚，范仲淹还是一直努力工作的）；而范仲淹将这一首《剔银灯》词分享于欧阳修，正表明了他与欧阳修的关系之不一般。在欧阳修面前发发牢骚，说点"泄气话"，这对刚毅的范仲淹来说，是必要的——他心中的脆弱之处，或其他想法，只有面对知心朋友，才能真正一吐为快。

发人深省的是，宋代文人士大夫之间发生的那种深厚情谊的故事，不只是发生在范欧之间而已，这样的事例还可以找出不少。至于这种现象背后的原因，不是专文讨论的任务，但有一点值得注意：宋朝最高统治者对文人士大夫的基本国策。

我们知道，宋朝作为一个王朝，它最突出的国策之一，就是对读书人的空前重视。宋朝的国家各级领导人，大都是通过科举的读书人，而且宋朝自宋太祖以来，实行着一个中国古代史上独一无二的誓词："不得杀士大夫及上书言事人。……子孙有渝此誓者，天必殛之。"[①]（此誓词在古籍中被引用极多）这誓词在中国历史上犹如一声惊雷，它保障着文人士大夫的身家性命，这就使得文人敢说真话，有着相对独立的人格与独立思考的空间。

读书人的数量与质量，和国家民族的命运之间，关系甚为重大。可以断言：一个国家的知识分子的人数愈多，质量愈高，愈受重视，这个国家的文明程度就愈高。知识愈深，智慧愈高，自我反省、自我超越的能力就愈强。宋太祖的这一誓词的实质，就是对知识的尊重。其深远意义，远远超过了一朝一代，它对于中华民族，有着代代借鉴的作用。

在宋朝诗文中很少有对皇帝的阿谀奉承之作，勇于批评朝政的语言比比皆是，其根源就在于此。宋太祖的誓词宣布的"子孙有渝此誓者，天必殛之"的话语，以天的名义（古人认为"天"是最正义的），来惩罚那些诛杀士大夫的君主，更增强了文人士大夫的尊严，空前提高着他们的对于天下事之责任感，提高着他们的思想境界。

---

① 明陶宗仪，《说郛》，文渊阁《四库全书》卷三十九上，子部。

这种崇高的责任感与思想境界亦直接影响了并提升了他们彼此关系、友谊的质量。

在任何时代，知识分子皆为社会之引领部分。知识就是力量，而知识分子之间的良性互动与真诚探讨，能推动知识的深入，加强对真理的追求，擦出思想的火花，推动科学的进步，并在社会层面给国人带来精神上的食粮，也能在很大程度上净化心灵。要而言之，知识分子以诚相见、追求真理，建立良好友谊，将知识之力量扩大到更深更广之境地，乃是民族之需要，国家之福祉。范仲淹与欧阳修等宋代知识分子之间的真诚互动并建立深厚友谊之故事，为后人树立了值得尊重与借鉴的榜样。

垂范后世的文人友谊

——欧阳修与苏轼的交往散论

宋代欧阳修与苏轼之间,有着考官与举子之间、同僚之间、学者之间、长晚辈之间(欧阳修1007年出生,苏轼1037年出生)等多重关系,而他们通过多次往来与交流,建立了中国古代文人之间的真诚友谊,达到了一种很高的境界,在文化史上极有示范性作用。以下介绍若干事例以说明之。

让后生"出人头地"的高远境界

宋仁宗嘉祐二年(1057年)欧阳修知礼部贡举,主持科举考试。他早就对流行于文坛的四六文极不满意;一些人追求用语的新奇怪僻,更让欧阳修反感。他决心通过这次考试,以他自己在古文方面的成就与选拔人才的机会,把那些有真才实学的举子提拔上来,罢黜文风矫饰者,从而引领一种健康的文风。

考试毕,欧阳修看到了一些怪奇晦涩、徒有其表的文章——这些文章在当时有不少的吹捧者。欧阳修冒着风险,将其打入另册;而当他看到了一篇朴实精练而又如行云流水的古文,并知其作者名为苏轼时,大加赞赏;他预见到一位比自己更出色的文章大家出现了。欧阳修这样赞美道:"读轼书,不觉汗出。快哉!快哉!老夫当避路,放他出一头地也。可喜！可喜！"①读了苏轼文，考官欧阳修如同洗了桑拿，出了透汗，——其喜悦之情，溢于言表。他当时便做了决定："老夫当避路，放他出一头地！"

欧阳修当时是"海内文宗"，他所肯定赞美的文章，也往往被公众迅速认可。"避路"，意味着欧阳修欲将文坛第一把交椅让给苏轼，使其文章大放光芒。"避路"二字颇堪玩味——欧阳修之文学事业此刻正在巅峰期间，享誉当代；而刚刚进入科举考试的年轻人苏轼，前程远大，然而毕竟刚刚起步，距离他的辉煌时期，还有一段长路要走；但欧阳修显然是怀着"只争朝夕"之态度来看待苏轼之发展前途的。赶快避路，让苏轼在此刻广被人知，成为中华文化史上的一颗耀眼新星，充分发挥其应有的作用，这便是欧阳修急于"避路"的深意。

与此同时，欧阳修预料到：作为文坛带头人，他将很快被"顶替"了，心中隐有一番惆怅。宋人记载，欧阳修一日与其子欧阳棐论文，谈到苏文时，他叹息说："汝记吾言，三十年后世上人更不道着我也。"②欢欣鼓舞之情与些许惆怅之感同时涌上欧阳修的心头。这两种情感的并存，乃是欧阳修作为一位高瞻远瞩的大师与普通人之正常状况，展示了他内心的真实情绪波动。然而喜悦毕竟大于惆怅，欧阳修是大知识分子，他知道让苏轼出人头地，对中华文化，意味着什么。厚道公正之品德与社会责任感，使得处于文坛领袖地位的他毫不犹豫地将对青年苏轼之奖掖与宣扬，作为了自己义不容辞的使命。

欧阳修面对苏轼的一"避"与一"放"之态度，大有嚼头，耐

---

① 余冠英等主编，《唐宋八大家全集·欧阳修集·与梅圣俞》，国际文化出版公司，1997年版，第1628页。

② 南宋·朱弁撰，《曲洧旧闻》卷八，文渊阁《四库全书》电子版，子部。

人寻味。我们看到，在历史上，有多少人，尤其是当权者，对功名利禄趋之若鹜，哪肯避路让贤，不嫉贤妒能就算不错了，更莫说放手让贤人超越自己；欧阳修恰恰做到了。"长江后浪推前浪，一代新人胜旧人"——欧阳修何尝不知这个道理；不过，和历史上一切仁者一样，欧阳修不是消极等待新人的到来，而是主动"避"，早早"放"——为苏轼让出宽阔之路，让中华文化开出更为绚烂的光彩。这里彰显的是欧阳修本人放眼未来的领袖气质——领袖的魅力不是仅仅展现自身的能力，而更在于让其引领下的杰出人士有"青出于蓝"而超越自己的可能；与此同时，一种光耀中华历史之极为深挚的文人情谊，也诞生了。同样宽厚坦荡的苏轼对此种情谊深感宝贵，两人心有灵犀，默契一生。比欧阳修小三十岁的青年苏轼曾深情回忆过初见欧阳修时的情景："公为拊掌，欢笑改容。"[①]生长在眉州的苏轼幼年时便知道了欧阳修的大名，远远地崇敬着这位前辈；中进士后，他见到的欧阳修，是"拊掌"——可见欧阳修的极大欢喜；"改容"——则表明，他已经以非同一般的尊敬态度，来对待这位后辈了。欧阳修去世后，苏轼成为又一代文坛的领军人物。他与围绕在身边的"苏门四学士"等文人，创造了在欧苏友谊基础上发展起来的更生动活泼的友谊佳话。

士大夫之间的平等交流

欧阳修与苏轼在一起闲谈时，免不了要探讨各种问题。也就免不了会有分歧，有时会出现欧、苏都深感有益的情景。苏轼就记录过一段他与尊师欧阳修的对话：

[①] 余冠英等主编，《唐宋八大家全集·苏轼集·祭欧阳文忠公夫人文》，国际文化出版公司，1997年版，第3621页。

欧阳文忠公尝言：有患疾者，医问其得疾之由，曰："乘船遇风，惊而得之。"医取多年舵牙为舵公手汗所渍处，刮末杂丹砂茯神之流，饮之而愈。今《本草注别药性论》云："止汗，用麻黄根节及故竹扇为末服之。"文忠因言："医以意用药多此比，初似儿戏，然或有验，殆未易致诘也。"予因谓公曰："以笔墨烧灰饮学者，当治昏惰耶？推此而广之，则饮伯夷之盥水，可以疗贪；食比干之馂馀，可以已佞；舐樊哙之盾，可以治怯；嗅西子之珥，可以疗恶疾矣。"公遂大笑。元祐六年闰八月十七日，舟行入颍州界，坐念二十年前见文忠公于此，偶记一时谈笑之语，聊复识之。（选自《东坡志林·记与欧公语》）[1]

欧阳修讲了一个故事：有一病人乘船遭遇风浪，惊吓得病，医生从船工长年握桨留下的汗渍粉末刮下来，合着丹砂、茯神之类的中药让病人来饮，病人饮罢病愈。欧阳修以为，这种做法既有应验，也不会轻易招人责问。

苏轼听罢，觉得欧阳修此话并不见得正确。在当时条件下，从医学科技角度来验证船工握桨之汗渍对被惊吓之人是否有疗效，是不可能的；但通过生活中的一些经验来推断，还能给人启发与思考。于是苏轼问道："（照您这样说）把笔墨烧成灰让学子喝了，可以治疗他们的懒惰么？由此推演，喝伯夷的洗手水，可以治愈贪念；吃比干的剩饭，可以止息佞臣；舐樊哙的盾，能够治疗胆怯；嗅西施的耳环，可以治疗丑怪残疾了？"既然喝烧成灰的墨水不能使学子更加聪明、勤奋，饮伯夷的洗手水来治疗人们的贪欲，也是可笑的；那么，船工握桨之汗渍对于被惊吓者的疗效就值得怀疑了。欧阳修

---

[1] 余冠英等主编，《唐宋八大家全集·苏轼集·东坡志林·记与欧公语》，国际文化出版公司，1997年版，第3717页。

听了，顿悟自己刚才的话语并非确论，同时，对于苏轼认真探索事物真相之精神，深表赞许，他大笑起来。

这次对话不关乎国家大事，只是对于治病问题的探讨，而苏轼认真地记录下来，正表明他与欧阳修对生活各个方面关注的热情，探讨事理态度的郑重。其中巧妙的思维，幽默的语气，友善潇洒的交流气氛，令人玩味。

欧阳修被苏轼问倒了，他的大笑中带有一种满足：他知道自己的思维是有问题的，而苏轼用巧妙的方法提醒了他。他曾说："此我辈人，余子莫群。我老将休，付子斯文。"① 欧阳修的大笑中，还有一种欣赏，他喜爱苏轼的直率坦荡与机警幽默。欧阳修一生以讲气节、唯真理是求；"付子斯文"的热烈期盼，表明欧阳修早已对苏轼能够发扬光大民族的文章事业，深怀信心。这次对话，只是欧、苏二人闲聊之一次掠影，从中可以窥见他们之间谈话涉猎广泛、认真探究事物的风采，那种轻松、潇洒、幽默的氛围也能给读者以启迪与感染。

苏轼追忆的往事，乃发生在 20 年前。他写本文时间，在元祐六年（1072 年），欧阳修就是在本年去世的。他对苏轼"我老将休，付子斯文"②的殷殷嘱托，给了苏轼以刻骨铭心的记忆。苏轼此段回顾，以回忆医病之对话的独特方式，纪念这位心地无私的伟大先驱者，是很有深意的。欧阳修绝非伪君子，他奖掖赞美苏轼之坦诚与热忱，不但饱含着对苏轼超人天才的认可，更饱含着对苏轼"吾爱吾师，吾尤爱真理"之为人态度的欣赏，这是欧阳修之人格魅力中极为闪光的一点，也展示了中华精英文化的博大。

---

① 余冠英等主编，《唐宋八大家全集·苏轼集·东坡志林·记与欧公语》，国际文化出版公司，1997 年版，第 3621 页。

② 同上。

坦诚严肃的思想交流

与欧阳修结为忘年交后，苏轼并未辜负老师欧阳修的期望，他在文章道德事业方面，都有很好的建树；在与老师交往时，他能坦诚相待，做到真正的心灵沟通。

欧阳修曾亲自著述史书《五代史记》，褒奖忠义，斥责邪佞，被公认为极具思想价值之力作。对欧阳修这充溢正气的史书，苏轼当然是持着肯定的态度。不过，从另一方面，苏轼却对这部历史著作之令他遗憾的地方，发出了疑问。一次与欧阳修聊天时，他提问道："《五代史》可传否？"欧阳修很自信地回答："修于此窃有善善恶恶之志。"（言外之意：既然能"善善恶恶"——奖善惩恶，当然能传于后世了。）苏轼说："韩通无传，恶得为善善恶恶？"欧阳修听后"默然"。[①] 韩通与赵匡胤同是后周的将军，当赵匡胤发动陈桥驿兵变时，大部分人都推戴赵匡胤；而韩通抗击兵变而死。按照正统观点，身为后周的一位将军，赵匡胤竟然黄袍加身，取周而代之，他就是一位逆臣；而韩通作为赵匡胤的同僚，他反对赵匡胤，为保卫后周而死，因而是忠臣。可是欧阳修竟没有给这位忠臣写传——而未给韩通作传，就等于默许了赵匡胤的篡权行为。欧阳修在写五代史时，当然并非偶然忽略了韩通，而是怕触犯了赵宋政权的忌讳（褒奖韩通，就等于斥责赵匡胤）。欧阳修这种回避态度，在当时之政治形势下，本来是可以理解或原谅的；但在苏轼看来，欧阳修回避了为韩通这样的忠臣作传，是个大遗憾，不能称为扬善抑恶之举。他对韩通问题的质问，震动了欧阳修，使他从内心深处感到了一种痛苦与无奈。他的默然不作声，其实是对真理的敬畏，

[①] 明陶宗仪纂，《说郛》卷二十九上，文渊阁《四库全书》电子版，子部。

也是对诤友苏轼之无言的敬意。

我们看到，在这次对话中，苏轼并未单刀直入地谈及韩通问题，而是先询问欧阳修其著作可传后世否，这表明他对欧阳修之著作的极度关注，是对历史负责之态度的体现，也是两位士大夫深厚友谊的显现。他不愿意让欧阳修之历史名著留有遗憾，受到后人诟病。读者从中可以看到苏轼的良苦用心。

宋太祖赵匡胤黄袍加身，夺取后周政权一事，一般人都讳莫如深，而苏轼敢于思考，特别是当着他的恩师欧阳修，提出质疑，这表明了他的耿直性格，也表明了二位思想大师的情感之浓挚，心灵之相通。

君子之友谊的根源浅探

"欲吊文章太守，仍歌杨柳春风"（苏轼《西江月·平山堂》）。欧阳修、苏轼的君子之谊，有很多诗情画意的动人表现，在这里不多谈了。现在要问，欧、苏的高贵友谊，是何种因素促成的？应该说，这其中的奥秘不容易说清楚，而著名学者陈寅恪之一段话语，对我们理解这种友谊，是有着很大启发意义的：

欧阳永叔少学韩昌黎之文，晚撰《五代史记》，作《义儿》《冯道》诸传，贬斥势利，尊崇气节，遂一匡五代之浇漓，返之淳正。故天水一朝之文化，竟为我民族遗留之瑰宝。（《赠蒋秉南序》）[1]

在这里，陈寅恪认为，宋朝文化，为中华民族遗留之瑰宝；而这一瑰宝，是对追逐势利、丢失气节之五代的拨乱反正，是对中华

---

[1] 陈寅恪著，《寒柳堂集》，生活·读书·新知三联书店，2011年版，第182页。

优秀文化的发扬光大。这一瑰宝，与欧阳修又有很深之关系，甚至与欧阳修所作的《五代史记》有很深之关系。在陈寅恪看来，欧阳修之《五代史记》，贬斥"义儿""冯道"之"势利"之人，引领中华民族在"淳正"的传统思想指导下走向人生正道。这是关系到中华民族生生不息的大事，也与欧阳修的自身道德修炼之目标息息相关。欧阳修不仅用其《五代史记》激励国人，亦用来鞭策自己。欧阳修一生的著述与实践，意在做一个大写的人，其抱负志向，甚为高远。他的所作所为，有很多值得称道的地方，其中，寻找志同道合之友，甚至建立净友之关系，共同探求真理，是其引人注目之特点。欧阳修一生，为追求真理，常常和朋友、同僚辩论、探索，乃至辩论，如写给范仲淹的《上范司谏书》，写给石介的《与石推官第二书》，都是他勇于辩论、建立净友之谊的例证。他敢于批评他人，也欢迎来自他人的批评。这种欢迎批评之精神，是欧阳修交友时极亮之闪光点。在与苏轼相处之时，当他面对苏轼之诘问而深感自己不足时，或大笑以表欢迎，或默然以深自反省，皆以诚挚心意服膺真理，修正错误。他倡导"君子之朋"（见《朋党论》），以辨明真理来交友，为其"友谊观"之一重要特色。欧阳修所倡导的"天水一朝之文化"，在这里显示了其独特性，放射出了耀眼的光辉。欧阳修与苏轼之友谊，亦显得格外珍贵，值得大书一笔。

　　提起欧阳修等士大夫探求真理、建立一种"净友之谊"之现象，令人想起宋太祖和他的谋士赵普之间的一次对话。前者问："天下何物最大？"后者云："道理最大。"[1]太祖点头称善。正如王安石所说："善学者读其书，惟理之求。有合吾心者，则樵牧之言犹不废；言而无理，周、孔所不敢从。"[2]这种对周公、孔子也不盲从的精神，

---

[1] 宋·沈括《梦溪笔谈·续笔谈十一篇》。

[2] 宋释惠洪，《冷斋夜话·卷六》，文渊阁《四库全书》电子版，集部。

显示了宋人追求真理的一种很高境界。

　　王安石与苏轼政见不同，而彼此不失君子风度；苏轼与司马光可以为变法与否争论得互不退让，他们的情谊却弥加深厚。苏轼拥有很多崇拜者，而苏门六君子之一的陈师道，就批评他老师苏轼"以诗为词，如教坊雷大使之舞，虽极天下之工，要非本色"。（《后山诗话》）[①]苏轼的得意学生黄庭坚，也批评苏轼说："东坡文章妙天下，其短处在好骂，慎勿袭其轨也。"[②]（《答洪驹父书》）请看，苏轼的得意门生要么说其词"非本色"，要么说其文章缺点在于"好骂"——且不论他们的批评之对与错，只要看他们对敬爱的老师之"不客气"，就可以窥见其间关系的坦诚与和谐了。

　　有着考官与举子、同僚与同僚、学者与学者、长辈与晚辈等多重关系的欧阳修与苏轼之间，建立了真纯而又深厚的友谊，在中国文人中，可遇而难求，它具有一种精神之灯塔的作用，照耀着中国的知识界。当然，宋代文人的关系，不是单一色调，其中弊端也不少，而欧阳修与苏轼等士大夫之间的友谊，虽属鳞毛凤角，然而深怀"友直友谅友多闻"之意念，并极具广阔襟怀、理性精神，不仅模范当时，而且产生了供后世学习借鉴的榜样力量。

[①] 清·何文焕辑，《历代诗话·后山诗话》，中华书局，第309页。
[②] 黄庭坚，《山谷集卷十九·答洪驹父书》，文渊阁《四库全书》电子版，集部。

宋真宗为何允许"倒了假山"

一

阅读宋人《邵氏闻见录》后,看到一段故事,觉得很有意思,记录如下,以供读者玩味。

真宗东封西祀,礼成,海内晏然。一日,开太清楼宴亲王、宰执,用仙韶女乐数百人;有司以宫嫔不可视外,于楼前起彩山幛之。乐声若出于云霄间者。李文定公、丁晋公坐席相对,文定公令行酒黄门密语晋公曰:"如何得倒了假山?"晋公微笑。上见之,问其故,晋公以实对;上亦笑,即命女乐列楼下,临轩观之,宣劝益频,文定至沾醉。①

宋真宗东封泰山后(关于这次封禅,前人多有评论,此处略而不谈),天下太平。有一天,真宗在太清楼开宴席,请亲王和宰相们参加,有数百位女孩子(其中包括皇帝的妃嫔)演奏音乐。有关负责人因为皇帝的嫔妃参加,她们的容貌不能被外人看见,于是在楼前用彩绸做的假山遮挡起来。美妙的乐声,恍惚从云霄之间传来。对于大臣来说,只闻婉转歌声,不见美女面孔,应是很大的一种遗憾。大臣们的这种遗憾,只能闷在心里,并没有人公开表达这种遗憾。

然而就在这时,有人试图对这种局面做一改变,他就是宰相李迪。

---

① 宋·赵伯温撰,《邵氏闻见录》卷一,中华书局,1983年版,第8页。

李迪宰相（谥文定）正与同僚丁谓（曾官至宰相）坐席相对，他闻此美妙声乐，为之陶醉；在此陶醉之时刻，他和大家心里都有一种渴望——一睹嫔妃和歌舞女子们的芳颜！

　　"普天之下莫非王土，率土之滨莫非王臣"，何况嫔妃乎？古代女子一般居家不外出，个个相貌如花、调教得举止优雅的后宫嫔妃们，当然更不是随便就可以露面的。此刻，李迪要在皇帝公开举办的宴席上，一睹美人芳颜；他大概知道此愿难以实现而又不甘心，于是通过行酒的宦官悄悄传话给同事丁谓："怎么样能把假山弄倒了才好哇？"（"如何得倒了假山？"）把假山除去，那些歌舞的嫔妃宫女自然就能露出姣好面目，李迪那饱餐秀色的目的就自然达到了。

　　面对李迪问话，丁谓并不作答，只是微笑而已——原来，这丁谓心中所想，和李迪是一样的：听婉转歌声，睹芳颜之想，看来是人之所同啊。

　　这时，这二位宰相的小动作被真宗皇帝看见了，便问是怎么回事。丁谓不敢隐瞒，便向皇帝如实汇报。

　　这可是个具有挑战性的问题，此刻皇帝如果龙颜大怒，惩处李迪二人，是一点也不奇怪的——因为这样做破坏了规矩。

　　真宗赵恒听罢，竟也会心一笑。他体谅臣子此刻的渴望，立刻命女子乐队排列楼下，让诸位大臣在殿堂前檐观赏；真宗还频频赐酒劝饮，李迪毫无顾忌，在欣赏中喝得大醉方休。

　　宋代是一个对文人非常宽容的时代，李迪的渴望就这样顺利实现了。

　　这种情景虽然没有什么重大进步意义，但它展示了人之皆爱欣赏美色之共性，并颇有令人思考、联想之"时代特色"，因此值得探讨。

　　一个皇帝举办的宴席，有关部门进行了严格规定、安排的格局，居然被轻易打破，而且竟然转化为君臣之间的和乐场面，不是很有趣么？

况且这种带头打破格局的人物，竟然是本来应该一本正经、给全体国人作表率的宰相们，这不是很新奇而且出格吗？

从这一段文字记录，可以看到，宋真宗和他的大臣之间的人情互动，展现了君臣之间相处的一种相当轻松之气氛。这种现象之所以供人玩味，说到底，是君臣之间互信的体现。我们知道，宋代有一种"共天下"的意识存在于皇帝与文人士大夫之间。[①]

共天下，包括共治天下与共享天下两个部分。而共治天下，与共享天下，是互相依存的。共治天下，其逻辑必然是共享天下。而有共享天下的情怀，才可能最大限度地达到共治天下的目标。在宋代社会里，虽然皇帝不可能完全真正与文人士大夫共享天下，但多给他们一些福利，或给予更多的信任与尊重，倒是做到了的。我们看到，宋代忠于国家民族的文人士大夫，无论在数量与质量上（尤其是面临外侵的危急关头），在中国古代历史上，都是令人刮目相看的。这种现象，与共治共享政策，有着密切的关系。

二

本来，这件小事虽然只是反映了宋代君臣在一定程度上共享天下的景况，并没有多少重大之意义；不过，这种小小娱乐情景，与宋词的繁荣亦有着某种微妙的内在联系。在此处稍微做一点分析。

我们知道，宋词与音乐有着密切关系，而且文人词在其开始阶段，是在歌筵酒席上来演唱的。人们在歌筵酒席上的表现，与在严肃的官场上毕竟有所不同。在这种场景下，人们的心理一般较为放

[①] 文彦博语："为与士大夫治天下，非与百姓治天下也。"见宋·李焘《续资治通鉴长编卷》卷221。

松，心中某些情绪会得到释放。宋太祖就深谙其中奥秘。他在"杯酒释兵权"之宴席上，就曾经对石守信等武将说："择便好田宅市之，为子孙立永远不可动之业。多置歌儿舞女，日饮酒相欢，以终其天年。"从此以后，歌筵酒席、"歌儿舞女"，风行宋代，影响广远。对于宋士大夫而言，饮酒，并观看歌儿舞女之表演，不但确实起了放松身心的一定效果，而且在由于他们间或即兴填写小词，使得词这种文学体裁，在宋代得到了意外的兴盛。在宋士大夫那种庄重典雅之诗文的繁盛大树旁，开放着活泼鲜丽、不拘一格之宋词奇葩时，人们不禁为它们的艺术魅力所吸引。

那么，宋词之活泼鲜丽特色与什么相配合，才焕发出异样的光彩来呢？这就与以上所言的美酒和歌女有着紧密联系了。酒入肠后，会使人精神亢奋；歌女的曼妙歌舞，会使人赏心悦目，并产生写作冲动，这是非常自然的一种文学现象，何况是感情丰富、满腹才华之文人士大夫参与其中呢？文人词的诞生，就与酒宴之觥筹交错、女性之曼妙歌舞与文人之即兴创作有着密切的联系。

文人词的大量创作，起始于晚唐五代，兴盛于宋代，都与歌筵酒席这种环境有关。当然，在这里并不是说，歌筵酒席是宋词的背景与内容的唯一来源。但宋词之兴盛，确实受到这种环境的影响，是众所周知的。即以本文所引的《邵氏闻见录》这一段记载，便可窥见宋代歌舞酒筵之一斑。"有司以宫嫔不可视外"，这是宫廷的一种礼；而宰相李迪要破了这种礼，获得更多的艺术享受（包括对妃嫔之容颜、舞姿的欣赏）。李迪在歌舞筵席上的这种欲求，正是在宋太祖鼓励"歌儿舞女""终其天年"之大背景下的一种奇思妙想。这种对礼仪的些许出格，在笔者看来，对于词之艺术特质，颇有生动的象征意味。

宫廷之歌舞队伍以及歌唱内容、程序等等，都有一定要求，不能随意破坏；而这种要求，与传统的国家民族观念要配合起来。如孔子说过"非礼勿视",而李迪此时的推倒假山之想法,显然是与当时规定之礼仪不合的。然而,这种与礼仪不合的情况,在宋真宗看来,无关宏旨,可以稍微变通,无伤大雅。有趣的是,此种变通,竟能使当事者皆大欢喜。"宣劝益频,文定至沾醉"——皇帝劝酒频频,臣子尽兴欣赏歌舞,此时的君臣关系是很融洽的。

宋词在文学史上的辉煌,在某种意义上说,正得益于它那有所变通的创作路数。男女情思,在宋人诗文中出现得并不太多,倒是大量出现在他们的小词里。在宋人看来,词之地位,比起他们更为看重的端雅的诗文,要低一些,是歌筵酒席间的消遣,或是抒发个人幽约隐微的一种情感。在某种意义上也可以说,是躲避儒家伦理规范的避风港。词的这种更为个人的或更具隐私性质之体裁,与人的心灵深处,贴得更近,一时稍稍偏离了儒教的轨道,却能绽放出别样的光彩。即以王国维特别推崇的人生做大事业、大学问的三首小词来说,本来晏殊、柳永(一说欧阳修)、辛弃疾三位作者分别在《蝶恋花》(槛菊愁烟兰泣露)、《蝶恋花》(伫倚危楼风细细)、《青玉案·元夕》词中抒写的是男女相思之情,丝毫没有言说做大事业、大学问之本意,而由于三者在恋情小词里,抒发了沁人心脾之爱情,给了王国维以强烈的激发感动,以至于联想到人生事业与学问,正见出词之一种特别能引人浮想联翩、兴发感动的魅力。我们知道,辛弃疾在他的《青玉案·元夕》中,描写的是一位男主人公在街头寻找意中人的情形。这与古代传统社会中的父母之命、媒妁之言之旨是有偏差的;而这位男主人公在无数元夕游人中寻了千百度,最后其欣喜之目光凝视到了一位"灯火阑珊处"的佳人。显然,在古代社会实际生活中,这种"自由恋爱"之方式并非为主流。这种艺术格调,在宋代诗文中,亦属罕见。但也就是这种让人稍感"出格"的词章,被人们所盛赞,乃是因为它更贴近生活实际,更能展现深层内心之真实。辛弃疾词的爱国情怀与艺术上的崇高成就,不是从

"非礼勿视"的规范出发，却是在一个街头寻美人的平俗镜头中产生，其艺术奥秘，与勇于突破文学传统上的成规有关。它引发读者对作者抱负品格、理想情操崇仰之同时，还会对人生做学问、事业等等产生种种丰美联想——这种成功，与辛弃疾在小词中稍微"放纵"一下的心态、手笔，有着密切关系。

品味李迪在"倒了假山"方面与宋真宗的互动，读者不难窥见皇帝与文人士大夫共治、共享天下的景况，也窥见宋代宽松的文化环境之一斑，领略到了宋词兴盛与特殊艺术成就的部分奥秘。本来，妃嫔属于皇帝，依礼不可露面于舞筵歌席，现在居然稍稍越过常礼，载歌载舞于大臣面前，而且能起到令观众满意的消遣效果，这种艺术表演场景值得回味。

这种场景满足了当时文人大臣们的审美享受，反映了人性之真实，也适应着词这种艺术体裁之轻灵活泼的特性。李迪等大臣大胆地说出了心里话，宋真宗亦深解人意，深知彼心即我心也，在与大臣彼此微笑的轻松气氛中度过了游戏般的美好时光。

三

宋人好说"游戏"于小词之中，如罗大经在《鹤林玉露》中所云"虽游戏作小词，亦无愧唐人《花间集》"便是。"游戏"二字值得玩味。好的文学作品，大都是在心灵比较放松的情况下作出的。心灵所受羁绊愈少，作者之心绪与才情方可能有更好的发挥。相对于古代诗文来说，词没有前者那样稳健庄重，但自有某种不受传统观念束缚的活泼尖新之特点。这种特点的形成与发展，是与当时统治者对歌舞享乐之提倡或宽容态度有关的。这种歌舞享乐对宋代政治经济的影响好坏姑且不论，它对文人文学上之创作，确是给予了较为宽松的环境。男女恋词如雨后春笋般的出现，女性形象在词章中特别活跃。

李迪在歌筵上"倒了假山"之渴求，就是一例。在宋词之歌舞筵席背景中，有不少歌女与文人的互动，而在真宗与李迪等大臣之欣赏歌舞过程中，亦有嫔妃歌舞形象出现在士大夫的视野里。宋词的情感内容，部分稍稍偏离了传统文化之轨道；而宋真宗与群臣宴会，也部分改变了演出礼仪的某些常规，个中意味，不难领会。宋代统治者（如太祖赵匡胤）鼓励了臣子们"歌儿舞女""终享天年"之风，而士大夫文人们（如宰相李迪）反过来要求将歌儿舞女之情调推向某种更加尽兴之程度。这种皇帝与臣子的互动，在文学上颇具象征意味，亦对宋词的兴旺发达、五彩缤纷起了推波助澜的作用。

我们看到，李迪在歌筵上的欲望并不太过分，这对真宗来说，是可以欣然接受并满足对方的。这种对欲望或要求之恰到好处的把握，其实也可看作是宋词的某种特征。宋人对此有深刻的体会。

宋代文人士大夫对作词的尺寸之把握，也曾经有过困惑。他们大都是政府官员，对于为官与填词之间的关系，也提出过疑问。例如王安石与其兄弟王安国的对话，就是这种困惑的反映："王荆公初为参知政事，闲日因阅读晏元献公小词而笑曰：'为宰相而作小词，可乎？'"在王安石看来，宰相乃经邦济民之职业，填词不过是花前月下、娱宾遣兴之消遣，晏殊作为宰相填词，有不务正业之嫌，罢之可也。他的这种认识，可以说，在一定程度上折射了宋人在填词时的某种心态。

对于王安石的此种看法，其胞弟平甫（王安国的字）却有不同看法。他当即反驳说："彼亦偶然自喜而为尔，顾其事业岂止如是耶！"① 在王安国看来，晏殊为宰相，偶然作小词为消遣，但并未妨碍他的事业；何况他是怀着"自喜"——自娱自乐之意来表露其真性情呢？正是这种让内心的真实情感在一定场合与时间内得到释放

---

① 宋·魏泰，《东轩笔录》卷五，中华书局1983年版，第52页。

与抒发，才使文人词在端庄稳重的诗歌之后，呈现了自己的独特面貌与艺术上的创新性，为古代文学艺术增添了新的活力。

  宋人在作词时，也很注意将写作与实际生活划适当的界限。如《冷斋夜话》中有记载："（法云）师尝谓鲁直曰：'诗多作无害，艳歌小词可罢之。'鲁直笑曰：'空中语耳！非杀非偷，终不坐此堕恶道。'"①黄庭坚（字鲁直）强调他写男女之爱情，并非其自身生活之记录，而是一种"空中语"——文学之创作。"非杀非偷"，黄庭坚的话语反映了宋人在表达男女浪漫情感时之自信与谨慎的作词态度。宋人对小词这种较新的诗歌形式产生了创作兴趣，同时亦警惕人性滑向过分耽溺或堕落之程度，使得宋词闪烁着独特的光彩。这与宰相李迪极欲一瞻美人风采，又保持着一定距离的审美境界，很是类似。这种创作意向，使得人性在某种程度上得到了解放，艺术上亦有了创新。

  总而言之，在"倒了假山"之故事中，并无"高尚情操"可叙，乃是一种人性的自然流露。从文学艺术角度看，这种人性的自然流露，往往成为创作获得深入与成功的契机；这种本来无甚深意的君臣互动，恰好与流行当时的宋词之精神内核有一定的契合，无意间道出了宋词成功的某种奥秘。

---

① 宋·释惠洪，《冷斋夜话》十卷，文渊阁四库全书电子版，子部。

宋孝宗的一纸诏书告诉了我们什么

古代专制社会，皇帝口含天宪，妄意杀人之事，在所多有。然而，多行不义必自毙，对做错的事，总要有个交代，于是，平反冤案的工作就不得不做。在其中，南宋皇帝宋孝宗对被杀害之英雄岳飞的平反事件非常值得玩味和探讨。

可供玩味的几种现象

让我们玩味古代有关的几种现象。一曰大的冤案都要等待皇帝的批准。若制造冤案的皇帝不予平反而又还活在世上，就只好耐心等待他的死亡。此类"迟到的正义"之事甚多，不必举例。二曰冤案的平反，能使新皇帝收揽人心，稳定政局。如明朝被后金的皇太极用反间计害死的袁崇焕（为明思宗崇祯所杀），时隔150多年后，获得了康熙皇帝的平反——这对于清朝统治者，有利而无弊。三曰明智的皇帝能迷途知返，避免冤案的发生。如唐太宗对待魏徵，曾因后者屡屡进谏，措辞犀利，便动了杀心。幸亏经皇后劝告，使魏徵免得一死。后来魏徵去世，唐太宗痛哭流涕，说魏徵是他人生一面宝贵的镜子云云。试想，或虚心纳谏因而得千古美名，或叫忠臣人头落地而得千古骂名，两者之间，何啻天壤！四曰有一种蛮横的皇帝，不管身后洪水滔天，他将错就错，一错到底。明朝初，性情倔强的御史王朴一次和太祖朱元璋争辩，惹得皇帝大怒，下令斩首。押到刑场，再召回之，问他改否，王朴云："陛下不以臣为不肖，提升为御史官，为何如此摧残侮辱？如果臣无罪，为何要杀？如有罪，又何必使我活命？臣今日只想速死。"朱元璋大怒，令马上行刑。王朴路经史馆，大呼："学士刘三吾记住：某年月日，皇帝杀无罪御史王朴！"最终被杀。后来朱元璋撰写《大诰》，仍说王朴诽谤过他，真是蛮横凶恶极了。① 后人经常提起王朴事件，做了最终的宣判，朱元璋此举亦被永远地钉在历史的耻辱柱上。

罕见特例——岳飞平反

漫漫封建专制社会，也有罕见特例：在南宋朝廷对岳飞的平反时刻，这特大冤案制造者的宋高宗当时竟然还活着。想来，这也算古代"奇迹"之一了，耐人寻味。

绍兴三十二年（1162年），蓄意杀害了岳飞的宋高宗在做了36年的皇帝后，禅位于太子赵昚（宋孝宗），自己当了太上皇。想有一番作为的孝宗，即位的当年，就果断为岳飞平反了。诏书云："故岳飞起自行伍，不逾数年，位至将相。而能事上以忠，御众有法，屡立功效，不自矜夸，余烈遗风，至今不泯。去冬出戍，鄂渚之众师行不扰，动有纪律，道路之人归功于飞。飞虽坐事以没，而太上皇帝念之不忘。今可仰承圣意，与追复元官，以礼改葬；访求其后，

---

① 《明史·王朴传》："王朴……性鲠直，数与帝辨是非，不肯屈。一日，遇事争之强。帝怒，命戮之。及市，召还，谕之曰：'汝其改乎？'朴对曰：'陛下不以臣为不肖，擢官御史，奈何摧辱至此！使臣无罪，安得戮之？有罪，又安用生之？臣今日愿速死耳。'帝大怒，趣命行刑。过史馆，大呼曰：'学士刘三吾志之：某年月日，皇帝杀无罪御史朴也！'竟戮死。帝撰《大诰》，谓朴诽谤，犹列其名。"见 [清] 张廷玉等，《明史》，中华书局，1974年第1版，1984年第2次印刷，第3999—4000页。

特与录用。"①

今天的读者读此诏书,似乎会为孝宗捏一把汗。高宗以谋反罪杀了岳飞,现在刚刚做了太上皇的56岁的他(高宗1107—1187年),面对宋孝宗一上台便给岳飞平反的事实,他为何不龙颜震怒,马上痛击这一股"孝宗翻案风"?

如果说,在太上皇退位若干年后,孝宗等待时机,徐图为岳飞翻案,既达到了平反的目的,也为自己留有余地,不失为一种明智策略;而他才一即位,就给岳飞翻案,这种迅雷不及掩耳之势,不怕引起严重后果吗?

如果说,为岳飞平反,轻描淡写地敷衍过去,也不失为一种谋略;而孝宗诏书却强调岳飞"能事上以忠"——对皇帝忠诚,赞美他"余烈遗风,于今不泯"——忠烈之风天下闻。这种评价,简直是对高宗冤杀岳飞的彻底翻案(宋孝宗说自己是"仰承"高宗的"圣意"来平反的,并提及高宗对岳飞的"念之不忘",给高宗留了个面子;当然,平反之事,出自高宗之意,也有可能),这难道不会叫太上皇赵构发雷霆之怒,来惩治孝宗吗?

本年十月,孝宗再发诏书,追复岳飞原有少保、节度使等官职,再次肯定他"事上以忠"——忠于皇帝,"不犯于秋毫"——治军有方,"名之难掩,众所共闻"——名播天下,天下皆知。这第二次发布的诏书,促使人们一再反思:宋高宗杀害忠臣良将,他是个什么样的皇上?!

---

① 见《忠愍谥议》,[宋]岳珂编,王曾瑜校注,《鄂国金佗粹编续编校注》,中华书局,1988年,第1336页。

宋高宗为何沉默无言

面对孝宗的接连出手,太上皇高宗竟默默没有吭一声。这是为什么?

宋高宗并非真正退出政治了,他做太上皇后,常常干预朝中之事,制约孝宗;可见他在岳飞平反上的无语,并非被"软禁"的结果,他的无语,另有原因。

高宗是位有名的"逃跑皇帝",在金人的追击下,他放弃抵抗,一味逃跑,直到躲到海上,才得以暂时安顿。他一生坎坷,最终在江南坐稳了龙椅,实属不易;他还和金人签订和议,俯身称臣纳贡;屈辱难堪之事,皆甘于忍受。其"忍辱负重"的能力,在中国古代的皇帝中,算是"鹤立鸡群"了。经过了多少大风大浪,达到了偏安一隅的目的,宋高宗真的知足了——这位不思进取的皇帝既然达到了他人生的最高目标,岳飞平反一事,对稳坐太上皇而又不知羞耻的他,算得了什么?

对岳飞的平反,会使高宗不悦或恼怒,然而并不能动摇其太上皇地位。因为他是天子,天子至高无上,决不会受到法律制裁;何况,他早已借秦桧之力杀了岳飞——人们都把愤怒发泄到秦桧身上,对高宗是"视若无睹"且无可奈何的。多少年来,秦桧铸像长跪于西湖的岳飞墓像前,而宋高宗却一直"逍遥法外",这就是皇帝享有的特权。让高宗铸像跪于岳飞墓前的呼声在古代民族中是发不出来的。这就是古代中国的国情——古老的先民对皇权有一种特殊的情结。

当然,迫使宋高宗默认平反事实,还有影响乃至制约他的外在因素。这个因素便是:宋朝在中国古代史中创造了的一种空前绝后的理性精神和文明时代。宋太祖赵匡胤开国后,曾问大臣赵普说:天下何物最大?赵普答:道理最大。赵匡胤点头称善——道理最大,是个非常新鲜而有创意的提法，它表明了一种在实践中追求真理的精神。正因如此，赵匡胤发出"不杀士大夫"和"上书言事者"的誓言，才在中国历史上闪耀着理性和人道的光辉；而他"怕史官"的故事，也发人警醒[①]。宋太宗赵光义命大臣李至、李沆做太子宾客，竟让太子来拜二李。李至、李沆以为太子乃将来的皇帝而不敢接受其拜，太宗硬是叫太子（后来的宋真宗）前来拜了二李为师——原因很简单，既然从学于他人，即是师生关系，学而不拜，非理也。宋人崇尚理性，乃至对圣人之言都要质疑。王安石就说过："善学者读其书，惟理之求。有合吾心者，则樵牧之言犹不废；言而无理，周、孔所不敢从。"[②] 你看，只要说得有理，普通百姓说的话（樵牧之言）也不废弃；如果没有道理，哪怕是周公孔子这样的圣人，也不听从。孔子的《论语》在宋代是考试的基本教材，是国家的指导思想，而王安石却敢于说出如有"言而无理"的部分便不盲从的话，展现的不正是讲理的精神吗？宋哲宗年幼时，在去听课途中随手折了一柏树枝玩耍，讲官程颢当即教训说："方春万物发生之时，不可非时毁折！"哲宗听了，"亟掷于地"。[③] 哲宗随便折毁树枝，看起来事小，当他的讲官程颢教训时，他马上乖乖听从——所从者，人生之理也。

---

① 司马光，《涑水记闻·卷一》："太祖尝弹雀于后园，有群臣称有急事请见，太祖亟见之，其所奏乃常事耳。上怒，诘其故，对曰：'臣以为尚急于弹雀。'上愈怒，举柱斧柄撞其口，堕两齿。其人徐俯拾齿置怀中。上骂曰：'汝怀齿欲讼我耶？'对曰：'臣不能讼陛下，然自当有史官书之。'上悦，赐金帛慰劳之。"见 [宋] 司马光撰，邓广铭、张希清点校：《涑水记闻》，中华书局，1989 年，第 7 页。
② 语见《冷斋夜话》卷六。[宋] 释惠洪著，黄进德批注：《冷斋夜话》（与欧阳修《六一诗话》合订为一书），凤凰出版社，2009 年，第 70 页。
③ 《道山清话》丛书集成初编 2785，商务印书馆，民国二十八年十二月，第 3 页。

这种理性精神充溢的社会，是对皇权制约的一个重大因素。宋高宗自己就曾经说过："朕学问岂敢望士大夫！"①承认自己的学问比不过文人士大夫，其背后对文明理性之敬畏的消息也就悄然传出了。

　　在宋代，既然尊重理性和人道的事情车载斗量，不可胜数（在此不一一枚举），形成了一种说理和讲文明的氛围，那么，对于岳飞这样的大案要案，根据事实道理来下结论，即成为必然之趋势了。宋孝宗敢于在高宗面前为岳飞彻底平反，就是因为岳飞的一生，光明磊落，无私奉献，从天子（岳飞是否谋反，高宗心里最清楚）到万民，都看在眼里，就连秦桧亦模糊其罪为"莫须有"——既然如此，给大英雄平反，难道不是天理昭彰，势所必然吗？宋高宗如强硬阻拦，野蛮压制，在一个特重讲理的社会里，不是很困难吗？

　　值得注意的是，岳飞被杀害，就连高宗的生母韦太后，也愤愤不平。绍兴十二年夏（公元1142年5月1日），金国以礼送回人质，韦太后自五国城启程归宋。回到故国，在万分感慨之余，她还特别关切地问了一句："为何不见大小眼将军（据说岳飞两眼一大一小，故时人称之为"大小眼将军"）？"当听说"岳飞死狱矣"时，她愤怒之极，怒斥宋高宗，表示要出家。高宗苦苦哀求，才罢。②

---

① [宋]李心传撰：《建炎以来系年要录》卷一百五十一，中华书局，1956年，第2431页。
② 《七修类稿》卷四十七《事物类》："宋高宗之母韦后，今仁和学生员韦朝恩乃其裔也。有谱像于家，方面丰颐，凤目龙颡，衣冠乃道人者也，上有国忌二行。韦闻之祖先云，后北归至临平，因问何不见大小眼将军，人曰岳飞死狱矣。遂怒帝，欲出家，故终身于宫道服也。"[明]郎瑛：《七修类稿》，上海书店出版社，2001年，第497页。

　　黎按：韦太后的后裔韦朝恩听到他的先辈所说的故事，是否可靠，虽然不能断定，但这一故事的背后的真实含义是：它表达了当时的人心所向，却是确定无疑的。

综上所述，岳飞冤案在杀害他的皇帝在世时能得以平反的奇迹，有岳飞自身感天动地的事迹的原因在，有从上到下、从内到外的世道人心、社会舆论在，同时，也有一个重理性、讲文明的社会基础在。这两种因素是相辅相成的。如果空有岳飞的感人事迹，而偏偏遇见了以枪杆子为依托而杀人、粗暴践踏文明的如朱元璋那样的皇帝，就连"迟到的正义"也会化为泡影。

学者陈寅恪在《赠蒋炳南序》中认为："天水一朝之文化，竟为我民族遗留之瑰宝。"[1]在邓广铭《宋史职官志考证序》中也提到："华夏民族之文化，历数千载之演进，造极于赵宋之世。"[2]笔者以为，宋朝文化能在某种意义上造极于我中华，主要就在它在中国古代史中的文明程度与理性精神优势的空前绝后。它既体现在宋太祖的"不杀士大夫"及"上书言事者"的誓言中，也折射在宋高宗在岳飞被平反时的默默无语里。如前所说，这种罕见的平反事件之背后，有一个达到空前高度的宋代文明。岳飞死得悲壮、惨烈，然而他毕竟让干了伤天害理之事的高高在上的宋高宗，在为其平反之时刻闭了嘴。

制止肆意造成冤案而却能逍遥法外的罪恶现象，以讲理为荣的社会环境乃为重要前提。在这种社会里，会产生层出不穷的文明人。这种文明人的大量诞生，在宋代，是因为（一定程度上）建造了读书型的国家。宋代最高统治者推崇读书，尊崇理性，尊重知识和尊重文人，加大科考的力度和质量，各级领导人大都由读书人来担任（负面影响在此先不谈），还有书籍的大量出版、文化的普及等等，因而造成了以讲理为光荣、耍野蛮为羞耻的儒雅时代。各种各样的政治文化奇迹（包括高宗在世而岳飞被平反这一"奇迹"），就是

---

[1] 陈寅恪，《寒柳堂集》，三联出版社，2001年，第182页。
[2] 陈寅恪，《金明馆丛稿二编》，上海古籍出版社，1980年，第245页。

在此种背景下发生的。笔者并不想夸大宋代文明，并以为，只有从农耕社会向工商社会的转型，以商品交换为特征（隐含了人人平等价值观）、知识信息发达的社会里，那种公然迫害他人而竟能逃脱法律制裁的特权才会断除。中国古代农耕社会，在解决尖锐矛盾时，从来都是以武力说事的。所以，掌握了枪杆子从而也掌握了话语权的帝王，是不会给人们充分的说话自由的。尽管如此，宋代岳飞平反时宋高宗默然无声之事件，还是让我们看到了古人的智慧，看到了民族的希望。

核心价值观的精湛艺术表达

——过客《补天》探微

补天

引子【信天游】
青天蓝天高个朗朗的天,
撑天的柱子是不周山。

不周山

不周山,不周山,
系着地,顶着天。
山腰里云舒卷,
山脚下鹰盘旋。
看不见顶,
看不见巅。
不周山,不周山,
拄着地,擎着天。
不周山不完全,
不周山有缺残,
不完美的山撑起一片天。
多少次山花艳,
多少回野果甜,
女娲的孩子在山下繁衍。

天柱折

祝融是火，烈焰冲天；
共工是水，巨浪滔天。
水火无情，
水火不相容，
水火交相攻战。
一阵阵急雨，
一阵阵浓烟。
一处处烟熏火焚，
一处处雨打水淹。
一声声呼号，
一声声呐喊。共工力强，手挥巨浪；
祝融理直，口吐烈焰。
强弱难判，
正邪难分辨，
水火交相攻战。
一阵阵骤雨，
一阵阵黑烟。
一处处火烧古树，
一处处水漫春山。
一声声哀号，
一声声嘶喊。
燃烧的是欲望，
奔腾的是冒险。
燃烧的是野心，
奔腾的是凶残。
谁胜了？谁败了？

共工怒触不周山!

谁对了？谁错了？

只落得天塌地陷。

龙之歌

潜龙在海，

龙飞于天。

海是龙的家乡，

天是龙的信念。

天破了，向何处升腾？

天塌了，在哪里舒展？

枭鼠之歌

天破了日月无光，

再不用窥测方向。天塌了一片昏黄，

再不用躲躲藏藏。

暗夜里任我们嚣张，

暗夜里任我们猖狂。

我是夜的骄子，

我是黑暗之王。

天上没有朝阳夕阳，

地上没有五谷杂粮。

天上没有月光星光，

地上没有夜莺歌唱。

我到何处去偷？

我到何处去抢？

枉称了夜的骄子，

枉称了黑暗之王。

凤之歌

丹凤朝阳,
凤鸣九天。
找不到可栖的梧桐,
怎甘心与乌鸦为伴?
没有光,也不能歌颂黑暗;
没有亮,便只向女娲轻唤。

女娲上

女娲她被凤歌梦中唤醒,
慢慢地睁开那美丽的眼睛。
天地间充塞昏黑,
看不见日月,看不见星星。
洪水中女娲她挣扎前行,
昆仑火映照出颀长身影。
哪里有孩子的笑脸?
满耳是呻吟,满耳是悲鸣。绾长发伸双臂推开昏冥,
挺身躯纵声啸山鸣谷应。
还大地一片蔚蓝,
给孩子温暖,给孩子光明。

人之歌

你茇一丛芦苇,
我搂一抱茅草,
苍天本是众人的天,

众人拾柴火焰高。

你把石块搬来，

我把石块垒好，

女娲为孩子补苍天，

孩子分分女娲的劳。

五色石

田野里捡来的石头，

黄色传递的是大地的仁厚。

礁岩上敲下的石头，

海浪把刚毅写进黑色褶皱。

白石本来在山脚的溪旁，

浣纱女双足深印下善良。

青石本来是山腰的阶梯，

勤劳的脚步早把它磨光。

赤色石头据说是铁矿，

风雨吹打成这般模样。

难怪经历烈火的忠诚，

会如此坚韧似铁如钢。

人之续歌

你苫一丛芦苇，

我搂一抱茅草，女娲取来补天的火种，

众手捧起补天的火苗。

你把石块搬来，

我把石块垒好，

炽热的熔岩沿裂缝奔流,
五色石沸腾把苍天补牢。

重光

  穿透黑暗,
翩翩一朵赤焰;
  罡风横吹,
倏地红星万点。
  鼍鼓频催,
雨随黄雾弥漫;
  云块涌动,
电如绿蛇蜿蜒。
  三声霹雳,
青霭忽隐忽现;
  一阵清凉,
穹隆化入湛蓝。
  望舒、羲和,
  会心一笑,
白昼重降人间。

女娲下

女娲她躺倒时正是黎明,
晨光中闭上了美丽的眼睛。
  女娲累了,
  女娲睡了。
血脉汇入碧波万顷,

身体化成群山峻岭。
最后的呼吸是无尽的爱,
最后的心跳是难了的情。

引子【信天游】
青天蓝天高个朗朗的天,
人心才是那不周山。

守护苍天
女娲为咱补上这天,
守护这苍天要靠咱。
　犹豫时,想一想;
　迷路了,念一念。
　清夜中,望一望;
　伸手前,看一看。
想想、念念、望望、看看,
　女娲为咱补上的天。
　天会变,道会变,
　　脚下要有道,
　　头上要有天。
　海有涯,道无边,
　　长江终入海,
　　大道如青天。
　守住历劫重生的家园,
　守住亘古常新的信念。
　守住女娲为咱补上的天。

【史料】

《山海经·大荒西经》：西北海之外，大荒之隅，有山而不合，名曰不周，有两黄兽守之。

《山海经·西山经》晋代郭璞注："此山形有缺不周币处，因名云。西北不周风自此山出。"

《国语·郑语》：夫黎为高辛氏火正，以淳耀敦大，天明地德，光照四海，故命之曰"祝融"，其功大矣。

《吕氏春秋·孟夏》：其神祝融。

高诱注：祝融，颛顼氏后，老童之子，吴回也，为高辛氏火正，死为火官之神。《春秋左传·昭公十七年》：共工氏以水纪，故为水师而水名。

《淮南子·原道训》：昔共工之力，触不周之山，使地东南倾。与高辛争为帝，遂潜于渊，宗族残灭，继嗣绝祀。

《太平御览》卷七十八引汉代应劭《风俗通》：俗说：天地开辟，未有人民；女娲抟黄土作人，剧务力不暇供，乃引绳于泥中，举以为人。故富贵者黄土人也；贫贱凡庸者绳人也。

《淮南子·览冥训》：往古之时，四极废，九州裂，天不兼覆，地不周载，火爁炎而不灭，水浩洋而不息，猛兽食颛民，鸷鸟攫老弱，于是女娲炼五色石以补苍天，断鳌足以立四极。杀黑龙以济冀州，积芦灰以止淫水。苍天补，四极正，淫水涸，冀州平，狡虫死，颛民生。

《史记补·三皇本纪》：女娲氏亦风姓，蛇身人首，有神圣之德。代宓牺立，号曰女希氏。无革造，惟作笙簧。故《易》不载，不承五运。一曰女娲，亦木德王，盖宓牺之后已经数世。金木轮环，周而复始，特举女娲，以其功高而三皇，故类木王也。当其末年也，诸侯有共工氏，任智刑以强霸而不王，以水乘木，乃与祝融战，不胜而怒。乃头触不周山崩，天柱折，地维绝。女娲乃炼五色石以补天，断鳌足以立四极，聚芦灰以止淫水，以济冀州。于是地平天成，不改旧物。

《楚辞·离骚》：前望舒使先驱兮，后飞廉使奔属。王逸注："望舒，月御也。"

《楚辞·离骚》：吾令羲和弭节兮，望崦嵫而勿迫。王逸注："羲和，日御也。"

《汉书·董仲舒传》：道之大原出于天，天不变道亦不变。

李白《行路难》：大道如青天，我独不得出。

大型原唱交响清唱剧《补天》（笔者老友过客为歌词作者），曾于2018年10月16日在中国国家大剧院成功上演。它令人想到中华民族强健不息的伟大源泉，联想起我们这个古老民族的核心价值观。作者在思考、叙述中华民族的核心价值观时，文笔精湛，引人入胜。

本作分若干部分，依次为《引子》《不周山》《天柱折》《龙之歌》《枭鼠之歌》《凤之歌》《女娲上》《人之歌》《五色石》《人之续歌》《女娲下》《引子》《守护苍天》，作者借助传说与想象，描写了顶天立地、滋养万物的不周山，不周山的崩塌，以及女娲带领众人炼石补天的过程。

关于《引子》【信天游】

> 青天蓝天高个朗朗的天，
> 撑天的柱子是不周山。

在本作的开端，作者将带着《信天游》风味的两句诗歌，把读者带进了高昂、开阔、劲健的境界中。青、蓝、高、朗诸字，令人舒爽而惬意。人类拜天所赐，于阳光雨露中，劳作休息，身心愉悦。

而正是在这种轻松高朗的氛围里，一个严肃、深邃的主题被悄悄引入。

"青天蓝天高个朗朗的天"，实录自陕北民歌《种洋烟》，其中有句：

青天蓝天高个朗朗的天，什么人留下种洋烟？
洋烟本是外国草，走进中华长成苗苗。

这首《信天游》，道出了一个严峻的事实：自中国古代到近代的转型时期，毒品的贩卖与种植，对自然经济的崩溃和宗法制度的瓦解，起了不容忽视的作用。而中华民族之长久以来的核心价值观"三纲五常"，趋于瓦解——这对于生活在当时的中国人来说，无异于"天塌了"！由此读者有所领悟：作者借《信天游》所云"种洋烟"之历史事实，实际上赋予了"天"一种的新内涵——核心价值观。这个天，从表面看，是自然的，在内核中，是精神的。这是理解全作的关键。作者从《信天游》中高朗湛蓝天空的描写，引领读者转入其内容中有关"种洋烟"的回忆，再引导读者对"天塌了"的历史时期的联想，更到对"核心价值观"的触摸，复转而回味题目《补天》之深意，可反复体味其高浑阔朗、悲凉深沉之意味。

此与人相伴相生、不可或缺之天，即核心价值观。那么，"撑天的柱子"——"不周山"，是怎样撑起这一属于人类精神的"天"？不周山指的是什么？

关于《不周山》

不周山是座山，也很像一位巨人。

"拄"与"擎"字，很是传神，它不仅写出了不周山的高大、奇伟，更有意味的，是勾勒出了一位巨人形象。这位巨人，一手扎实拄地，一手奋力擎天,"看不见顶,看不见巅",顶天立地,诚天地之壮观。这种写法,不由得让人想起了《周易》中的"天地人三才"之说——人在天才地才之间,亦一才也!本作对拄地撑天之描写,暗暗幻化出了人物英姿,两个"看不见"写出不周山巨人似有无穷力量,无穷欲望与意志,真妙笔也。这种亦山亦人的笔法,为高山涂染了人性的色彩,隐现了人的灵魂,可谓别具匠心。

撑起苍天的不周山,"山腰里云舒卷,山脚下鹰盘旋"——云儿舒卷,姿态闲逸;雄鹰展翅,自由翩翩。这云与鹰的描写,舒展开阔,展现了不周山作为生命摇篮的美好景象。此时,笔势突转,巧妙借用字面特征("不周"二字即包含了不周全、不完美之意;不周山,见《史料》部分所引郭璞注)写出了不周山的缺陷:

不周山不完全,

不周山有缺残。

不周山虽然能撑起一片天,壮志凌云,但也并非十全十美,他有残缺,有弱点,在拄地撑天之事业上,还有很多方面需要改变调试呢!这种将不周山作为有缺点的人物之评价口吻,使得带着一股子浓浓人情味的不周山,驻进了我们的脑海。

从全文看,"不周山不完全,不周山有缺残"这两句话,为不周山后来的倒塌与重建,埋下了伏笔。那么,不周山的缺残,到底在何处?这关键之处,就在两个"看不见"之笔墨上。后面再展开分析。

就是这"撑起一片天"(暗示人类自己创造了核心价值观)之不完美的不周山,造就了奇迹:在天的呵护下,在山花盛开,野果香甜的环境中,"女娲的孩子在山下繁衍"。中华民族在这鲜花怒放,野果喷香的环境繁衍生息,代代年年。

不过,人在这种"有缺残"的环境中生存,在"繁衍"过程中,诸种困难、矛盾,乃至纷争、冲突皆在所难免。"繁衍"二字,甘甜苦辣，尽在其中。

　　作者展示花果开落、飞禽翱翔与人类繁衍并行之画面，展现荣与枯、盛与衰的更替、消长之过程，微露人与草木、动物之差别——花果飞禽诞生、凋零，凭着本能，自然地生活，循回往复，生命形态与行为方式亦无大改变；而人类作为能选择自身活动自由的生命，在繁衍生息中，时常过着跌宕起伏、变化莫测的日子。这种差别，预示了以后的不周山之崩塌与补天之重建历程，堪称精微巧妙。

　　不周山，你是人心的见证，人性的象征。你虽然不完美，却能构造属于自己的故事与信念（"天"）。你会因缺残而倒塌，也会顽强地重新站起，撑起一片新的蓝天。

关于《天柱折》

　　风雷乍起，共工与祝融那一场几乎毁灭华夏祖先的战争出现了。竟演成了天塌地陷之大事件。此段开端，作者用精悍突兀的笔墨，写出令人惊骇的战争场面：

　　祝融是火，烈焰冲天；共工是水，巨浪滔天。
　　水火无情，水火不相容，水火交相攻战。

　　祝融，传说中火神；共工，水神（见《史料》注解部分）。什么原因使得他们开打，本文作者没有交代，却直接用"水火不相容"作了一个引发。

　　"水火不相容"，写出了水火之间不能相容的科学真实，实际上也对人性的"缺残"作了点染，暗示了有了人类，就会有欲望、利益、观念之不同，因而不可避免地产生矛盾冲突，乃至相互厮杀、毁灭。

　　两神之战，受害的首先是天。祝融是火，烈焰冲天，共工是水，巨浪滔天。作者把烈焰和巨浪的方向，都指向天，呼应着开端所写的"青天蓝天高个朗朗的天"，强调破坏"天"——核心价值观之灾难性的结果。接下用"急雨""浓烟""骤雨""黑烟""火烧古树""水漫春山""哀号""呐喊"，将人间生命、自然环境被破坏的惨状，描写得触目惊心。

共工力强，不一定是坏事，作为水神，它尽可以其强大力量，为人类造福，而这位水神却偏偏诉诸暴力；祝融与共工开战，也似乎有着充分的理由，然而他不用嘴巴来说理，而是从中吐出烈烈火焰——"祝融理直，口吐烈焰"。口既可以来"以理服人"，也可以用来"恶语伤人"，祝融选择了后者。

当欲望膨胀时，灾难就难以避免了："燃烧的是欲望，奔腾的是冒险。燃烧的是野心，奔腾的是凶残。"显然，作者在此将火与水之物质特性，转换为精神层面了。在人们的视野中，明明是火烧古树，水漫春山；然而在作者强调，是"欲望""野心"在燃烧，而不是火；是"冒险""凶残"在奔腾，而不是水。作者在此既已将水火心灵化了，在描写"火烧古树，水漫春山"时，他亦同时将古树春山虚化了。

人在妒火中烧、野心膨胀之时，他首先伤害的是自己的心。前面已经介绍了："不周山不完全，不周山有缺残"，并且说明了这种不完全、有缺残与人心有关；明乎此点，便可以得知，不周山中每一株古树，每一种生命，都透露着人的灵魂。作为不周山的组成部分——各种大小春山花草古树既然都是人心的象征，那么，这种"火烧"所及，便是一场触及灵魂的浩劫了。这时人们的"哀号""呐喊"，不仅仅是对物质生命的痛惜，而且亦是失去了灵魂般的大恸。

这时，我们再回顾作者在引子对不周山"看不见顶，看不见巅"的描写，才明晓：这令人看不见的无边无际的山顶与峰巅，既是对人类奋斗精神的赞美，也包含了对欲壑难填之人心的浩叹！

"谁胜了？谁败了？共工怒触不周山"！在一场为私欲所驱使的战争中，"只落得天塌地陷"——这是一场没有赢家的战争。天塌了，核心价值观被破坏了。这场战争，造成了生命陨灭与人心的堕落。

"天塌地陷"四字须细读。天塌地陷虽同为灾难，而天塌显然比地陷更危险。作者告诉我们，人间千头万绪，最重要的是，核心价值观。笔者由此想起了一位学者的话："屋顶有时比地基更重要。"

关于《龙之歌》

以下分别以《龙之歌》《枭鼠之歌》《凤之歌》三种代表善恶不同的动物之心理活动动向，引出女娲的出场。

中华民族之龙的意象，无非是善的高举与升华。"潜龙在海，龙飞于天"，化用《易经》"乾卦"中"潜龙勿用""飞龙在天"诸句，强调生命要有根基，要有理想。"海是龙的家乡，天是龙的信念"，进一步说明"家乡"与"信念"的重要性。人类是要进步的，人类就其本性而言，决不甘心潜藏于海底，而是要完成精神上的升华。蛟龙向天空飞翔这一形象，体现了人类精神不断升华的渴望，暗示着核心价值观的无比重要性。

《易经》中乾卦是在六爻中唯一全部谈论龙的一卦。其中特别强调："天行健，君子以自强不息。"尊重生命与强调生命的不断更新前行，便是华夏祖先的生命意识。而在《易经·乾卦》六爻中，描绘了龙在不同时期的适当表现，使龙成为生生不息之生命的形象代表；而尊重生命，就是善。特别值得注意的是，乾卦中《文言》中这一句："元者，善之长也"——创始生命是一切善行的首位。关于这一点，可以将英文中善恶的观念作一参照，在英文中，邪恶 evil 之字母顺序，恰恰与生命 live 之字母顺序完全相反，由此看出创造生命、爱护生命是对压迫生命之邪恶的否定，是善也，是古今中外之共识也。

《龙之歌》中的龙，既是人群先进部分的化身，亦含人性走向至善之意。

关于《枭鼠之歌》

《枭鼠之歌》中的枭鼠，指恶人。枭鼠主要在夜间活动，它们在黑暗中作恶，在不见天日时攫禽、盗物。请看，如今天塌地陷之时，枭鼠是怎样一阵狂喜：

天破了日月无光，再不用窥测方向。天塌了一片昏黄，再不用躲躲藏藏。

这里的"天破了""天塌了"是指核心价值观的毁坏。在核心价值观成为人们行为的有效指导观念时，社会上最丑恶的人作恶之时，也会有所忌惮，也会有些许羞耻心。他们在作恶时，还须偷偷摸摸，处于"地下状态"。而当"天破了"——核心价值观轰然倒下，他们作恶时的那一块遮羞布都撕得精光，发出了丑恶的嘶叫："暗夜里任我们嚣张，暗夜里任我们猖狂。我是夜的骄子，我是黑暗之王。"黑暗意味着毁灭、虚无，而在废墟中嚣张与猖狂，不是徒劳之举吗？

孔子与其弟子有一段对话："子贡问政。子曰：'足食，足兵，民信之矣。'子贡曰：'必不得已而去，于斯三者何先？'曰：'去兵。'子贡曰：'必不得已而去。于斯二者何先？'曰：'去食。自古皆有死，民无信不立。'"（《论语·颜渊》）请看，孔子把信念看得比饮食还重要，这正表明，一个没有了信念的民族，与灭亡没有两样；请听枭鼠们的哀号，不正是验证了孔子之言了吗："天上没有朝阳夕阳,地上没有五谷杂粮。天上没有月光星光,地上没有夜莺歌唱。我到何处去偷?我到何处去抢?"没有了核心价值观的人类,就没有了"五谷杂粮",失去了一切,枭鼠之辈亦徒叹奈何了。

关于《凤之歌》

丹凤没有龙的带领人们向善"升腾"的领袖般的魄力,然而不愿尾随在黑暗中作恶的枭鼠,她是人性向善的象征,她希渴望得到灵魂的导师。"丹凤朝阳"之"朝"字,点明丹凤心向光明之心理;"凤鸣九天",点出丹凤飞翔之依托,在于"天"(即核心价值观)。

本作对凤凰"找不到可栖的梧桐,怎甘心与乌鸦为伴?没有光,也不能歌颂黑暗;没有亮,便只向女娲轻唤"之心态的描写,就代表着人类在善与恶之间的探寻与思考。凤之形象,着重显露着人性向善之一面。这一点,从"找不到"与"怎甘心"、"也不能"与"便只向"之既彷徨又坚定的语气中可以得知。

艰难时期,在黑暗与光明之间思考且抉择,乃是人类的一种必经历程。在历史发展的重要关头,人类总是历经困苦挫折,心向光明,寻找、借助并发扬光大已有的精神财富,与时俱进,走向康庄之路。凤凰对女娲的求助之举,就暗示了这一历史线索。

人性并不单纯,复杂而多变。就一般人而言,程度不同的混有"龙性""凤性""枭鼠性"间杂其间。如果将龙、枭鼠、凤凰这三者联系起来观察,似乎可以看到关于人性的一种动态思考。对人性的观察,不应纯粹从本质(要么善、要么恶——这样就把人性看死了)的角度,换句话说,而是将人性看作动态的。龙虽多善,须有升华的驱动与指南;枭鼠虽恶,亦有天光之下偷摸觊觎与天塌之后恣肆疯狂之别;凤凰处于恶境之中,一颗向善之心却跃动于脑海之中。总之,在实际生活中,人性中既有飞龙般的向善高举,亦有凤凰的思索追求，还有枭鼠的隐蔽阴暗。这三种意象，形成一种流动变化的结构，随时而动，变动不居，或堕入深渊之危机，沦为禽兽；而向善之基因恒在，亦可将神性光大发扬。

女娲在不周山下繁衍哺育华夏儿女，早已在其心中播下了爱的种子。母爱，是人生所体验的最原始、最无私的爱。从这个角度上看，女娲这一万众共同的母亲，正象征了中华民族的核心价值观之基因——仁爱。凤凰在天塌地陷之际，毫不迟疑去寻找女娲，正是中华民族在危机时刻重新找回生机活力的必然之举。

关于《女娲上》

天地一片黑暗，唯有一点光亮在其间闪烁。这光亮，就是女娲的眼睛。这一双眼睛，正是仁爱与智慧之灯。这一点光亮表明，人类可以遭受任何苦难，甚至陷入绝境，然而有了那一点大爱之光，就有了希望。这一双如同指路明灯般美丽的眼睛，和那"青天蓝天高个朗朗的天"是相互辉映的。此刻，我们知道，人类那最重要的活命种子——核心价值观的重建使命，乃孕育于其精英人杰之中。

"满耳"两句，写出天塌后的一片凄惨，也写出作为母亲的女娲心境的无比悲凉；而对"孩子"的三次重复与呼唤，则不但写出了作为母亲的真纯情怀，更透露了中华民族的一种重要特质：为了后代、为了未来而生活的文化。父母之所为，皆为后代着想者也；这种文化特质，乃为中华民族生生不息之秘诀，而母爱尤显伟大。请看，一位绾着长发、颀长身段的温柔母亲，在孩子们身陷危难时，顿时转为排山倒海的英雄，她"伸双臂推开昏冥，挺身躯纵声啸山鸣谷应"，其力量、其啸声如此惊天动地——这就是母爱的力量！

女性之为女性，有女儿性与母性二者存焉。飘飘长发，现出女儿性之优美情态，柔婉动人；推开昏冥之动作，乃母性之生动体现。

此处描写，性格丰满，姿态宛然。女性之柔美，瞬间转为母性之伟大，全在一个"绾"字当中。收敛女儿态，绾起青青鬓发，母性之能量得到彻底释放。

女娲此刻的心音是："还大地一片蔚蓝，给孩子温暖，给孩子光明。"大地岂能没有蔚蓝天空的照耀？人类岂能没有核心价值观的指引？读者再一次看到，这"蔚蓝"之天空，实指核心价值观；"温暖"与"光明"，实指在核心价值观的滋养下内心的温煦与明敞。

关于《人之歌》

榜样的力量是无穷的。在传说中，女娲独立完成了补天的壮举。而在本作中，补天成了众人合力完成的伟业。此段以朴实平凡的人物动作，写出了创造奇迹的场面。或有人以"一丛"芦苇、"一抱"茅草来补天，或有人在自己的岗位上运垒石块，工作热火朝天，有条不紊。

"苍天本是众人的天"——核心价值观，是社会、民族的共识；"女娲为孩子补苍天，孩子分分女娲的劳"，这种景况，令人玩味。这里没有说教，没有命令，但见慈母前行，儿女跟进，配合默契，心灵相应。"分劳"二字颇堪玩味。为母亲"分劳"近乎一种信念，它未来自经书的教导，亦无圣贤的指引，而是来自一种互动。这种互动，是母亲对儿女的无限付出，以及儿女对神勇的母亲发自肺腑的敬仰，对智慧的母亲自觉的跟从，对劳累不已的母亲的关切、担忧。这是在劳作中自然生发的、感人肺腑的"母慈子孝"的感人场面。读到此处，令人仿佛触碰到了悠远绵长的中华文化独特的基因。

关于《五色石》

女娲所炼五色石为哪五种颜色，史书无记载；作者将中国传统五行观念引入期间，形成了黄、黑、白、青、赤五种颜色。作者以独特的想象力，从中开掘出中华民族之优秀素质，为石头注入了鲜活的灵魂。

"田野里捡来的石头，黄色传递的是大地的仁厚"——中华民族是炎黄子孙，生长在黄河母亲怀抱中，活跃在黄土高原上。黄色在中国文化里处于五色之中；在中国古代盛行的"五行"之中，土为黄色，黄色恰恰代表中央方位。用《易经》的说法，大地象征"厚德载物"。可见把黄色置于五色石之首，便是突出厚德载物之仁。"田野里捡来的"诸字，将广漠的田野大地中的先辈们在黄土高原辛勤劳作、以黄土作为自己生存之根基，以黄土之厚重作为自己信念的丰满内涵，巧妙托出。

"礁岩上敲下的石头，海浪把刚毅写进黑色褶皱"——光学现象告诉我们，如果岩石对光全部吸收时，矿物呈黑色；人生经验告诉我们，经常在寒暑中风雨不倦劳作之人，其皮肤会变得黝黑结实，其性格会趋于坚毅刚强。在中国传统戏曲中的颜色标志中，黑色代表刚毅果敢，如张飞、包拯。作者根据科学实验与生活经验，想象这黑色的褶皱，是海浪将"刚毅写进"的结果，语言遒劲精炼。

"白石本来在山脚的溪旁，浣纱女双足深印下善良"——试问，白色石头为何如此洁白——哦，那是浣纱女白皙如霜的一双双美足之印记，使得硬石闪耀着善良之光！凡是对中华国情稍微有所了解的人都深信不疑：浣花女（中国劳动妇女）之行走身影与霜足印迹，美如天使，确为善良之最佳象征。她们劳作不息，敬老顾幼，情影匆匆，霜足所至，皆留下为他人造福之印记。是印记也，为善良之符号，不亦明乎！另外，白色代表善良，是西方观念，作者显然借鉴了这一点。白石的入选，正表明了女娲心怀真知灼见，目光如炬。

"青石本来是山腰的阶梯，勤劳的脚步早把它磨光"——展现青青颜色的石头，其闪亮的光色，之所以令人心醉，是因为那光色浸透了勤劳的品质。青色象征春季，在中国古代传说的五色帝中，青帝主东方，化生万物，有辛勤劳作、生生不息之特质。"磨光"二字意味优良品质须经久修炼，如同辛勤无比的青帝一般。

"赤色石头据说是铁矿，风雨吹打成这般模样。难怪经历烈火的忠诚，会如此坚韧似铁如钢"——将天补牢，需要的是高质量的石块。而石块成为高质量的铁矿，全靠长久的'风吹雨打'，"经历烈火"，成为合格的"补天"材料。赤色，在中国人心目中，是忠诚的体现，如赤胆忠心的关羽。这样，作者从"捡来的石头"，到炼得"似铁如钢"——在对石料的选择与锻炼之笔墨中，蕴含着对人心的修炼与成长，为最后的炼石补天成功作了准备。

将黄色、黑色、白色、青色与红色分别和仁厚、坚毅、善良、勤劳、忠诚之品质相联系，将民族的精神融入补天之石的颜色中，是本作的美妙创造。其中，仁义、向善（不是本善）的民族价值观的内核隐含其内，与全篇浑然一体。

关于《人之续歌》

《人之歌》后接以《人之续歌》，乃是因为，一种核心价值观的建立与形成，需要众人的参与，需要时间上的延续，需要一代又一代人们的不断努力。

《人之续歌》演出了这样一幕："女娲取来补天的火种，众手捧起补天的火苗。"一"取"，一"捧"，见出英雄一呼、万众云集之势。捧起火苗，意味着补天的决定性一刻就要来到了。这时，伟大的工作，却需要有条不紊的动作——有人将石块"搬来"，有人将石块"垒好",分工明确,井然有序。这搬来与垒好等若干道工序,在为补天工作作一叙述的同时,也暗示将中华民族祖先的优良基因巧妙组合,融化一体。它预示着即将补好的天,和塌陷前的天,已经发生了新的巨大变化。这是一种精神的重建,黄黑白青赤五种颜色的调和融化,乃是精神重建的隐喻。"炽热的熔岩沿裂缝奔流,五色石沸腾把苍天补牢",多么细腻而壮观的描写!

关于《重光》

这一段将补天最终成功的极其壮观景象描写得淋漓尽致:补天的第一朵赤红的火焰点亮了;望不尽的高处,大风恣意地吹打着世界,瞬间星星之火,变为万点,闪耀在高空与旷野;战鼓咚咚,如同决战般震撼人心;雨点与黄雾到处弥漫,电光霹雳,接踵而至;众人望去,青青雾霭忽隐忽现;逐渐地,白昼重新降回人间——黑、红、黄、青、白诸种颜色在本段中色温递减地相继出现,从热烈趋向宁静。

对于"重光",过客这样解说道:"'重光'的颜色顺序:黑、赤、红、黄、绿、青、蓝、白,实际出自光学。描述颜色可以用三原色(色光三原色:红、绿、蓝,颜料三原色:赤、黄、青),这样得到的颜色空间是正方体。也可以用色彩、灰度、亮度描述颜色,这样得到的颜色空间是圆锥体。这个圆锥体最下的顶点是黑,最上面的底面圆的圆心是白。沿锥面转一圈颜色变化顺序为赤、红、黄、绿、青、蓝,正好是色温递减。所以'重光'的颜色顺序是从颜色空间最下的顶点开始,向上绕圆锥体一圈,最后到最上的中心。"

从过客之语中不难看出,将自然科学(光学)引入女娲补天过程中,是为了使炼石过程更加逼真,使读者恍惚进入实境,目睹壮观之景,享受美之快感。这种色温递减过程,也与中国文人"绚烂之极,归于平淡"之审美理想暗合。

女娲补天成功了,为月亮驾车的神——望舒,与为太阳驾车的神——羲和,驾驭着日月行驶于天空之景,又得万众瞻仰。作者以望舒、羲和的"会心一笑",及从容不迫地环绕运行,展示出浓浓诗情画意,暗示着只有核心价值观得以确立后,人类工作才能秩序井然,运转高效。

关于《女娲下》后一段

女娲她躺倒时正是黎明,晨光中闭上了美丽的眼睛。

本作在前面描写了女娲的美丽眼睛。在黑暗时刻,她那一双眼睛,高瞻远瞩,明澈透亮,看到了人类的光明前程;如今她竭尽全力补好了天,让无数人们看到了黎明的曙光。虽然自己的眼睛闭上了,那照亮人间的晨曦,何尝不是女娲美丽眼睛的大写?何尝不是她美丽眼睛之光的转换?

读懂了女娲的眼睛与黎明之光的关系后,对于女娲死后"血脉汇入碧波万顷,身体化成群山峻岭",体会会更加亲切深刻。这两句,既宽阔宏伟,又细致入微。沧波浩瀚,千山万岭,让人感到女娲对后人影响之巨大;读后令人心胸开朗,精神为之一振;而从细处想,能感受到一个活脱脱的生命个体之存在。作者于此将华夏民族比喻为一个鲜活生命,"群山峻岭",似其骨骼,"碧波万顷",如其血管中流淌不息之血液。女娲精神已深入民族筋骨血脉中,化为华夏民族独特的基因。

女娲是中华民族先辈从自身的实践经验中提炼、升华出的一位伟大的女性;她的功业,是在与儿女们的合力奋斗中完成的,她更是无数亲爱母亲的光辉代表。

人的生命在面临终结时,往往有很多的无奈,悲伤;而女娲还有最后一口气时,那微弱的气息全是一丝一缕的爱,那即将停止的心跳,是"难了的情"——多么极致的描写,多么饱蘸母爱的笔墨啊!

关于《引子》【信天游】

青天蓝天高个朗朗的天,

人心才是那不周山。

在作品收尾时,作者告诉了读者,"人心才是那不周山"。至于那"高个朗朗的天",是一种什么意味,作者并未点破,却引起了读者一种水到渠成的判断:核心价值观。而一些问题却接踵而来:天与不周山之关系是怎样的?不周山要靠天的养育,天又要靠不周山的支撑,而这种养育与支撑的互动进程中,有什么内在的规律吗?它们对人类的发展会有何影响?这些余意不尽的问题就留给读者思考了。

关于《守护苍天》

"海有涯,道无边,长江终入海,大道如青天"。在此所说的"道",无非指人类所要走的正路;而此道如同曲曲折折的长江,时而湍急,时而舒缓,时而南向,时而北去——看起来变幻莫测,而最终入于大海,则不变也。长江已经很宽广雄阔了,而它终将流向大海,是因为大海之浩瀚、广大,远非长江所能比。更重要的是,大海是长江的归宿。长江拥抱了大海,力量更强大,气势更充沛,见识更广博,奔流不孤单,如同回归故乡了。读者也许还记得,《龙之歌》中有句:"海是龙的家乡。"就龙而言,在江河中翻滚,空间终是有限,在海里徜徉,方能舒展自如。"海是龙的家乡""长江终入海"诸句,令人想起,现代中国自改革开放后与世界文明全面交流后所取得的巨大成就。可以断言，如能更充分更深广地与世界文化交流互补，则前途不可限量矣，中国人的思想观念亦将拥有一个崭新的面貌。人类所走的大道，正应该依照"青天"（核心价值观）所昭示的广阔境界。"如"有像的意思，也有顺从依照之意。李太白之"大道如青天，我独不得出"（李白《大道如青天》），便取像之意；本作之"如"，恰恰是依照顺从之意。这样，作者巧妙点化了李白之语，深化了主题。

"天会变，道会变"，这两句，与小题目《守护苍天》相呼应；既强调"守护"，又强调"变"，形成了有趣对照，特别值得注意。一个民族能够长长久久地生存发展，有赖于建立适宜的核心价值观，本作强调要"守护苍天"，意正在如此；然而，正如"有缺残"的人心构建的核心价值观，也有其局限性，终将有不合时宜的一天，需要修正或重建。中国传统文人总是强调："道之大原出于天，天不变道亦不变。"（《汉书·董仲舒传》）其实，天总是处于变动之中，而道也必然要随之调整或改变。

过客《补天歌词》注解

创作《补天》歌词后，过客有一段注解，与其歌词互相映发，兹抄录如下：

何谓"天""道""人心"？

女娲把天补上了，照说，唱到这儿，故事讲完了。但从文气上看，好像还得说几句，音乐也须收尾，以期前后呼应。我把第一句歌词copy/paste下来，不禁陷入沉思。

"人心才是那不周山"：这里的所谓"人心"就是"人心不古""人心叵测""人心隔肚皮""人心不足蛇吞象"里的"人心"，也即"人心向善""日久见人心""人心都是肉长的"里的人心。

《心经》里，与"眼耳鼻舌身意"对应的，是"色声香味触法"，说的是，人通过感官产生知觉，产生意识。欲望伴随意识而来，所以人有贪嗔痴（语见《长阿含经》），有怨憎会、爱别离、求不得。人心，或曰人性，孟子说"善"，荀子说"恶"，到底是善是恶，古今中外众说纷纭。从常识看，恐怕是既有善的种子，也有恶的根苗。人心的不完美，恰如不周山的不完全，有缺残。

欲望会互相对立，如同利益会彼此冲突。但一味地对立、冲突，成不了社会，从人心、人性、人欲中，总要慢慢成长出对自身的约束、调和、规范。规范之大者，是判定善恶、荣辱、高低、贵贱的标准，按现在的话说，这叫"共同的价值观"，由此派生出来行为和道德的准则。古代中国人管这些叫"纲常""伦理"。自然经济、宗法制度极其稳定，2000多年中，社会制度变化得非常缓慢，价值观和伦理道德因而显得恒久、绝对。把价值观神圣化的概念是"天"，把伦理道德神圣化的概念是"道"。所以汉儒董仲舒说："道之大原出于天，天不变，道亦不变。"宋儒把价值观、伦理道德的神圣性推到极致，主张"存天理、灭人欲"，这就有点儿过。"人欲"是灭不掉的，况且天、道、天理是从人心、人性、人欲中生出来的，是靠人心、人性、人欲支撑的，"撑天的柱子是不周山"。

到了我们这一代，世界的变化突然加速。旧礼教连同旧道德轰然倒塌，传统的价值观不断受到挑战，几近崩解。看来，"天"和"道"都没那么坚牢。在新的利益、新的诱惑、新的冲突面前，"撑天的柱子"似乎不堪一击。

The king is dead, long live the king！道德的根据可以质疑，但是道德的规范总归存在。社会的共同价值观一次次被破坏甚至粉碎，但紧跟着又会有一次次的修补和重建。没有汉的雍容气度，没有唐的恢宏心胸，很难设想汉唐盛世。中华民族走在复兴的路上，必须有精神的支撑，我们才能走得更远。

题外的话

关于女娲补天的意义,再说几句。中国的仁爱之核心价值观,自孔子以来,明确确立。它的根基,是从人类之基本之爱——父子、兄弟之情,推广到人类之爱,推出人性向善。

在儒家经典著作中,从父母与儿女之亲情推出人性向善结论时,大都以"父子"二字概括之,其实不如以"母子"二字概括更精准贴切;在父子、母子亲情中,人们的记忆,恰恰往往以母亲更为刻骨铭心。这种最为刻骨铭心之记忆,在中华民族成长的漫漫进程中,早已形成了厚重的历史积淀。

"女娲补天"是上古时代的神话传说,据考证,应属于母系时代社会中晚期。女娲抟土作人和补天的传说,告诉了我们,华夏儿女的妇女先辈们对中国之传统道德——仁爱的构建起了非常深远的伟大作用。这两个传说,以母亲女娲繁育儿女、呵护儿女为媒介,传达了一种仁爱的内核,对于古代中华民族的核心价值观的诞生,打下了厚重的基础,在"润物细无声"中,成为仁爱学说的默默前导。

我们的先辈看到了,父母之爱,是人类基本之爱;然而其中又以母爱为最。母爱是人类之爱中,最无私、最具体、最感人的一种爱。中国人的先辈们在抓住父母之爱这种催人向善的动力时,尤其深刻感受了母亲的榜样与启示的力量。在悠远的历史进程中,母爱影响着中华民族祖先的价值取向——这一点,在女娲补天的传说中已经有所展露。本清唱剧《补天》在传说的基础上,通过想象与发挥,让人们联想到祖先在遥远的母系时代,为中华民族奠定牢固的仁爱基础的动人画卷。

根据传说,天之崩塌,与共工和祝融这二位男神之拼争、厮杀有直接关联,而补天之工作,由女神女娲启动并最终完成。与男子之在战伐中频频出场相比，女性之长处，则在于以繁育后代、巧妙补台中屡显身手。女娲正是用一种母爱，拯救了她的儿女、子孙，用她的巧手，整治了战争后的创伤。历史是连续的。中国古代文明社会所建构的仁爱价值观，从更深远的视野观察，正是从母爱为核心的人类基本之爱推及而来。在长期历史发展中，中国的母亲们在仁爱价值观建构中，起了巨大的难以估量的作用。可以这样说，中国古代仁爱的核心价值观深深打下了母爱的印记。

只因当年未请托

——献给敬爱的邓魁英先生

成为邓魁英先生的研究生，对我来说，真是三生有幸。邓先生自从做了我的导师后，一直未放松对我的开导与教育；而我永远不能忘记的是，在接受我成为她研究生的过程中，她展现了正直磊落的性格和一种学者的情怀和气度，使我终身受益。

从初中生到研究生的历程

1967年，17岁的我从北京奔赴内蒙古锡盟插队，在那里度过了十一年。那十一年中，在草原一步一步地跟在羊群后的跋涉，在石头山上的一下接一下的挥锤，在杨树坑里一桶一桶地浇水……使得我锻炼得坚韧勤劳，但也因缺少学习条件而懵懂无知。

1978年我病退返京后，正赶上全国性的学习知识的热潮。在选择工作时，一种强烈的饥渴感油然而生——我要读书！

事随人愿，在参加了1979年北京市举办的招工文化考试后，我进入了北京图书馆，做了图书管理员。一工作，就是六年。在图书馆，读书条件很好；况且，偶遇一些海内名流，国外学者，向他们学习请教，大开眼界。然而在图书馆工作，毕竟主要在为他人取书，自己读书的时间还是偏少；于是我下决心，考研究生——如此庶几可以满足我后半生读书的渴望了。

我把自己要考的所有教材课本，捧在手里，不断地阅读下去，一遍，两遍，三遍……经过了充分的准备，1985年，我参加了北京师范大学古代文学研究生考试。我所报导师，第一（志愿）是邓魁英先生，第二是聂石樵先生。

一天午饭后，早已混熟的考友们照常在图书馆门外晒太阳，有的仰看天，有的指画地；有的侃侃而谈，有的独自思索；有的手持香烟，有的端着水杯，研讨各种题目，笑谈各种趣闻。

一位考友走近我，说道："听说你考那专业，有三个人入围了！"

我一向不打听小道消息，听了他的话，不禁诧异地问："你从哪儿听到的？"

"北师大的消息，绝对可靠。一个是本校的，另一个是校外的中学教师，还有一个职业不明。"

我笑道："那职业不明的，就是我了。"大家忍不住笑了。一位年长于我的考友面容严肃，以过来人的口气告诫我："老弟，别把自己估计过高。我考了五年了，一直不中。第一次考完，我也是觉得自己必中无疑，结果是惨败！"我有礼貌地笑笑，早已成竹在胸：不少考题，都是我"学而时习之"过的——天道酬勤嘛！

北师大的通知书下来了。我通过了初试。记得当时，我激动地向苍天拜了两拜，准备接受复试的考验。

初次见到了邓先生

复试的一天来到了。在北师大中文系办公室，我见到近六十岁的邓先生健步走进来。她衣着朴素，一头齐整的短发，与普通北京女性没有两样；只是她的和蔼、沉稳，以及眼镜后面散发出来的机敏、自信之眼神，叫人体会她的不凡气质。

复试的过程，对我来说，实在艰难。邓先生出的题很偏，令我非常紧张。最简单的题要数背诵诗歌了——背诵一首我并不陌生的诗《寄黄几复》（宋人黄庭坚作），而发挥失常的我背上句，就忘记了下句。邓先生则一反考试教师的姿态，兴致勃勃地接了下句。这样涨红着脸的我背下一句，邓先生就温和地提醒我下一句，最后我们笑着一起把诗背诵完毕。我迈着沉重的步子走出中文系的办公室。心想，悬了！

复试后几天，我与爱人去西安度婚假。当我们登上华山，眺望险峻的山势时，我心中的某一角落，似有些惴惴。

回到北京，我开始坐立不安，很想到邓先生家拜谒，向她老人家诉说我怎样爱读书，想研究学问的热情……

只因当时未请托

下了几次决心，我终于去了北师大，按照考友告诉的地点，找到了邓先生的家门。邓先生住在一座二层小红楼里，周围有石板小路，花木扶疏其间，好一个幽雅的所在！

我欣赏着这幽静的环境，想象邓先生在手捧书本，或沉吟写作，或指导学生，不觉神往。

然而也就在我赏玩周围环境时分，已经绕了先生家好几个圈子，大约半个小时过去了。我想起自己来访的目的，踌躇间，拜谒先生的勇气已完全消失了。我一边给自己打气，一边呆立在路边石板之上。猛然间，我回过头，向着自家的方向，毅然归去。一路上，我对自己说："大丈夫心诚则已，什么条件下不能读书？"

不知过了多少天，我收到了北京师范大学正式录取通知书，导师正是邓先生。

在邓先生门下攻读古代文学的三年，我拼尽了全力，最终完成了学业。其中的困难，与邓先生的辛勤指导，难以尽述。

手捧硕士学位证书，我们师兄弟们与邓先生闲谈。谈着，邓先生那惯有的幽默之眼光从眼镜后面漫过来,看那神情,像是愉快地回味着一件往事。她对我道:"你知道你当时为什么被录取了吗?"

我点头,又摇摇头——这是个既明白又有点疑惑的问题。我想沉稳的邓先生要铺陈她的故事了,她讲的故事总是很有趣的。我们听下去。

原来,在我们当年复试后,邓先生对我们三位考生一直在考虑,哪个该录取,哪个不该录取。正在这当儿,其中一位成绩略差一些的复试生找了熟人,去邓先生家作说客,希望邓先生能录取他。为了保险,他还多方请托,为自己求情。按说他的这一举动,至少是有利无弊。然而,此青年万万没有料到的是,看起来和蔼可亲的邓先生是一位极有个性之人,她最讨厌的,是送礼、请托之事。就在请托之人接踵而至的时候,邓先生对于该录取谁,已经心中有数了。

来访者对邓先生说:"您若是不能接收这位学生,一颗巨星就要陨落了!"邓先生把手一摊:"巨星的体积那么大,陨落了,谁也托不住啊!"

邓先生对我的复试情况虽不十分满意,但她看出来,我是一个一心向学之人,基本功还算扎实;尤其让她动心的是,只有初中学历、几天前方才取得自学考试大专文凭的我,不但试卷成绩较好,而且在决定自己学业前途的时刻,始终没有去她家打扰,更无请托之举。邓先生因此竟对我增加了一份欣赏之情,从那一刻起,我便成为她永远的学生。

"你没有请托啊,这是我最欣赏你的地方!记住,做人就要这样!"

邓先生的故事结束了。我面对她满意的目光,受宠若惊。回味故事始末,一时不知说什么好。

今天,当我动笔写下这一段小故事时,忽然想起中国的一句老话:"傻人自有傻福。"傻人本有千百种,我属于哪一种呢?

为先生写传记

当我也成为一位大学教师后，1994年，我在一次电话中，听到了邓先生对我的重要嘱托——在《古典文学知识》杂志上为她写传略。

我开始不相信自己的耳朵。须知，《古典文学知识》杂志有一栏目，是写著名学者的治学之道的。记得邓先生谈起"治学之道"时，总是面带微笑，说："我终生学习而已，哪里得了什么'道'？"尽管杂志编辑多次想介绍她的"治学之道"，她都婉言谢绝之。这一次怎么会接受了呢？

另外，所有著名学者的传记，按照《古典文学知识》杂志惯例，都是由他们最得意的弟子来撰写；而邓先生桃李满天下，杰出的人才有的是，随便数数，哪个不比我强？如果谈"最"的话，我应该是她最笨拙的一个学生了。由我来执笔写邓先生生平与学术，我觉得自己实在不配。

我以惶惑之情向邓先生发出了疑问。邓先生无奈地说："这一次是盛情难却了。编辑太热情了。"然后她对我解释道："你虽然不是我的在学术成就上最得意的学生，但你是我最勤奋的学生，这方面你可以无愧。"

我诚惶诚恐地接受了邓先生的嘱托，开始撰写她的生平与学术道路。

我知道邓先生让我为她写传记的另一原因，也许是源于我的一团傻气。她老人家最不喜欢吹嘘不实之词。

文章怎样写，邓先生未置一辞；我在构思时想起了她的口头禅，便信笔写下了"热爱专业，一心向学——邓魁英先生传略"。我在纸上写了先生八个字的口头禅后，忽然对着窗外笑了——这是给学者写传记么？倒好像是在为学生写评语呢！不过，虽然觉得这样的题目未免"委屈"了邓先生，却非常符合她的个性，因此，我想，邓先生会满意的，读者也会最终接受的。

　　我记起了邓先生讲过"先生大大"的故事，于是畅笔写去："先生祖籍河北乐亭，……于1929年，7岁开始上学读书，那时伪满正在实行奴化教育。她的父亲很重视对女儿的培养，在让她入一般学校就读外，还亲自教她念《四书》。后又特地从家乡请来一位教私塾的老秀才在家里教她学习古文。邓先生称这位族伯为'先生大大'。先生大大给她讲《古文观止》《唐诗三百首》，为她批改作文，引导她对古代诗文产生了浓厚的兴趣。"写到此时，我觉得自己绘出了一个年幼女孩那天真、恭谨的面容，有点自鸣得意。

　　我又记起了邓先生因怀孕而落泪的故事，心情肃然，一气写下去："……她1953年毕业，被留在中文系做助教。……在她的工作日程里，几乎没有星期天和节假日。有一天，先生在教研室悄然落泪，被当时的室主任谭丕模先生发现。问明原因后，谭先生惊叹道：'我从来没听说一个女同志因为怀孕怕影响工作和学习的，你将来一定会有成就！'"怀孕，对当时的邓先生，成了一件伤心事，这是一种什么样的工作责任感啊！

　　对邓先生的学术成就作了评论后，在文章的结尾，我想起她一次与我们学生们推心置腹的谈话，如实写了她的谈话大意："邓先生说她早年对成名成家也颇为热衷，以致产生过许多烦恼。年岁老大则能够做到淡泊名利。……她不善交际，不大喜欢外出开会和旅游。但对于研究和教学工作她依旧非常勤奋认真。她的思路、谈吐依旧那样活跃，富有风趣，她对师长的尊重、对朋友的诚挚、对学生的关怀丝毫没有衰减。"全文就这样结束了。我发现，自己竟将邓先生的缺点做了介绍，热衷"成名成家""不善交际"云云，这还是对著名学者的传略吗？不喜"旅游"，似也不符"读万卷书，行万里路"的古训，应属缺点之列；但先生那次谈话的情景历历在目，使我难忘，于是决定记录下来，以表作为下一代的我对导师的嘱托的敬意。

我将写好的文章，给邓先生过目；邓先生频频点头称许，于是一篇使邓先生颇为满意的关于她的生平与学术的文章，公布于世了。回顾往事，由一个未曾请托的、在学业上并不出色的学生，来完成老师关于总结其一生的任务的嘱托，对我来说，这简直是不可思议的福气！我领悟到，在撰写邓先生传记的同时，我同时在按照她的教导在做人——我沐浴着她老人家人格的霁月光风，领悟着做人的真谛……